KB178936

연민의 기록

알마 인코그니타 Alma Incognita
알마 인코그니타는 문학을 매개로,
미지의 세계를 향해 특별한 모험을 떠납니다.

연민의 기록
Le Protocole Compassionnel

에르베 기베르
Hervé Guibert

신유진 옮김

차례

《내 삶을 구하지 못한 친구에게》를 위해
편지를 보내준 모든 이들에게.

당신들의 편지 하나하나가 내게 큰 감동을 줬습니다.

일러두기

- 본문 하단의 주는 옮긴이 주다.

어느 날 밤, 새벽 4시쯤 쥘이 자기가 갖고 있던 열쇠로 내 집 문을 열고 들어와 내가 그의 존재를 어렴풋이 인식하며 잠든 침대 밑에 한 달 반째 처방을 기다리고 있던 신약, 디다노신*이 가득 담긴 봉투를 내려놓았다. 내 체력과 정신력은 바닥이 났고, 기대했던 효과를 보지 못했던 지도부딘**은 혈액검사 결과 더는 허용할 수 없어 복용을 중단했으며, 매일 그 전날에는 가능했던 움직임이 불가능해져 머리를 빗기 위해 팔을 올리거나, 욕실 불을 끄거나, 소매에 팔을 넣거나 빼는 일이 힘들어졌다. 이미 오래전부터 버스를 잡기 위해 뛸 수 없었고, 손잡이를 붙잡고 계단을 오르거나 역에서 내리기 위해 좌석에서 일어날 때마다 강박을 느꼈고, 택시의 창문이나 문을 활짝 열 수 없으며, 혹

* 에이즈 치료에 사용되는 항바이러스 약물.
** 에이즈 치료에 사용되는 항바이러스 약물.

은 타거나 내릴 때 차 문을 발로 차야 했는데(어느 운전기사는 "여자라면 이해하겠지만, 당신은!"이라고 소리를 질렀다), 그러고 난 후에는 차에서 내리는 게 고통이었고, 손가락에 힘이 없어서 열쇠를 두 번 돌려 문을 여닫는 게 힘들었다. 샴페인을 따는 것, 콜라병을 딸 때 뚜껑을 눌러서 밑으로 공기가 들어가게 하는 것, 이제 그런 동작은 어느 것도 할 수 없거나, 아니면 발버둥 치면서 얼굴이 일그러질 정도로 노력하는 대가를 치러야 했다. 서른다섯 살 남자의 몸이 노인의 몸이 되어버린 것이다. 나는 이제 막 70세가 되신 아버지보다 힘이 약해졌고, 몸을 자유롭게 쓸 수 없는 쉬잔 고모할머니처럼 95세가 되어버렸다. 욕조에서 일어날 수 없어서 더는 목욕을 하지 않고, 다리를 살짝 꼬아서 힘을 주고 팔로는 욕조 가장자리를 누르는 힘으로 그곳에서 나올 수 없어서 예전에 좋아했던 것처럼 잠에서 깨어나 샤워기 아래 웅크리고 앉아 몸을 따뜻하게 데우는 일을 더는 할 수 없다. 머리를 감을 때는 욕조 밖에서 물줄기를 향해 고개를 숙이고, 물이 사방에 튀지 않도록 수압을 약하게 조절하며, 욕조 손잡이에 비눗물이 묻은 두 눈이 부딪혀 다치지 않도록 조심하고, 시각장애인처럼 손가락 끝으로 거리를 가늠한 후에 욕조에 들어가 창문 밑으로 들어오는 웃풍에 벌벌 떨면서 서서 샤워를 하고, 약한 물줄기로 성기와 겨드랑이, 항문을 불편한 방식으로 헹구는데, 이제 뜨거운 물의 효능은 누릴 수 없다. 한 회사에서 기능이 저하된 내 신체에 적합한 욕실을 만들기 위해 왔었지만, 아직 손잡이와 샤워 커튼을 기다리는 중이다. 사실 곳곳에 손잡이와 도르래 장치가 있어야 했고, 바닥에 너무 오래 앉아 있다가 일어나는 일이 없도록 욕조 안에 둘 의자가 필요했다, 나는 더 이상 바닥에 앉을 수 없었는데, 빌라*에서 열린 에페시오 축제에서 그 사실을 깜빡 잊고 다른 사람들처럼 잔디밭에 앉았다가, 다비드에게 전화를 걸어 손을 잡아달라고 도움을 요청해야 했고, 그 이후로는 파티 내내 서 있기만 했다, 나는 몸을 일으키기가 힘들어진 안락의자에 앉아 온종일 꾸벅꾸벅 졸고, 오직 잠들기만을 바랐으며, 근육을 써서는 눕거나 일어날 수 없어서 몸을 침대 위로 던지거나, 허벅지 밑으로 움켜쥔 손을 지렛대처럼 이용하거나, 옆으로 누웠다가 다리를 밑으로 툭 떨어트려 앉아야 했고, 이제는 삼키는 일이 너무 괴로워 음식을 한입 먹는 일이 고문과 강박이 되어버린 내게 마지막 남은 쾌락은 잠이었는데, 더는 몸을 뒤집을 수 없어서 사흘 전부터는 침대에 누워 있는 것만으로도 고통스럽고, 팔다리는 약해져서 마치 코끼리 코 같고, 결박당한 코끼리가 된 기분이며, 솜이불이 나를 짓누르고, 팔다리는 천근만근에 휴식조차도 악몽이 됐고, 이제 이 악몽 외에 인생의 다른 경험은 사라져버렸으니 섹스도 없고, 성욕도 없고, 발기도 되지 않는다, 마지막으로 자위를 했을 때는 한 손으로 되지 않아서 두 손을 써야 했고, 몇 주 동안 사정을 한 적이 없다 보니 정액의 양이 너무 많아서 놀랐지만, 그

* 로마의 빌라 메디시스. 예술교육기관인 아카데미 드 프랑스가 있는 곳으로, 에르베 기베르는 젊은 예술가 지원협회의 후원을 받아 이곳에서 2년 동안 머물렀다.

것이 불현듯 내 몸에 청춘의 욕구를 다시 깨우기도 했다, 친구들과의 관계는 거의 모두 고역이 됐고, 오늘까지 더 이상 글을 쓰지 않았고, 거의 읽을 수도 없는데, 당신이 더 놀랄 만한 일은 내게 자살할 방법이 있다는 것, 내 열린 여행 가방 속, 속옷 밑에 디기탈린* 두 병이 있다는 사실이다.

* 강심제. 에르베 기베르는 자신의 생일 바로 전날인 1991년 12월 13일, 디기탈린 과다 복용으로 음독자살했다.

언젠가 알레시아 길에 있는, 싸늘한 분위기와 종업원들이 내게 표시하는 반감에도 불구하고 10년째 종종 바 테이블에서 한잔하곤 하는 카페에 문을 열고 들어가다가 발을 헛디디는 바람에 테이블에 앉은 손님들 사이에서 일어나지 못하고 무릎을 꿇은 적이 있다. 그 갑작스러운 순간이 내게는 영원처럼 느껴졌다. 모두가 넘어진 젊은 남자가 다친 곳도 없어 보이는데 희한하게 무릎을 꿇고서 꼼짝 못 하는 모습을 보며 어리둥절해했다. 그들은 어떤 말도 주고받지 않았다, 내가 도움을 요청할 필요도 없이 두 종업원 중 늘 적이라고 여겼던 한 명이 다가와 세상에서 가장 자연스러운 일인 양 나를 안고 일으켜 세웠다. 나는 손님들과 눈을 마주치지 않으려 했고, 바에 있던 남자는 내게 물었다. "손님, 커피 한 잔 드려요?" 나는 내가 싫어했고, 나를 혐오한다고 생각했던 그 두 남자가 그토록 자발적으로, 그토록 섬세하게 행동했다는 사실에 마음속 깊이 고마움을 느꼈다. 내가 쥘에게 그 일을 털어놓자, 그가 말했다. "너는 늘 모두가 나쁘다고 생각했지. 그런데 봐. 그렇지 않잖아. 사람들은 그저 널 돕기를 원한다고." 한번은 주치의가 나를 눕히고 진찰한 후에 내가 진찰대에서 혼자 일어나지 못하는 일이 벌어졌다. 그는 내가 팔로 자신의 목을 감쌀 수 있게 나를 향해 몸을 숙였고, 나는 어린아이가 된 듯한 기분과 유진 스미스*의 사진 속, 어린 간호사가 몸을 닦아주던, 피복당해 살 한 점 남아 있지 않은 노인이 된 듯한 기분을 동시에 느꼈다, 나는 나보다 일곱 살 더 많은 의사보다 내가 더 늙었다고 느꼈다는 게, 내가 완전히 포기한 자세로 그와 마주하고 있다는 게, 그런 상황이 너무 충격적이어서 큰 소리로 웃어버렸다, 행복하고 태평한 어린아이처럼 즐겁게 깔깔깔, 어처구니없는 일이었다. 안마사는 세 시간 동안 내게 남은 근육을 주무르는 일을 막 마치고, 나를 옆으로 눕혀 마사지 테이블 밖으로 발을 떨구게 한 후, 한쪽 팔과 팔꿈치를 지렛대로 이용해 테이블에서 혼자 내려오는 방법을 설명해주려 했지만, 마사지가 끝나고 나면 숨이 너무 가쁘고 근육이 반응하지 않아서 매번 안마사의 목에 매달려야 했다. 안마사가 내 위축된 근육 섬유를 재활성화하기 위해 그 수고를 하지 않았더라면, 분명 지금 나는 걷지도 못할 것이며, 관 속에 있거나 병원 휠체어에 앉아 있을 것이다. 안마사는 엄청난, 감탄할 만

* 미국의 포토저널리스트. 사람의 심리를 파고드는 포토에세이로 유명하며 20세기 중반 가장 중요한 사진가로 꼽힌다.

한 아량으로 나를 치료했다. 안마사와의 재회는 감동적이었다, 우리는 내가 로마로 떠나면서 적어도 2년 동안은 보지 못했고, 나를 강하다 못해 원기 왕성하며 살짝 포동포동하기까지 했던 모습으로 기억하고 있던 그가 아프고, 약해지고, 야윈 내 몸을 마주하게 됐다. 이제 그는 근육이 몇 조각 남지 않은, 내장을 들어낸 것처럼 피부가 접히는 일종의 해골을 만져야 했다. 그러나 그는 노인들을 마사지하는 데 익숙했고, 내가 그 앞에 완전히 나체로 있게 되자, 그에게 육체는 그저 육체일 뿐, 그 이상인 적은 단 한 번도 없었고, 그러니까 하나의 물질, 이렇든 저렇든 상관없는, 그저 물질일 뿐이라고 말했다. 그는 겉으로 보이는 육체에서 모든 미적인 혹은 감정적인 면을 지웠다고 주장했다, 이제 그와 나 사이에는 완전히 무너지지 않도록, 서 있을 수 있도록 시간에 쫓기며 전력을 다해 투쟁하는 일만 남았다. 우리는 그 계약을 매주 수요일 오후 3시에서 6시까지, 불필요한 말 한마디 나누지 않고 이행했고, 그 외 시간에는 나 혼자 그가 가르쳐준 대로 연습했다. 목을 길게 빼고 턱을 내리고, 누군가 귀를 잡아당기는 느낌으로 고개를 돌려 뒤쪽을 본다, 눈의 움직임이 근육의 움직임을 단련시키기 때문이다, 그런 후에는 한쪽 팔을 들었다가 다른 쪽 팔을 들고, 발가락 끝으로 서고, 무릎 구부리기를 했는데, 서서 오래 하는 운동보다는 앉아서 할 수 있는 운동을 하루에 조금씩 여러 번 했다. 그때까지만 해도 다비드가 삼촌에게 물려받은 실내용 자전거를 빌려주겠다는 이야기가 오갔는데, 차가 있는 친구들, 제라르도 리샤르도 그것을 옮겨다줄 수 없었고, 앉은 자리에서 다리와 허벅지와 엉덩이를 이용해 일어나는 게 불확실해지면서 점점 더 그 기구를 사용할 수 없을지도 모른다는 의심이 들었다. 안마사가 회복시키기 위해 거칠게 주물렀던 몸, 그의 노동이 만든, 기뻐서 어쩔 줄 모르는 사람처럼 헐떡거리고, 뜨겁고, 근질근질한 상태로 남겨진 그 몸을, 나는 매일 아침, 커다란 거울을 통해 아우슈비츠 수용자의 시선으로 만났다. 늘 손주머니 거울뿐이었던 내 욕실에 건축업자가 일부러 설치한 것만 같은 그 커다란 거울은 세면대 위로 벽 전체를 덮고 있었고, 씻을 때마다 뼈가 움푹 파인 것처럼 보이게 하는 강렬한 스폿 조명 세 개가 달려 있었다. 매일 새로 생긴 음산한 주름과 살이 없어진 뼈를 발견하지 않는 날이 없었다. 그것은 반사광에 따라 적나라하게 드러나는, 양 볼을 가로지르는 주름으로 시작됐는데, 이제는 바다 위에 떠 있는 작고 납작한 섬처럼 뼈가 피부를 뚫고 나왔거나 뼈가 피부 표면에 있는 것처럼 보였다. 피부가 뼈 뒤로 물러났다. 뼈가 피부를 밀어낸 것이다. 아침마다 거울 속 내 나체를 대면하는 일은 매일 되풀이되는 중요한 경험이었지만, 그 모습이 나를 침대에서 일으켜 세우는 데 도움이 됐다고는 말할 수 없을 것이다. 그렇다고 그 인물에게 동정심을 느꼈다고도 말할 수 없다. 날마다 다르다. 어떤 날은 그가 이겨낼 수 있을 것 같다. 아우슈비츠에서도 사람들이 살아 돌아왔으니까. 또 어떤 날은 그가 사형을 선고받았음을 명백히 느낀다. 피할 수 없는 무덤을 향해 가고 있다는 것을.

나는 잠에서 깨어나 디다노신이 가득 담긴 봉투가 아직 침대 밑에 있는 것을 보며, 그것이 꿈일 수도 있다는 가능성을 부인했다. 쥘은 다급히 내게 속삭였다. "네가 이걸 어떻게 얻었는지 절대 말하지 않겠다고 맹세해. 나도 맹세했어. 약을 소량 또는 다량으로 실험하는 이중맹검법 실험 기록용으로 나온 거야. 3주 분이고, 봉지에 적혀 있던 조회 번호는 취합할 수 없도록 찢어버렸어." 우리가 안나의 집에서 저녁을 먹을 때, 누군가 그에게 전화를 걸었고, 그는 긴 통화를 끝내고 내게 나지막한 목소리로 말했다. "됐어. 구했어. 스콜피오로 가지러 가면 돼. 대로에 있는 클럽이야." 코린이 우리를 차로 데려다줬고, 내가 코린 앞에서 쥘에게 "집에 다시 들를 거면 문을 잠그지 않을게"라고 말하자, 코린이 차 안에서 쥘에게 자신이 데려다준 스콜피오에 그가 찾으러 가는 것이 마약인지 물었다. 쥘은 예상한 대로 오지 않았고, 나는 다행히 그를 기다리지 않고 불을 끄고 잠들었다. 며칠 후, 그는 그 클럽에서 '암탉'을 만났다고, 할아버지들이나 쓰는 표현을 써가며 말했는데, 그것이 그가 새벽 4시에 봉투를 들고 내 집에 들렀던 이유였다. 나는 다음 날 아침 비타민 수액 상자에 숨겨서 온 그 약을 처음 먹는데, 너무 복잡한 복용법에 어찌할 바를 몰랐다. 1년 동안 신비의 양식처럼, 때로는 신의 징벌처럼, 그러니까 그것이 환자를 구한다고 했다가 다시 환자를 죽인다고 하는 논쟁을 거듭하다가, 또 복용량을 몰라서 환자가 죽은 것이었고, 복용을 시작하기에 이미 환자의 몸이 너무 망가져 있었던 것이라고, 결국 희망이 있다는 말을 듣고 난 후에, 나의 죽음을 유보해준다던 기존의 약을 끊고 새로운 약을 먹는 데는 무언가 혼란스러운 것이 있었다. 새로운 약을 시도하기 위해 시차를 두는 기간을 의사들은 '워시아웃wash out'이라 부른다. 환자는 그의 혈액에서 기존의 약을 중단했을 때 미치는 영향과 새로운 약의 효과, 호전 또는 실패를 면밀하게 관찰하기 위해 한 달 동안 아무것도 복용해서는 안 되는데, 나는 약물을 빼내는 그 기간에 의지할 데 없이 더할 수 없는 고통을 경험했고, 내 주치의들이 내게 항우울제를 강요하는 지경에 이르렀다. 그들은 내게 디다노신을 처방하기 위해 행정적인 절차를 밟기로 의견을 모은 참이었다. 샹디 박사가 지도부딘을 멈추고 디다노신 처방하겠다는 결정을 내게 알린 그다음 날, 이제는 신문에 그 병(보시다시피 이 단어를 발음하는 게 다시 힘들다)에 관한 칼럼을 쓰는 나시에 박사가 최신 호를 보내왔고, 나는 거기에서 커다란 글씨로 "미국에서 디다노신을 처방받은 환자

290명 사망"이라고 적힌 제목을 봤다. 기사에는 췌장암으로 죽은 사람은 겨우 여섯 명 뿐이고 그 외는 이미 병이 너무 많이 진행된 상태였다고 명시되어 있었다. 나는 나시에 박사에게 전화를 걸어 말했다. "내가 상황이 어떤지 알기를 바랐던 것 같은데, 그렇다면 성공이야." 그는 그 기사가 이미 조금 오래됐고, 시대에 뒤쳐진 데이터이며, 다음 호에는 디다노신의 긍정적인 수치를 실을 것이라고 말했다. 그러니까 사례의 40퍼센트에서 명백한 호전 반응이 나타났다는 것이다. 미국에서 환자들이 사망한 것은 의사의 지시 없이 암시장에서 산 약을 제멋대로 먹었기 때문이었다. 쥘은 디다노신이 가득 담긴 봉투를 침대 밑에 내려놓으며 이렇게 말했다. "내일 아침부터 투약을 시작해야 해. 너를 믿을게. 지금 네 상태를 고려했을 때 해볼 만하다는 것을 너도 잘 알 거야. 이제 선택의 여지가 없어." 다음 날, 나는 샹디 박사에게 이 사실을 알리기 위해 그의 진료가 끝나기를 기다렸고, 그는 내게 말했다. "그런데 어떻게 구하신 겁니까?" 내가 "그가 말해줄 수 없다고 했어요"라고 대답하자, 그가 덧붙였다. "정말 디다노신이 맞아요?" 그는 내게 복용량이 확실하지 않으니 쥘이 주장하는 첫 번째 투약을 보류하라고 요구하면서, 행정적 요청이 거의 통과된 상태라고 말했다. 나는 처음으로 샹디 박사에게 거짓말을 했지만 그는 쉽게 속지 않았다, 약을 건네준 사람이 쥘이니 당연히 내가 디다노신의 출처를 알고 있다는 것을 눈치챘으나, 그 자신도 입이 무거운 사람이라서 내게 유도심문은 하지 않았다. 진실은 쥘이 어제 화장火葬된 어떤 젊은 남자에게 그 약을 구했다는 것이다. 쥘이 항우울제에도 불구하고 날이 갈수록 쇠약해져 절망하는 나를 보며 그 생각을 떠올렸을 때, 젊은 남자는 혼수상태였고, 그의 친구가 길고 복잡한 절차를 통해 구해준 그 약을 더는 먹을 수 없었다. 젊은 남자는 토요일에 사망했고, 쥘은 일요일과 월요일 사이, 그 밤에 스콜피오에서 약을 받았다. 그는 미국에서처럼 암거래로 약을 사진 않았고, 그저 이 일을 발설하지 않겠다는 맹세만 했다. 쥘은 그다음 날 내게, 언젠가 내가 이 일을 글로 쓴다면 나를 죽이겠다고 말했는데, 나는 약을 구하면서 몸이 나아진 듯한 착각이 들었고, 그 덕분에 바로 엊그제 이 이야기를 쓰기 시작했다. 망자의 것이었던 물질로부터 힘을 얻은 것이다. 나는 죽은 청년이 그랬을 것처럼, 가루 덩어리가 녹아 하얀 알갱이가 떠다니는 역겨운 쓴맛의 음료가 되기 전에 약봉지를 흔들었다. 그가 느꼈을 그 맛이 똑같이 느껴졌다, 나는 또 그가 그랬을 것처럼 인상을 쓰며 약을 삼켰다. 그러니까 그가 죽었기 때문에 내가 일주일 먼저 약을 얻을 수 있었던 것이다. 내 상태를—시간이 갈수록 매 순간 자살이 더 확실해졌고, 더 절실해졌었다—생각하면 매우 결정적인 시간이었다. 그의 죽음이 내 삶을 구해줄 것이다. 나시에 박사가 3, 4일이면 호전 반응이 나타날 것이라고 했으니, 이 약의 효과 여부를 일주일 빠르게 알게 될 것이다. 효과가 없다면, 그렇다면 이제 죽음이 빠른 시일 안에 찾아올 테지. 오늘로써 5일째 이 죽음의 약을 먹고 있고, 그제는 아침부터 컨디션이 조금 나아져서 이 글을 썼는데, 침울하다고 할 수 있는 이 글이 내게는 어떤 유쾌함, 그게 아니라면 글의 역동성과 글의 예측할 수 없는 모든 것에서 나오는 생동감을 가진 것 같았다. 글쓰기의 우연적인 요소가 그리는 예측 밖의 구조가 없다면 책이란 존재하지 않는다. 그러나 어제 나는 다시 구렁에 빠져 단 한 줄도 쓰지 못했다. 내 안부를 묻기 위해 전화한 나시에 박사에게 막 거짓말을 하던 참이었다. 나는 나를 돕겠다고 공식적으로 약속했던, 의료계에 인맥이 있는 억만장자 미국인이 보건복지부에 압력을 넣은 덕분에 별문제가 없다면 월요일 아침에 받게 될 그 약을 기다리는 중이었다. 절친한 두 친구, 귀스타브와 다비드에게도 거짓말을 했다. 쥘이 요구한 것이었으니까. 그들에게는 이 약을 이미 5일째 복용하고 있다는 사실을 감추면서, 나는 지금 글을 통해 이 모든 것을 밀고하고 있다. 조금 전에 나시에 박사가 전화로 예고했던 것과는 다르게, 나의 비관적인 상태는 5일째 나아지지 않고 있으니, 그들 앞에서 특별히 연기할 필요는 없다. 나는 여전히 아프고, 실제로는 이미 5일 전부터 복용하고 있지만 이 글을 쓴다는 것 외에는 별다른 효과를 느끼지 못하는 그 약을 처방받길 기다리는 중이다. 나는 쥘에게 원래 약의 주인이었던 망자에 대해 묻기 시작했다. 어제저녁, 쥘이 식당을 나오면서 그 젊은 남자가 무용수였다는 사실을 말해줬다. "몸매가 아름다웠어. 엉덩이가 엄청났는데, 아무것도 남지 않았지." 그가 '아무것도'라는 단어를 발음하는 순간, 내게 조금 남아 있는 살점처럼, 그 무용수에게도 볼품없이 남았던 살이 재가 되어 완전히 사라져버렸다. 곧 이 글에서 쥘이 그와 나의 침묵으로 보호하길 원했던 사람의 정체가 밝혀질 것이다. 1990년 5월 22일 화요일, 나는 내게 디다노신을 투약하기로 결정했다는 사실을 알린 샹디 박사와 점심을 먹은 후에 지도부딘 치료를 중단했다. 샹디 박사에 의하면 정확한 절차는 15일 후에 검사를 받고 내 혈액 안에 지도부딘의 후유증이 사라졌는지를 확인한 후에, 다시 15일 동안 바이러스의 진행 상태를 측정하는 P24 항원의 결과를 기다렸다가 약을 생산하는 브리스톨 미에르 연구소에 내 자료를 보내면, 그곳에서 위원회를 열어 약을 줄 것인지 거부할 것인지 결정하게 된다고 했다. 그러니까 그 모든 과정은 한 달 반 이상이 걸리고, 그래서 결과를 기다리는 동안 다비드와 함께 로마로 떠날 수 있었던 것이다. 로마에서 나는 매일 밤 9시에 지쳐 잠들었고, 다비드는 밤새 팔팔해서 젊은 빨강 머리 남자애가 운전하는 오토바이를 타고, 같이 코로 흡입할 마약을 찾아 도시 곳곳을 휘저으며 흥청망청 놀다가, 새벽 3시나 5시에 까치발로 걸어 집에 들어왔다. 내가 그의 잠을 방해할 때는 아침 8시쯤, 위층으로 샤워를 하러 올라갈 때였다. 나의 무기력함과 스무 살 젊은 남자애와 쾌락을 누리고 싶은 욕구와 흥분에 매달리는 다비드의 유흥에는 이상한 괴리가 있었다. 지난번에 로마에 다녀간 이후로 상황이 뒤바뀐 것이다. 이제 나는 밤마다 인코그니토에 가려고 나가지 않고, 다비드도 더는 아침에 나가면서 늦잠을 자는 나를 방해하지 않는다. 나는 다비드가 과시하는 생기와 나의 무력함을 비교하며 질투심을 느끼지 않았다, 오히려 그의 생기가 나의 무력함을 달래줬다. 그것은 젊은 날의 풍문이었고, 연약했고, 아름다웠고, 나를 향수에 젖게 했으며, 다행히도 그 울림이 내 안에 어떤 씁쓸함을 일으키진 않았다. 나는 다비드가 미친놈처럼 즐기는 것이 행복했고, 그것이 집 안에서 낮잠을 자며 무기력함에 허우적대던 내게 조금의 구원이 됐다. 내 주치의는 내게 살짝 숨겼으나, 사실상 내가 지도부딘을 끊은 것은 디다노신을 복용하기 위해서가 아니라, 내 몸이 더는 그 약을 견디지 못해서였다. 5월 25일 금요일, 식중독 때문에 응급으로 실시했던 검사에서 내 백혈구 수치가 1700밖에 되지 않는다는 것이 발견됐다. 샹디 박사는 말했다. "이렇게 낮은 백혈구 수치라면, 당신은 상한 청어를 먹고도 죽을 수 있어요. 더는 장벽이 없어요. 보호막이 없는 거죠. 독이 당신의 몸 곳곳에 침투했다고요." 그는 감염을 막기 위해 항생제를 처방해줬고, 내 몸은 열이 40도까지 올랐다. 마지막으로 로칠드 병원에서 지도부딘을 처방받는 김에 검진을 받았을 때, 항바이러스제 발급 기록 책임자인 뒤무셸 의사가 내 백혈구 수치가 염려스러울 만큼 감소했다는 사실을 이미 짚어준 적이 있었다. 그녀는 면밀히 지켜볼 필요가 있으니 다음 주에 바로 검사를 받으러 오라고 말했지만, 나는 가지 않았고, 잊어버린 척하며 내버려뒀었다. 5월 31일 목요일, 샹디 박사가 아침을 먹기에는 너무 붐비는 셀렉트에서 아침 식사를 함께 하자고 제안했다. 내가 전화로 그를 걱정시켰고, 그는 병원 밖에서 이야기하길 원했다. 대화를 나누던 중에 그는 내게 두 가지 사항을 요구했고, 나는 그 둘 다 거절했는데, 첫 번째는 우울증약을 복용하는 것이었고, 두 번째는 뇌 CT 촬영이었다. 내가 이것도 저것도 다 싫다고 하자, 그는 웃음을 터뜨리며 달리 할 수 있는 게 없다고 말했다. 같은 날 저녁, 정신과 의사인 친구 헤디의 집에서 저녁을 먹는데, 그가 내 형편없는 상태를 알아채고, 자신이 처방해준 플루옥세틴*을 자기 전에 한 알씩 복용하겠다는 다짐을 받기 전에는 나를 절대 보내주지 않겠다고 했다. 그의 말에 의하면, 그 약은 입이 마르거나 의존성 같은 부작용이 거의 없는 항우울제였다. 헤디는 내가 심각한 거식증을 앓고 있어서 삼키는 것이 어렵고, 한입 먹을 때마다 숨이 막히는 것이라고 했다. 그럴 상황이 아니었는데, 나는 죽어가는 나를 방치했다. 나시에 박사의 이론은 또 달랐다. 그는 내가 내시경 검사를 하다가 숨이 막혀서 목에서 관을 뽑아내다가 다친 것이라고 했다. 샹디 박사는 내가 무언가를 삼킬 때마다 인상을 쓰는 모습을 보며 줄곧 난처해하다가 눈을 돌리거나, 때로는 그저 "가엾은 친구…"라고 말했다. 나는 항우울제를 복용하는 게 무척 싫은 티를 냈다. 테오는 여전히 그 약이 우울한 사람들에게 자살할 힘을 준다고 말했고, 나는 그런 결말을 걱정했다. 내게 자기 보호 본능이 아직 남아 있었던 것이다. 나는 약사와 상의했고, 쥘과 다비드와 귀스타브 모두 끈질기게 내게 그 약을 먹을 것을 강요했다. 사흘 동안은 어떤 효과도 없었다. 그러나 사흘과 나흘째 사이, 밤새 나를 괴롭히다가 아침까지 이어졌던

* 우울증 치료에 쓰이는 약물.

끔찍한 불안이 샹디 박사의 집에 전화를 걸어 그의 조언에 따라 브로마제팜**을 먹으면서 진정됐다. 나는 그 약이 내가 다시 수면 위로 올라올 수 있게 내 절망이 종말을 향하도록 밀어붙이는 것처럼 느껴졌다. 저녁에는 다비드와 그의 친구들과 함께 저녁을 먹으러 가면서 호전됐음을 느꼈다. 행복이라고 말할 수는 없었지만, 절대적 절망의 모습은 조금 지워졌고, 그 아래로 절망이 조금 남아 있긴 했으나 견딜 수 없을 만큼 진동하진 않았다. 정신적 고통이 중단됐다는 것에 큰 안도감을 느꼈다. 나는 디다노신을 대신해서 프로작***을 로마에 가져갔고, 다시 읽고 쓰기 시작했다. 나는 확실히 어떤 글(이노우에 야스시, 월터 드 라 메어…)에 감탄하지 않고는 글을 쓸 수 없었다. 샹디 박사는 내가 떠나기 바로 직전에 뇌 CT를 찍을 수 있도록 다시 애썼고, 15-20병원에서 6월 9일 토요일 아침 8시 30분에 내가 진료를 받을 수 있도록 예약해줬다.

** 항불안제.

*** 항불안제.

지난 번 저녁에는 식당을 나오면서 쥘이 무용수의 몸에 아무것도 남은 게 없었다고 말하며, 뼈만 남은 내 몸을 사진으로 남겨놓자고 했다. 그의 제안은 마치 돈을 빌리기 위해 조심하는 사람처럼 소극적이고 망설이는 데가 있었다. 그는 너무도 작은 목소리로 말했고, 그래서 그가 나중에 절대 자신이 한 말이 아니라, 내가 기이한 생각과 엉뚱한 욕망을 품었다고 우길 수도 있을 것 같았다. 나는 잠시 동요했고, 그의 제안에 무척 놀라 실로 충격을 받았다, 몇 주 전만 해도 내가 그에게 내 야윈 몸을 찍어달라고 부탁할 수 있었는데도 말이다. 사실 얼마 전에 만나서 가끔 작업실에 놀러 가게 된 화가 바르셀로에게 그런 제안을 할까 했었는데, 연작의 제목으로 〈에이즈 환자의 나체〉를 제시할 생각이었다. 쥘은 모르고 있었지만, 아비뇽에서 공연할 연극의 마지막 장면에 내가 나체로 등장하기로 연출가와 합의를 보기도 했다. 헥토르는 폭로의 끝까지 가는 이 연기의 의미를 잘 파악하고 있었지만, 그가 곧바로 "사람들이 당신을 두고 노출증 환자라고 말할 거예요"라고 이의를 제기한 것을 보면, 조금 바보 같은 방식이 아니었나 싶다. 나는 스무 살에 이미 이 공연을, 이 병과, 나체를 묘사했던 글을 다시 찾아내기도 했다. 그러나 쥘의 제안은 충격적이었고, 그 의미를 이해할 수 없었다. 뼈만 앙상하게 남은 몸으로 무엇을 이야기하려 했던 것일까? 내 시체를 찍고 싶었던 것일까, 아니면 살아 있는 내 해골을 찍고 싶었던 것일까? 그가 원해서였을까, 내 강박을 덜어주기 위한 수단이었을까, 아니면 절망적으로 수척해진 몸을 위한 구마 의식이었을까? 쥘은 살아 있는, 발가벗은 나를 찍길 원했다. 나와 내 몸의 관계는, 내가 화가나 연극에 나 자신을 바치겠다고 생각한 이후로 달라졌을 것이고, 그러니까 거기에는 도전과, 극한의 한계 속에서 용기와 품위를 지키려는 시도가 있었을 것이다. 그러나 이제는 동정심이나 망가진 몸을 향한 커다란 연민만이 남았기에 타인의 시선으로부터 내 몸을 지켜야만 했다. 진즉에 그렇게 했어야 했는데.

살이 빠지기 시작한 것은 약 1년 전 여름부터다. 70킬로그램이었던 몸무게는 이제 52킬로그램이 됐다. 방금 신문에서 에이즈로 사망한 브라질 록스타의 몸무게가 겨우 38킬로그램이었다는 기사를 읽었다. 나는 몇 달째 체중 재기를 거부하고 있는데, 의사가 발끝에 체중계를 들이밀면, 나는 그에게 "싫습니다"라고 말했다. 그때는 58킬로그램이었다. 2년 동안 병을 앓으면서 몸무게와 티록신의 변화를 관찰하다 보니, 내가 얼마만큼 나빠졌는지 더는 알고 싶지 않은 순간에 이르렀다. 이제 분석 수치를 요구하지 않고, 검사 결과가 목전에, 의사의 손안에 거꾸로 들려 있지만 읽으려고도 하지 않는다. 티록신이 6이든 60이든 60 이하든 알아서 좋을 게 뭐가 있겠는가? 결과가 500에서 200 사이였을 때는 수치가 낮아지거나 다시 좋아지는 것이 중요한 문제였다, 샹디 박사와 나는 2년 동안 그 차이에 매달렸으며, 바로 그것이 희망과 걱정을 오가는 우리 관계의 리듬을 결정했다. 병을 좌지우지할 수 없는 단계, 수치의 변화를 다스릴 수 있다는 믿음이 아무 소용없는 단계에 이르렀다. 통제할 수 없는 구역에 들어온 것이다. 나는 운명의 손 위에서 자유낙하를 하며 공중회전을 하고 있고, 이 낙하산에서 손바닥의 손금을 읽겠다고 안경을 찾느라 추락을 망치는 일은 터무니없는 짓일 것이다. 샹디 박사와 내가 서로 친밀함을 표현하는 일은 드물지만, 우리 관계는 2년 만에 매우 끈끈하고 내밀해졌으며, 그는 나와 내가 견딜 수 있는 고통에 너무 동화된 나머지, 내게 힘든 어떤 것들 혹은 그가 요청했지만 내가 받아들이지 않는 것들을 더 이상 내게 요구하지 않는다. 나는 체중계의 작고 어두운 네모 칸에 빨간 점으로 찍히는, 늘 조금씩 줄어드는 내 몸무게를 가리키는 그 숫자를 보기를 거부한다. 나는 내시경, 다시 말해 내시경 조직검사, 결장 내시경 검사, 기관지 폐포 세척, 목과 항문, 폐에 삽입하는 관을 거부한다. 이미 할 만큼 했다. 의사와 환자 사이에 이 힘의 관계가 느슨해지고 양보가 생기자, 서로를 향한 힘겨루기와 효율성은 감퇴하고, 그 안에 슬그머니 인정이 끼어든다. 그와 동시에 우리는 그가 내 의사로, 내가 그의 환자로 더는 적합하지 않은 수준에 이른다. 우리의 능력 밖이다. 배신이라고 할 것도 없이 다른 의사를 만나야 할 필요성과, 이 관계에 급작스러운 변화나 비인격화가 필요하다는 것을 느낀다. 월요일 아침, 병원에서 디다노신을 처방하기 전에 나를 검사했던 의사 클로데트 뒤무셸이 진찰대 위에서 내게 몸무게를 재자고 말하며 윗옷을 벗으라고 했을 때, 나는 거절을 할까 말까 갈등하다가 이윽고 자신을 내맡기는 쾌락, 그 격심한 쾌락을 느꼈다. 이런 검사를 하리라 예상하지 못했던 나는 그저 채혈할 때 단추를 너무 많이 풀지 않아도 되는 셔츠를 골랐고, 세탁기에 붉은색 인도 셔츠와 함께 넣었다가 분홍색으로 물든 팬티와 양말을 신은 채로, 창문이 없고 추운 지하에 있는 진찰실에서 지친 상태로 저항 하나 없이 나보다 어린, 젊은 여성의 손에 나를 맡겼다. 클로데트 뒤무셸은 처음 봤을 때는 매우 까다로운 사람처럼 보였다. 조금 올드한 그녀의 이름이 소설 속 여자 주인공을 떠올리게 했다. 월요일 아침, 병원에서 나와 공식적으로 처방받은 디다노신이 가득 담긴 에람Eram★ 가방을 들고 버스를 기다리면서, 나는 늘 기분이 좋지 않아 보이는 그 젊은 여자에게, 정확히 해야 할 말만 하고, 검진할 때 인간적인 면은 절대 보이지 않으며, 내가 매력적이라고 느끼는 빈정거리는 미소로 검진을 마치는 그 새침한 여자에게, 포마드를 바른 머리는 헝클어져 있고, 굽이 낮은 복싱화를 신고, 의사와 환자 사이에 감정을 싣지 않은 효율성의 챔피언인 그 불평 많은 여자를 사랑하게 될 수도 있으리라 생각했다. 클로데트 뒤무셸은 너무 감수성이 풍부해서 진찰대에 쓰러진, 불쌍하게 움츠러든 내 몸을 시작으로 온종일 그런 끔찍한 모습들을 너무 많이 봐서 차트에 코를 박고 아무것도 못 본 척하는 것이리라. 그녀가 냉담한 겉모습 뒤로 자신을 감추지 않았다면, 걸핏하면 눈물을 쏟아야 했을 테

★ 신발, 가방을 주로 판매하는 브랜드.

니까. 나는 한 달 전, 지도부딘을 끊고 디다노신을 요청하면서 클로데트 뒤무셸을 만났다. 내가 그녀에게 전화를 걸었을 때, 너무 오랜 기다림에 몸과 마음이 지친 상태였는데, 그 순간 그녀의 목소리에서 건방짐을 느꼈기에 그녀를 미워할 뻔했었다. 그녀는 불안에 떨고 있는 나를 이리저리 보낼 따름이었다. "기베르 씨, 당신이 48시간마다 전화한다는 것을 이제 확인하네요. 그렇지만 괜히 애쓰는 거예요. 제가 당신과 관련된 답이 오면 전화를 드린다고 이미 말씀드렸을 텐데요." 그녀는 자신이 전화를 건 번호가 이제 틀린 번호라는 것과 마침 내가 받을 수 없는 상황이라는 것 따위는 신경도 쓰지 않았다. 나는 한 달 반을 기다리는 동안 낙담과 절망으로 정말이지 죽을 뻔했다. 항우울제가 없었다면 죽었을 것이고, 쥘이 새벽 4시에, 얼마 전에 사망한 무용수가 처방받았던 디다노신을 가져다주지 않았다면 죽었을 것이다. 6월 29일 금요일 오후, 내가 구원자라 믿었던 클로데트 뒤무셸이 전화를 걸어 나를 절망의 끝으로 데려갔다. 그날은 뱅상과 저녁을 먹기로 했는데, 아무것도 할 수 없었다, 그토록 기뻤던 그를 다시 본다는 생각도 견딜 수 없었고, 기다릴 수도 없었으며, 기다리지 않을 수도 없었다. 내가 할 수 있는 일은 하나뿐이었다. 심정지를 일으키는 디기탈린을 준비해서 삼키는 것. 클로데트 뒤무셸은 말했다. "당신을 걱정시키고 싶지 않아서 연락을 드리지 않은 거예요. 어딘가에서 막힌 것 같았거든요. 당신의 요청은 거부됐어요. 디다노신을 취급하는 파리의 병원들을 모두 뒤졌는데, 할당량 초과예요. 대기 명단은 이미 꽉

찼고요. 당신이 공개 신약 실험에 합류할 수 있도록 노력해봤지만, 다른 신약 실험을 시도해봐야 할 것 같아요. 복용량을 다르게 하는 이중맹검법이요. 요청하면 다시 15일이 걸릴 텐데, 그렇게 되면 이전의 검사 결과가 더는 유효하지 않을 테니까, 내일 아침 다른 검사를 받으러 민영 병원으로 가셔야 할 거예요. 거기가 더 빠르거든요. 가능하다면 슈망베르 길에 있는 곳으로 가세요. 그곳은 이런 상황에 익숙해서 채혈한 혈액을 보관해주거든요." 나는 울음을 터뜨리지 않기 위해 꾹 참았다. 그 말인즉 새벽에 일어나 파리 반대편에서 튜브 열다섯 개에 들어갈 피를 뽑고, 다시 불확실한 기다림 속에 잠겨야 하는데, 내게는 더 이상 그럴 힘이 남아 있지 않았다. 나는 붉은 안락의자에서 일어나 브로마제팜을 먹으러 갔다. 그 사이에 샹디 박사는 내게 전화를 걸어 친절하게도 혈액검사 진단서를 주러 오겠다고 말했고, 나는 그에게 그럴 필요 없다고, 내일은 기분이 달라질 수 있겠지만 지금은 너무 실망해서 그 어떤 것도 할 수 없다고 대답했다. 그는 맥없이 후회 가득한 목소리로 말했다. "이해합니다." 내가 그 절망의 단계에 이르자 그때부터 걱정하던 친구들이 여러 마리 토끼를 동시에 잡기 위해 뛰기 시작했다. 나시에 박사는 휴가를 보내던 엘바Elbe섬에서 매일 같은 시각에 내게 전화를 걸었고, 보건복지부 장관과 직접 연락할 수 있도록 절차를 밟았다. 쥘은 혼수상태에 빠진 무용수를 다시 추적했다. 안나는 루가노 성에 있는 억만장자 미국인을 압박하기 위해 연락을 취했다.

일주일 전, 안나가 매우 흥분한 상태로 내게 전화했다. 그 전날 저녁, 그녀는 우연히 매니저 시몬과 함께 미국인 억만장자와 저녁을 먹었는데, 그 억만장자는 론다Ronda에서 투우 경기를 본 이후로 인기가 치솟고 있는 젊은 투우사 르줄린에게 빠져 있었다. 르줄린은 날씬하고 키가 크고 우아했고, 반면에 그의 경쟁자 차마코는 작고 거칠고 작달막하고 다리가 짧고 코가 납작하며 괴물을 피하는 방식이 원시적이고 무모했다. 그와 반대로 르줄린은 실수 없이 조금 더 고상한 고전 기술을 선보였다. 그의 볼에는 처음 보면 잘 보이지 않아 와인 자국인가 싶은 곪은 상처가 있는데, 뿔에 다친 것으로 완벽하게 잘생긴 얼굴에 생긴 검은 구멍처럼 보였다. 열다섯 살이었던 르줄린은 외모가 흉측하고 다리를 저는 아버지와 목발을 짚고 다니는 매니저 없이는 절대 움직이지 않았다. 그 매니저는 평생 실력 없는 투우사들을 알리려고 노력했지만 그가 아끼던 선수 중에 주목받는 사람은 아무도 없었는데, 마침내 르줄린이 성공을 거뒀으니, 영광의 기쁨을 누릴 기회를 놓치고 싶어 하지않았다. 그러나 그는 건강이 매우 좋지 않았고, 그의 의사는 그에게 "르줄린의 경기를 계속 따라다닌다면 목발이 아니라, 일단 다리 하나를 절단해야만 할 거예요"라고 말했다. 그의 첫 번째 다리는 결국 잘려나갔다. 르줄린의 투우사단은 순수하고 아름다운 소년 주위를 기어 다니는 괴물들 같은 강렬한 효과를 일으켰다. 매번 투우 경기가 끝나면, 그 투우사는 자신이 죽인 황소의 이름을 노트에 적었다. 미국인 억만장자는 론다에서 그 소년에게 반한 이후로 그를 놓치지 않고 따라다녔다. 그는 팜플로나에서 보케르, 님에서 마드리드, 멕시코에서 세비야까지 그 소년을 태우기 위해 리무진과 운전기사, 개인 항공기를 보냈다. 소년의 생일에는 피카소 그림을 보내기도 했는데, 르줄린은 그림보다는 벤츠를 원했고, 그는 벤츠 열 대 값인 피카소 그림을 자동차 한 대와 교환하려 했다. 미국인 억만장자는 저녁 식사 중에 하소연했다. "루오의 작은 성모상을 선물한 이후로는, 그렇다고 그가 그걸 기뻐하는 것 같지도 않았지만, 더는 아이디어가 떠오르지 않아요. 르줄린이 크리스마스에 교황을 만나게 해달라고 부탁했고, 그렇게 해줄 거지만 크리스마스는 아직 멀었으니까." 안나는 저녁 식사 중에 내 이름이 나왔다고 했다. "그 사람을 알아요?" 그가 물었다. "그의 책을 아직 읽어보지 않았어요. 그가 티브이에 출연했을 때 미국에 있었거든요. 녹화를 했어요. 이미 자주 보긴 했는데…, 그 사람은 지금 어때요? 그 친구에게 내가 할 수 있는 일은 모두 해줄 준비가 돼 있다고 전해주세요. 제가 미국 의료계 사람들과 친하거든요. 정계에서 10년 동안 일했으니까….”

미국인 억만장자는 거래를 제안했다. 그는 내가 르줄린의 투우 경기를 보길 원했고, 이번에는 내가 그 투우사의 우아함에 반하도록, 내가 원할 때 가장 편한 날짜에 보케르나 마드리드에 데려다줄 비행기까지 운전해줄 리무진과 운전기사를 보내주겠다고 했다. 그는 직접 그 투우사를 찬양할 능력이 없었기에, 그의 사랑을 글로 남겨줄 사람으로 나를 택했던 것이다. 그는 그 대가로 내게 필요한 모든 약을 제공해주기로 했다. 안나는 내게 루가노 성에 있는 그 억만장자의 전화번호를 줬지만, 나는 그에게 전화를 걸지 않았다. 분명 그곳에서 엄청나게 심심했던 미국인 억만장자는 매일 오후에 안나에게 전화를 걸어 슬프게 말했다. “오늘도 안 왔어요. 기베르 씨가 내게 전화를 걸지 않았다고요.” 안나는 내게 미국인 억만장자를 작고 포동포동하고 과장된 몸짓에, 가발은 아니지만 회색 가발 같은 것을 머리 위에 얹고 있다고 묘사했다. 나는 결국 매우 섬세하고 주의 깊고 상냥하며 차분한 그의 목소리를 전화로 듣게 됐다. 그 남자는 분명 자신의 계획을 착수하길 원했고, 어떤 방식으로든 나를 돕기를 원했다. 그는 처음 대화를 나누던 중에 “곧바로 제 고모인 미슐린한테 연락할게요. 국민건강보험 고문 의사예요”라고 말했는데, 내게는 신성한 미국 보건복지부와 국민건강보험 고문 의사인 그 미슐린 고모 사이에 아주 커다란 상상의 괴리가 있었다.

나를 대하는 쥘의 태도가 갑자기 180도 달라졌다. 예전에 그는 내가 환자가 아니고, 감염이 되지 않았으며, 어쩌면 절대 감염되지 않을 것이라고, 어쨌든 아프기 전에도 나는 늘 무언가를 불평했다고 주장하며, 나를 불평하는 사람, 일찍 잠드는 사람, 친구들이 나를 빼놓고 놀지 못하도록 방에 가두길 원하는, 흥을 깨는 사람으로 그렸다. 한 주 한 주 시간이 흐르면서 쥘은 내 건강 상태를 걱정했다. 그는 내가 얼마나 말랐는지 확인하기 위해 옷 속으로 손을 넣어 내 몸을 만졌고, 내가 의자에서 일어날 때 얼굴을 찌푸리는 것을 봤으며, 내가 유지하는 삶의 방식을 비난하기 시작했다. 나는 낮 동안에 쥘이 천박한 제안을 한다고 여기는 티브이 제작자를 제외하고는 어떤 만남도 가질 수 없었고, 버스를 탈 수도 없었다, 그건 너무 피곤한 일이었기 때문에 택시를 타야만 했다. 그의 집에 저녁을 먹으러 가면, 그가 나를 질책했다. 그의 말을 빌리자면, 내가 너무 무거운 와인 두 병을 들고 그의 집까지 걸어왔기 때문이다. 나는 나를 향한 쥘의 그 새로운 태도가 마음에 들었고, 그와 알고 지낸 15년 동안 그것만을 기다려왔으며, 목적을 달성했다고 말할 수도 있었다. 나는 그와 육체적인 관계를 전혀 맺지 못했다. 그건 너무 힘들고 두렵고, 버스를 잡으려고 2미터를 달리는 것만큼이나 불확실했고, 나를 아프게 했으나, 쥘은 이런 관계를 유지하는 데 열중했다. 나는 에로틱함에 있어서 뇌사 상태에 빠진 것이나 다름없었고, 그는 소생술을 펼치고 있었던 것이다. 나는 쥘이 꽁지머리를 잘라서 기뻤다. 그는 사실상 그 꽁지머리를 그가 야기할 수 있는 유혹을 막는 용도로, 성관계를 맺겠다는 생각을 위축시키는 용도로 사용했었다. 젊어진 그의 모습은 다시금 그를 성적 욕망을 자극하는 존재로 만들었고, 내가 누구와도 성관계를 갖지 않았던 시기에, 그는 과거에 그랬던 것처럼 클럽이나 피트니스 클럽에서 만난 남자들과 다시 관계를 갖기 시작했다. 나는 쥘이 그런 모험을 하는 것이 기뻤는데, 그것은 대리만족이 아니라, 내가 사랑하는 사람이 내가 없어도, 내가 줄 수 없는 쾌락을 되찾았다는 사실에 그저 행복할 뿐이었다. 나는 쥘이 자신의 모든 것에서 균형을 되찾았고, 그래서 내게 더 많은 사랑을 아낌없이 준다고 느꼈는데, 그가 내 병의 명백함을 그토록 거부하다가 받아들인 이후로 내게 그랬던 것처럼 때때로 더 다정하게 굴지라도, 예전처럼 우리의 육체적 관계의 효율성이 모든 것을 해결할 수는 없었다. 나 역시 내가 아프다는 사실을 완전히 잊을 때가 있었다. 〈어포스트로프Apostrophes〉

방송에 출연한 이후로 신문에서 나를 죽어가는 사람이라고 말하고, 〈카나르 앙셰네Canard enchaîné〉 신문 기자가 나를 가리켜 "그 죽어는 가는 사람"이라고 쓴 것을 잊지 않고 있으면서도, 어떤 친구가 그 주제를 언급하면, 도가 지나치다고 생각하며 충격을 받기도 했다. 사람들은 내가 컨디션이 좋다고 느낄 때 나를 죽어가는 사람이라고 말했고, 내가 죽을 것 같다고 느낄 때 "조금 과장한다고 생각하지 않으세요?"라고 말했다.

미열로 응급 치료를 받은 병원에서 나를 검진하던 미숙한 인턴이 어김없이 내게 물었다. "설마 밤에 환자 분 혼자 계신 것은 아니죠?" 거기에 어떤 친구 녀석이 보탰다. "너 정말 집에 누군가 필요하지 않아?" 나는 늘 혼자 살았고, 다른 사람과 함께는 그게 누구라도 편히 잠을 자본 적이 없었다. 어떤 밤들의 악몽을 내가 좋아하는 사람과 나눌 생각은 없다, 정 안 되면 언제든 그에게 전화를 걸 수 있다. 그러나 의사 또는 나를 잘 모르는 지인들의 걱정이 결국 나를 불안하게 만들어버렸다. 현재 내게 일어날 수 있는 최악의 일은 밤에 오줌을 싸러 가다가 침대에서 떨어져 혼자 일어날 수 없게 되는 것이고, 일어나려고 애써보겠지만 그럴 수 없을 확률이 아주 높아서, 밤에는 전화기 코드를 뽑아버리는 쥘에게 연락하기 위해 전화기까지 포복하거나 네 발로 엉금엉금 기어가야만 하는 것이다. 게다가 사람들은 모두 친구나 어머니와 함께 오는 병원에 내가 혼자 가서 피를 뽑고, 위와 폐에 관을 삽입하는 견디기 힘든 검사를 받는 것을 미친 짓이라고 말했다. 그들은 내가 쥘과 함께 가야 한다고 말하지만, 나는 쥘에게 그런 것을 알게 하고 싶지 않다. 나는 내 눈앞에 펼쳐지는 끔찍한 일들을 그에게 감추면서 동시에 그런 일들을 그에게 말해야 할 필요성을 느끼는데, 어쩌면 그것이 그에게는 더 최악일지도 모르겠다. 어제저녁에는 피를 잔뜩 흘리고, 이 병원에서 저 병원으로 실려 다니면서 이런 저런 검사에 시달렸는데, 내 상태가 좋지 않아서 먼저 받아주겠다고 했지만 후끈한 방에서 느끼는 갈증만큼이나 무엇을 해도 가라앉지 않는 끔직한 두통에 시달리며, 엑스레이 촬영을 위해 두 시간을 기다리다가, 폐와 부비강 엑스레이 검사와 오늘 아침, 수화기를 들고 잠을 자느라 빼먹었던, 튜브 열두 개에 채혈을 하라는 진단서를 써줬던 클로데트 뒤무셸을 만나기 위해 로칠드 응급실에 돌아오면서 병원에서 다섯 시간을 보내고 나니, 9시에 응급실로 나를 데리러 온 쥘에게 내가 목격했던, 특히 끔찍했던 한 장면을 이야기하고 싶어졌다. 그러나 어제는 쥘이 그런 이야기를 들을 기분이 아니라는 것을 눈치챘고, 결국 그 상像으로부터 벗어나고자 그 끔찍한 장면을 이야기하는 것을 누구에게도 할 수 없었다. 그래서 바로 이곳에 내가 그 이야기를 해야만 하고 또 할 수 있는 것이 아니겠는가? 전전번에는 처음으로 디다노신을 받기 위해 로칠드 병원에 갔다가 병동 앞에서 바람을 쐬러 누군가와 함께 난간으로 나온 남자가 말하는 것을 들었다. "자! 저 훌륭한 작가님에게 미소를 지어봐!" 분명 나보다 더 심각한 상태는 아니겠지만 그래도 너무 마른 그 남자는 안경을 썼고, 끈이 달린 작은 가방을 손에 들고 있었다. 그는 잠시 후 그와 내가 함께 알고 있는 어떤 사람에 대해 말하기 위해 내게 다가왔었다. 나는 어제, 그 상냥한 남자를 다시 봤다. 그곳에는 우리 둘뿐이었지만, 나는 스스로 위독하다고 느꼈고, 끔찍하게 머리가 아팠으며, 열이 났고, 아침에 먹은 것을 토한 상태로 구급차가 들것을 가지고 오기를 기다리고 있었기 때문에 당연히 사교적이지 못했다. 안경을 쓰고 작은 손가방을 든 남자가 말했다. "저와 함께 온 친구를 당신에게 소개시켜주고 싶어요. 그 친구 침대 머리맡에 오랫동안 《시각장애인들》이 놓여 있었거든요." 나중에 대기실을 다시 지나갈 때 그가 말했던 친구를 봤는데, 신음 소리를 내며 잠든 모습이 분명 지쳐 보였다. 나는 아침에 기관지 폐포 세척을 하면서 그 남자를 본 것 같았다. 우리는 셋이었고, 문 옆에 일렬로 앉아서 검사를 기다리며 문 뒤의 분주함을 이해해보려 애썼다, 작은 소리에 귀를 기울였고, 문이 살짝 열릴 때마다 우리를 고문시킬 기구를 조금이라도 보려고 했다, 기침이 심하던 아주 어린 흑인 남자아이, 휠체어에 앉아 항생제 링거를 맞던, 병이 심각해 보였던 남자, 그리고 내가 생각하는 그 남자, 신경질적이고 마른 체구의 금발 청년이 있었다. 흑인 아이가 검사를 마치고 돌아와 우리들 사이에 앉았을 때, 금발 청년이 아이에게 물었다. "아프니?" "네." 흑인 아이는 고개를 숙인 채로 대답만 했다. 그리고 누군가 다음 사람, 즉 링거를 맞던 남자에게 들어오라고 말했고, 나는 그 젊은 남자가 휠체어에 달려들어 검사실까지 그것을 밀고 가는 것을 봤다. 간호사가 "그러니까 서로 돕는 거예요?"라고 말하는 소리가 들렸다. 그러나 사람들이 생각하는 것과 달리, 금발 청년과 휠체어에 앉아 있던 남자는 서로 말을 섞은 적이 없었다. 나는 나중에 그 청년이 휠체어에 탄 사람은 안중에도 없었고, 자신의 차례가 되어 그 방에 들어가는 것이 두려워 일단 사전 탐색을 하기 위해 달려들었던 것임을 깨달았다. 그의 얼굴에 끔찍한 공포가 선명했다. 그의 차례가 되자 문 뒤에서 소란스러운 대화 소리가 들렸다. 젊은 여자 의사가 "당신에게 아무것도 강요할 수 없지만, 마음이 바뀌신다면 환영할게요"라고 말했지만, 청년은 도망쳤다. 나는 그 의사에게 청년이 검사를 거부하기 전에 마취를 받았는지, 혹은 마취 중에 중단한 것인지 물었다. 아니다. 그는 마취조차 거부했다, 첫 설명을 듣자마자 겁을 먹었던 것이다. 그 청년의 마음이 바뀌었다는 사실이 그가 도망친 것을 내가 감내할 수 있으리라는 이상한 용기를 줬다. 의사는 내게 말했다. "백 명 중 한 명은 검사를 견디지 못하고 삽입한 관을 뽑아버려요. 특히 노인들이 그렇죠." 자, 그런데 그 금발의 청년을 이렇게 다시 보게 된 것이다, 내가 사람을 잘못 본 것이 아니라면 말이다. 몸이 반쪽이 된 그는 푹 꺼진 의자에 가로로 팔꿈치를 올리고 엎드려 잠을 자다가 소리를 질렀다. 더는 할 수 없다고, 너무 지쳤다고, 집으로 돌아가고 싶으니 빨리 택시를 불러달라고 울부짖었다. 나는 그와 눈이 마주치지 않도록 피했다. 그러니까 오랫동안 침대 머리맡에 《시각장애인들》을 두고 읽었다던, 그 젊은 남자가 맞았다. 그러나 내가 그를 피해 옆방으로 가려던 순간, 그가 눈을 떴고, 그와 눈이 정면으로 마주치고 말았다. 그의 눈빛에는 끔찍한 증오가 있었다. 나는 어느 단계에 이른 피로가 모든 경외심과 신의, 추억, 인생에서 일어난 사건들 사이의 연결 고리를 막아서, 앙상한 몸에 끝없는 절규만 남게 된 것이라고 생각했다.

밤사이 클로데트 뒤무셸이 처방해준 항생제를 먹지 않고도 열이 떨어졌다. 잠에서 깼을 때는 37도밖에 되지 않았고, 오후에 저명한 교수 스티퍼를 만나려고 클라마르에서 고생한 후에 쟀을 때도 37.2도밖에 되지 않았다. 나는 내가 열이 났던 이유가 나를 피하고, 나를 다른 사람에게 떠넘긴 클로데트 뒤무셸을 다시 만나기 위해서가 아니었을까 생각했다. 그날 아침에는 열이 오르기 전에 그녀에게 전화를 했는데, 그녀가 나를 여기저기로 보냈다. 나는 내가 할 수 있는 일이 아무것도 없으며, 그날은 그녀를 볼 수 없다는 것을 깨달았다. 밤 9시에 구급대원들이 엑스레이 검사 결과를 들고서 나를 로칠드 응급실로 데려왔을 때, 나는 당직 간호사에게 클로데트 뒤무셸의 이름을 대며 불러달라고 요청했고, 그녀가 흰 가운을 입고, 청진기를 어떻게 둘렀는지 모르게 목에 걸치고 문에서 나오는 것을 봤을 때, 일종의 승리감 같은 것을 느꼈다. 그러나 클로데트 뒤무셸은 그 응급실에 내가 있다는 것을 모른 척했던 것처럼, 자신의 이름을 못 들은 척했다. 그곳에는 성가신 흑인 남자애 한 명뿐이었는데, 그가 코카콜라 한 캔을 들고 다니며, 지나치게 톡 쏘는 맛 때문에 마실 수 없다며 모두에게 그것을 넘기려 했지만, 구급대원들도 간호사들도 아무도 받지 않았다. 나는 클로데트 뒤무셸로부터 멀리 떨어져 있었고, 가능한 한 그녀로부터 멀찍이 거리를 두고 앉았다. 한편 그녀는 엑스레이 촬영 사진 봉투를 열었고, 나는 촬영 기사에게 톡소플라스마 흔적이 전혀 없다는 것을 들었기 때문에 이미 결과에 안심하고 있었지만, 직접 내 눈으로 볼 수는 없었고, 구급대원들에게 그것을 전달하면 그들이 당직 의사에게 다시 넘겨야 했다. 나는 클로데트에게 다가가 그녀의 눈빛이 말하는 것을 파악하려고 하는 대신에, 멀찍이 떨어져 누군가가 나를 부르기를 차분히 기다리는 척했다. 얼마 지나지 않아 클로데트는 제법 격식 없이 검지를 까딱거리며 나를 불렀다. 그녀는 내가 이미 알고 있는 사실을 내게 알렸고, 나는 그녀가 다행스러운 결과를 말하는데도 내가 초연할 수 있다는 것이 자랑스러웠다. 그녀가 내 이름과 접수 번호가 찍힌 스티커를 떼어내려고 텔레타이프 위로 몸을 숙였을 때, 그녀의 맨발이 눈에 들어왔다. 맨발로 있을 만한 계절이긴 했지만, 나는 그녀가 복싱화를 신는 게 더 좋았다. 누군가 전화로 그녀를 찾았고, 그녀는 신경질을 내며 수화기를 들었다. "쉬지 않고 말하네. 쉬지 않고 말해. 도대체 언제 끝나는 거야?" 그녀는 자신에게 물었다. 그것은 개인적인 통화였지만, 그 통화에 그녀의 관심이 쏠려 있는 듯했기에 나는 그녀의 말을 단 한 마디도 놓치지 않았다. 공증인과의 매매 계약 문제였다, 그녀가 어느 순간 "어쨌든, 구두쇠라니까요"라고 말했고, 나는 그녀가 내가 아닌 다른 사람을 그런 식으로 말하는 게 기뻤다. 흑인 남자아이는 기다리게 한다고 짜증을 냈고, 클로데트는 말했다. "사부랑 씨, 저도 마찬가지예요. 저도 기다리고 있습니다. 당신의 엑스레이 결과를 기다리고 있죠. 그렇지만 기니에서는 이것보다 더 인내심을 가져야 한다고 알고 있는데요." 나는 병원 앞, 길 끝에 있는 의자에 앉아서 쥘이 로칠드로 나를 데리러 오기를 기다렸다. 그곳에는 쓸모없이 매달려 있는 듯한 이상한 붉은색 의자 세 개가 있었고, 흑인 남자아이가 그와 나 사이에 자리를 하나 비워두고 세 번째 의자에 앉았다. 나는 그 아이가 자리를 비워두지 않을 줄 알았고, 그랬다면 그를 피해 바로 일어나려 했었다. 내게 코카콜라 캔을 주려고 할까 봐 겁이 났었던 것이다. 그 아이가 말을 걸었다. "저 여자가 나를 쫓아냈어요. 저한테 밖에서 바람을 쐬고 오거나 자기가 처방전을 쓰는 동안 밖에 나가보라고 했어요. 그렇지 않으면 처방전을 쓰지 않겠다고요. 제가 자기 옆에 붙어 있는 게 견딜 수 없다고 하더군요. 속은 착한 사람이에요. 겉으로는 저렇게 불쾌하게 굴지만, 사실은 매우 착한 사람이죠. 우리는 서로에게 익숙해요, 제가 자주 들러서 귀찮게 하는데, 매번 사회보장 보험이 없으니 받아주지 않겠다고 말하면서도 받아줘요. 그거 아세요. 저도 10년 전에 크게 아팠어요. 결핵에 걸렸었거든요. 기침을 하고 기진맥진해지죠. 그러다가 좋아져요. 보세요. 택시를 기다리시나요? 아니면 아내를 기다려요?" 별거 아닌 그 말이 내게는 즉시, 글로 옮기기도 전에 의미 있게 다가왔다.

오늘 아침에는 클로데트에게 진찰을 받으면서 당황했다. 나는 점점 더 내게 친절을 베푸는 그 젊은 여자의 손에 나를 맡겼다. 그녀가 먼저 진찰한 환자를 배웅하는 모습을 멀리서 지켜봤다. 오늘 그녀는 검은색과 흰색 조합으로 그림이 그려진 아주 우아한 여름 신발을 신고 있었는데, 지난번 저녁에 응급실에서 봤던, 내 마음에 들지 않았던 그녀의 신발이 사실 샌들이 아니라 에스파듀*였을 것이라고 생각했다. 또 그녀의 발목이 창백한 얼굴과는 다르게 분홍빛이라는 것을 눈여겨봤다. 그녀는 9월에 휴가를 떠날 것이다. 마 소재로 보이는 바지가 의사 가운 밑으로 내려왔고, 그 밑으로 발목이 보였다. 나는 클로데트의 다리가 예쁘거나 혹은 다리가 조금 두꺼워 바지로 감추는 것으로 생각했다. 아직 그녀가 스커트나 원피스를 입은 모습은

* 캔버스 소재로 만든 납작한 신발.

보지 못했다. 채혈을 하고 찢어진 안락의자 중 하나에 앉아 그녀를 기다렸다, 그 의자는 너무 푹 꺼져서 대부분의 환자가 일어나는 것을 힘들어했다. 안경을 쓰고 작은 가방을 든 남자가 여전히 돌아다녔다, 그는 이번에도 내게 2분 정도 시간을 내달라고 부탁했고, 나 역시 이번만큼은 허락했다. 그는 내게 말했다. "내 친구가 너무 아파요. 낮 동안 병원에 있는데, 기회성 폐렴에 걸렸어요. 많이 말랐죠. 괜찮으시다면 아무렇지 않은 척 슬쩍 보고 와 주세요. 그 젊은 마약중독자가 내게 뱅상 같은 존재거든요. 저는 그에게 아버지 같은 사람이고요. 저는 그의 곁을 떠나지 않아요. 밤낮으로 돌보고 있죠." 오늘 아침, 로칠드에서 끔찍한 상태인 사람들을 봤다. 망자들이 무덤에서 튀어나와 비틀거리며 몇 걸음을 걷는 공포 영화 포스터에서 본 듯한, 눈빛이 이글거리는 젊은 시체들이었다. 나는 그들이 나보다 상태가 더 좋지 않다고 느꼈지만, 어쩌면 아무도 자신을 있는 그대로 볼 수 없는지도 모른다. 가장 망가진 사람 안에는 자기도취가 있기에 타인의 피폐함만을 평가할 수 있는지도. 나는 그 돌아다니는 시체들을 찍을 수 없으리라 생각했다. 방송 제작자의 제안 때문에 잠깐 생각해봤지만, 그건 결국 진짜 스캔들이자, 재미없는 스캔들이 될 것 같았다. 로칠드 병원에 다닌 이후로, 아주 아름다운 여자를 보게 됐다. 나이가 좀 있는 이란 여자인데, 아들인 것 같은 젊은 남자와 함께 다닌다. 처음에는 이 병동에 그 남자가 어머니와 함께 있는 것을 이해할 수 없었다. 그가 너무 건강해 보였기 때문이다. 그러나 몇 달 만에 그가 믿기 힘들 만큼 쇠약해지는 것을 봤다. 코끝에 붉은 점, 밤색 점이 찍혔고, 야위었으며, 머리카락이 빠졌다. 오늘 아침에는 걸음을 걷지 못해서 데스크에 기대어 서 있어야 했다. 그의 어머니는 미소를 잃지 않았다, 희미하고 옅은 미소를 지은 아름답고 담담한 얼굴이 나를 바라봤다. 내가 그의 아들이 약해진 모습을 목격한 것처럼 그녀 역시 달이 갈수록 쇠약해지는 나를 봤을 것이다. 클로데트 뒤무셸은 자신의 진료실이 있는 지하로 나를 데려갔다, 더럽고 어질러진, 환기 장치가 시끄럽게 돌아가는 곳이다. 그녀는 크라프트지로 된 서류를 팔에 끼고 그 방에 들어가면서 앞서 진료를 봤던 환자가 사용했던 흰 종이를 진찰대에서 치우고, 두루마리를 당겨 새 종이를 뺀 후에, 내가 티셔츠와 팬티 차림에 맨발로 눕는 곳 위에 그것을 깔았다. 나는 매번 그 테이블 위쪽에 머리를 찧는데, 목 근육이 머리를 찧지 않고 눕거나 베개에 스르륵 파묻히도록 허락하지 않기 때문이다. 나는 상의 탈의를 하고 싶지 않았다. 클로데트는 내 티셔츠를 걷어 올리고 내 가슴의 구멍에 청진기를 댔다. 처음에는 그녀가 물었다. “이게 뭐죠?” “흉곽 기형이요.” 나는 대답했다. 그녀가 물었다. “태어날 때부터 있었나요?” “네.” 나는 이제 거의 부끄럽지 않다, 지금은 어루만지는 것이나 다름없다, 선택의 여지가 없으니까. 클로데트는 내 배를 만져보기 위해 팬티 고무줄을 들어 올린다. 우리는 병원 놀이를 한다. 각종 테스트를 한다. 첫 번째, 나는 옷을 입고 그녀 앞에 앉아, 발가락을 쫙 벌리고 눈을 감는다. 이제 그녀가 내 엄지발가락을 잡고, 나는 그녀가 앞으로 당기는지 뒤로 당기는지, 그러니까 그녀 쪽인지 내 쪽인지를 말해야 한다. 나는 눈을 감고 있고, 그녀는 내 발가락을 움직이고, 나는 말한다. "당신이요. 저요. 당신이요. 당신. 저요. 저요. 당신. 저요. 당신. 당신. 저요." 나는 그녀에게 나 그리고 당신, 나 그리고 당신을 숨이 찰 때까지, 숨이 가빠질 때까지 말한다. 주술, 강요된 위장 진술 같다. 나는 클로데트의 나이가 궁금하다. 나보다 어릴까, 아닐까, 지난번에는 나보다 훨씬 어린 것처럼 느껴졌는데, 나이를 물어봐도 될까? 그러다가 이내 깨닫는다. 내가 미쳤지, 불알에 죽음을 달고 다니는 놈에게 무슨 관심이 있겠는가? 게다가 나는 이미 결혼했는데. 클로데트가 망치로 내 몸을 훑는다, 반응이 있다. 그리고 그녀는 망치의 나사를 풀어 송곳으로 만든 다음, 그것으로 발바닥의 오목한 부분을 짜증나게 지그재그로 긋는다. 사도마조히즘이다. 클로데트는 한 손으로 내 목 뒤를 잡아 내가 진찰대 위에 앉는 것을 돕는다. 그녀는 내 티셔츠를 걷어 올려서 등 쪽으로 폐에서 나는 소리를 듣고, 나는 입을 벌려 숨을 크게 쉰다. 그녀는 무언가를 집어 종이를 잘랐고, 나는 그게 혀를 누르는 막대 같아서 그녀에게 말한다. "싫어요. 혀는 누르지 마세요. 이미 입을 벌렸잖아요." 그녀는 웃으며 말한다. "아니요, 혀를 누르는 게 아니에요. 이건 다른 거죠. 그렇지만 당신이 원한다면 바로 입안을 보도록 하죠." 클로데트는 빛이 나오는 막대로 내 목을 검사하고, 치아와 입천장, 내 혓바닥과 혀 아래를 본다, 키스했던 곳, 남자의 성기로 쾌락을 느꼈던 곳을 본다. 그녀가 꺼내는 것은 작은 송

곳이다, 그녀는 곧 그것으로 나를 살짝 혹은 깊숙이 찌르거나, 나를 두드리거나, 손가락 끝을 살짝 스칠 것이다. 나는 다시 누워 눈을 감는다. 팔에서 손까지, 허벅지에서 종아리, 발까지, 클로데트는 내 몸 위아래, 양옆을 만지고, 두드리고, 찌른다. 나는 점점 더 빠르게 말해야 한다. "찌른 거예요. 터치요. 터치요. 찌른 거예요." 클로데트는 말한다. "종아리 부분이 살짝 둔하네요." 그녀는 내 근력을 측정하기 위해 손을 잡는다, 그녀는 손을 꽉 움켜쥔다, 약혼자들이 산책할 때 하는 행위와 조금 비슷한데, 나는 손가락을 쫙 펴야 한다. 그리고 손을 올린다. "아니요, 팔은 안 돼요." 그녀는 세게 누르며 말한다. 그리고 내 발을 잡고 있는 그녀의 손에 힘을 준다. 그녀가 첫날에 "그렇게 하면 안 돼요. 액셀을 밟듯이 하세요"라고 했던 말이 이해되기 시작한다. 나는 말했다. "운전을 못 해요." 그녀는 "여기 운전 못 하는 사람이 둘이네요"라고 했다. 클로데트가 내게 말했다. "지난번보다 근력이 조금 더 세졌어요. 옷을 다시 입으셔도 좋아요." 그녀는 디다노신 실험 의정서를 위한 차트를 기록했고, 나는 출발 날짜를 협의하기 위해 다이어리를 뒤졌다. 나는 클로데트에게 "떠나고 싶어요"라고 말했고, 그녀는 내게 "떠나게 내버려두지 않을 거예요"라고 대답했다. 갇히길 원했던 나는 결국 그렇게 됐고, 이제 파리에서 할 일이라고는 클로데트를 보는 일밖에 남지 않았다. 만약 그녀가 떠나는 것을 허락했더라면 나는 몹시 실망하여, 그녀가 나를 버린 것 같은 기분을 느꼈을 것이다. 그녀의 머리는 차트 쪽으로 기울어져 있었고, 그녀의 헝클어진 머리카락 끝은 약간 붉은 물이 들어 있었다. 그녀가 내게 말한다. "서른다섯 살, 맞죠?" 전화가 울렸다. 바로 이때다. 지금 아니면 기회는 없다. 나는 망설이다가 결심하고 묻는다. "당신은요?" "스물여덟 살이에요." 그녀는 전화를 받다가 수화기를 내려놓고 다시 말한다. "스물여덟이요." 나는 "들었어요"라고 답한다. 계산해보니 내가 클로데트보다 일곱 살이 많다, 나는 뱅상보다 열 살이 많고, 테오보다는 열 살이 적고, 고모할머니 쉬잔보다 60살이 더 적다. 검사가 끝났다. 우리는 1층으로 올라간다. 클로데트는 내게 엘리베이터를 탈 것인지 계단을 이용할 것인지 묻는다. 그녀는 내게 말한다. "당신을 위해서예요. 난 상관없어요." 아침에 했던 혈액검사 결과를 기다려야 한다. 클로데트는 차트를 뒤지지만, 아직 도착하지 않았다. 그녀는 결과를 받기 위해 전화를 건다, 수치를 측정하는 데 15분을 더 기다려야 한다. 클로데트는 목요일에 내시경 조직 검사를 받을 수 있도록 처방전과 소견서를 써줬다. 복도에서 뇌 자기공명영상 사진을 판독했던 신경과 전문의와 마주쳤는데, 그가 내게 근전도 검사를 요구했고, 나는 클로데트에게 그것이 무엇인지 묻는다. 그녀는 "근육에 바늘을 꽂고 전류를 흘려보내는 건데, 그렇게 아프진 않아요"라고 말한다. 그녀는 신경과 전문의와 집무실에 들어가서 내가 금요일 오후, 생앙투안느에서 해야 할 근전도 검사 처방전을 작성한다. 한 여자가 흰 개 한 마리와 함께 들어와 빈 약 봉투로 가득한 비닐봉지에서 디다노신 한 통과 이국적인 식물이 들어 있는 상자를 꺼낸다. 그녀는 릴리안과 이야기를 나눴는데, 접수대에서 일하는, 머리를 잘 손질한 금발 여자로, 환자들은 모두 그녀에게 릴리안이라고 부르며, 반말을 한다. 릴리안의 눈에 눈물이 가득 고인다. 나는 그 여자의 딸이 마지막 카드인 디다노신으로 재택치료를 시도하고 있다는 사실을 알아챈다. 그러나 그 여자는 에너지가 넘친다. 그녀의 개는 체혈실에서 긴 흰 털을 질질 끌고 다니고, 그녀는 그 개를 잡기 위해 소리를 지른다. 어깨끈이 달린 가방을 멘 남자는 계속해서 백 보를 걷고, 점점 창백해졌다. 병동을 이끄는 교수가 만화 속 흰 족제비처럼 심술궂은 얼굴로 손에 처방전을 들고 몸을 흔들며 홀을 가로지르고, 늘 그렇듯 환자 한 명이 그의 뒤를 따른다. 여자는 그에게 이국적인 식물이 담긴 상자를 내밀고, 교수는 조금 난처하다는 웃음을 지으며 묻는다. "무엇을 가져오신 거예요?" 그녀가 떠나자, 그가 릴리안에게 말한다. "이건 비서실에 가져다놓아요." 클로데트가 다른 환자와 함께 다시 지나갔고, 릴리안은 내게 탁아소를 지나 맞은편 건물 2층에 있는 혈액학과에서 검사 결과를 직접 찾아오라고 조언한다. 혈액학과에서는 내게 상자 속 혈액이 담긴 튜브를 보여주며 "이게 바로 당신 거예요. 지금 막 도착했어요"라고 말한다. 지금은 12시가 지났고, 아침 9시 30분에 채혈을 했는데, 아직 더 기다려야 한다. 아니다, 혈구수 측정 결과는 이미 낮에 병원에 팩스로 보내졌으며, 도착하지 않을 경우를 대비해 내게 다시 주겠다고 한다. 엘리베이터 안에서 종이를 힐끗 보니, 지난주에 1500이었던 백혈구 수치가 1700이 됐다. 아주 조금 나아진 듯하다. 릴리안은 내게 클로데트의 진료실로 검사 결과를 가져가는 게 좋겠다고 말하고, 나는 지하의 미로 속에서 그 방을 어렵게 찾아내지만, 7호실과 8호실 사이에서 어느 방을 두드려야 할지 몰라 망설인다. 나는 8호실 문을 사이에 두고 클로데트에게 말을 걸어보지만, 그녀는 문을 열지 않는다. 내 뒤에 온 환자와 함께 있던 그녀는 바로 올라가겠다고 내게 소리친다. 나는 30분 동안 그녀를 기다린다. 끈 달린 가방을 멘 남자가 내게 사인한 책을 건넨다. 나는 그의 친구가 지나가는 것을 또 봤는데, 겁에 질린 눈에 증오가 가득한 듯했지만, 분명 다른 감정일 것이다. 클로데트가 환자와 함께 다시 올라와 내 검사 결과를 보자, 그녀의 환자가 질투 어린 시선으로 나를 본다. 검사 결과에는 클로데트가 이해하지 못하는 무언가가 있다. 그녀는 내가 죽은 무용수의 디다노신을 복용한 그 주를 이해하지 못한다.

7월 13일 금요일 이후로는 훨씬 편안해졌다. 아니, 13일 금요일 이후로는 훨씬 편안했었다. 지금은 다시 녹초가 되어 붉은 소파에 널브러져 있으니까, 그게 나를 침울하게 한다. 어제 저녁에는 어찌나 피로가 덜했는지, 어찌나 내 책이 나를 근질근질하게 했는지 잠들 수가 없었는데, 금세 피로에 지치고 쓰러져 녹초가 된 자가 되돌아왔다. 어제 나는 이 새 책을 원했고, 영화도 하고 싶어서 티브이 제작자에게 전화를 걸어 내 변호사가 계약서를 계속 검토하고 있긴 하지만 지금부터는 계약서에 얽매이지 않겠다고 말했다. 나는 테스트 영상을 위해 제작자에게 말해뒀던 카메라를 요구했다. 그녀는 전화기에 대고 웃음을 터뜨렸다. "얽매이는 것을 두려워하는 당신을 거부할 수 없네요!" 그 여자는 기운이 넘치고, 지나치게 건강하다. 어제는 목요일 아침에 내시경 검사를 하는 김에 촬영을 하려고 했다. 목 안으로 관을 삽입한 내 얼굴을 화면에 클로즈업하려고 했는데, 오늘은 그 생각을 하니 속이 뒤집힌다. 제작자가 광고 계약 조항 때문에 빌려오기로 한 카메라를 손에 넣지 못해 다행이라고 생각했다. 나는 다시 다리에 쥐가 나는 것을 느꼈는데, 어쩌면 그것은 신경병증 때문에 디다노신을 계속 복용할 수 없다는 뜻일지도 모른다. 나는 매번 징크스 때문에, 성급하게 승리를 외치거나 샴페인을 너무 일찍 터뜨리면 안 된다고 말해왔는데, 사실 그 말을 하는 자체가 성급하게 승리를 외치거나 샴페인을 일찍 터뜨리는 방식이었다. 어제저녁에는 피에르와 쉬잔과 다시 만나 환상적인 저녁 식사를 했다. 나는 그들에게 외제니의 친구가 자살했다는 소식을 전했다, 귀스타브와 나는 미친 놈들처럼, 야만인들처럼 한마디 상의도 없이 그의 스카프를 난로에 태워버린 적이 있었다. 그런데 계산해보니, 그 일이 있었던 것이 1983년 12월 31일 또는 1984년 1월 1일이었으니까, 외모는 별로지만 외제니의 친구인 만큼 분명 매력적이었을 그 남자는 6년을 넘게 버텼던 것이다. 내 죽음은 그만큼 해내지 못할 것이다. 망자에 대해 함부로 말해서는 안 된다지만 나는 늘 거리낌이 없었다. 오늘 아침, 어머니가 내 귀에 대고 흐느끼며 울었고, 나는 어머니를 밀쳐냈다. 어머니는 내 죽음이 다가오고 있음을 느꼈을 것이다, 어머니가 무너져 내렸다. 아니요, 친애하는 부모님, 당신들은 내 병든 몸도, 내 시체도, 내 돈도 가져가지 못할 겁니다. 나는 당신의 바람대로 "아빠, 엄마, 사랑해요"라고 말하며, 당신들 품 안에서 죽지는 않을 겁니다. 당신들을 분명 사랑하긴 하지만, 당신들은 나를 짜증나게 해요. 나는 당신들의 히

스테리와 당신들이 내게 불러일으키는 히스테리가 없는 곳에서 평온하게 죽고 싶습니다. 당신들은 내 죽음을 신문을 통해 알게 될 것입니다.

13일의 금요일에는 기운차게 일어났고, 시간이 없어 사지 못한 항생제 없이도 신기하게 밤사이에 열이 내렸다. 피로는 나를 떠났고, 눈에 띄는 변화가 찾아왔다. 하늘과 땅 차이, 하늘과 땅, 글을 쓰는 것과 쓰지 않는 것만큼 달랐다. 낮잠은 불필요해졌다. 몇 주에 거쳐 상실했던 몸짓을 매일 한 조각씩 되찾는 기분이었다. 그러니까 욕실 천장 등을 켜기 위해 팔을 올린다거나 두 손잡이에 매달려서 버스에 오르는 일, 브레이크나 액셀을 밟을 때 고통을 덜 느끼는 일 같은 것. 잠은 다시 달콤해졌다. 침대에서 몸을 뒤척이거나 이불을 덮기 위해 팔을 움직이는 일이 더는 엄청난 일, 끔찍할 정도로 대단한 일이 아니었다. 내 몸은 더는 팔다리 대신에 강철 코를 가진 포박당한 코끼리가 아니었고, 하얗게 질릴 때까지 피를 철철 흘리는 좌초된 고래가 아니었다. 나는 다시 살아났다. 다시 글을 썼다. 다시 발기했다. 어쩌면 곧, 다시 섹스를 할 수도 있을 것 같았다. 얼마 전까지만 해도, 그러니까 나흘 동안 축복받은 나날을 보냈다. 나는 다시 안 좋아지더라도 그날들을 잊어서는 안 된다고 생각했다. 끔찍한 피로 없이 쥘과 함께 한 저녁 식사, 새벽 5시에 소방서 댄스파티*가 끝난 후 쥘과 함께 즐겼던 파티. 어떤 일들이 비슷하게 일어났다고 해도, 과거에 의미가 있는 것들이 있고, 현재에 의미가 있는 것들이 있다.

* 7월 14일, 프랑스의 혁명 기념일에 소방서에서 열리는 무도회. 축제 때에도 애쓰는 소방관들의 노고를 위로하기 위한 행사다.

첫 번째 내시경은 악몽이었다. 시골에서 돼지를 잡는 것처럼. 로칠드 병원, 비히우 교수의 소화기 병학과 1층에 있는 고문실. 나는 그 건물 앞을 다시 지나가면서 비히우 교수 병동 의사들의 전용 주차장을 본다. 내게 그 내시경 검사를 해주기로 했던 도메르 박사의 자리가 여전히 비어 있다. 언젠가 그 자리에 차가 있는 걸 보게 된다면, 나는 그 자동차 타이어에 구멍을 낼 것이다. 접수대에 내시경을 하러 왔다고 말하면 사람들은 당신을 불쌍하게 본다. 비서들은 무엇을 휘적거리는지 알고 있다, 그녀들은 문 뒤에서 딸꾹질, 저항하는 고함, 질식과 눈물 혹은 신경 발작, 구토, 실신할 것 같은 침 삼킴, 경련 소리를 들었으니까. 대기실에서 어느 젊은 여자가 아프냐고 묻자, 간호사들은 "아니요, 아프지 않아요. 조금 불편할 뿐이에요"라고 버릇처럼, 그렇게 대답하라고 명령받은 사람들처럼 말한다. 조금이라니, 말도 안 돼. 너무 끔찍하게 고통스럽다, 그렇다, 견딜 수 없다, 그것은 악몽이다, 그 검사의 폭력성은 즉시 자살의 필요성을 불러일으킨다. 나는 등을 대고 혼자 누웠고, 누군가 내 재킷을 벗겼다. "긴장을 푸세요." 간호사가 말했다. "입을 벌리시고 혀를 빼세요. 디아제팜* 몇 방울을 떨어트릴 건데요, 맛은 없어요. 정말 쓰지만 이 검사에서 그게 제일 불쾌하고요, 그다음에는 괜찮으실 거예요. 보시면 알아요. 바로 돌아올게요." 불안감이 가시지 않는다. 간호사는 잠시 후 내 목 안으로 집어넣을 기다란 검은색 호스를 통에 넣고 비누로 씻는다. 그리고 내 턱 아래로 커다란 턱받이 같은 것을 놓고서 옆으로 돌아누워보라고 말한다. 문이 열리자마자 도살 작업반이 등장해 내게 달려든다. 간호사는 내게 배 모양의 분무기를 내밀며 말한다. "제가 이걸로 마취해드리지 않았나요?" 나는 대답한다. "아니요." "아, 제가 잊어버렸군요. 괜찮아요. 입을 벌리세요. 크게 벌려요." 그녀가 목구멍 깊숙한 곳에 크실로카인**을 분사하자마자, 도메르 박사의 지시를 받고 허둥지둥하던 실습생이 역겨운 듯 얼굴을 찌푸리고, 그 커다란 검은 호스를 입속에 집어넣고 더 깊이 넣기 위해 잘 들어가지 않는 구간에서 그것을 욱여넣는다. 숨이 막힌다, 위에 닿을 때까지 내 기관지에 밀어 넣는 그 호스를 견딜 수 없다, 경련, 근육 수축이 일어나고, 딸꾹질이 난다, 저 호스를 거부하고 싶다, 뱉고 싶다, 토해내고 싶다, 나는 침을 질질 흘

* 정신 안정제나 골격근 이완제로 쓰이는 약물.

** 국부마취제.

리며 신음한다. 죽고 싶다는 생각과 가장 절대적이고, 가장 결정적인 육체적 모욕이라는 생각이 다시 찾아온다. 나는 단번에 내 배 속 바닥까지 밀어 넣은 몇 미터의 호스를 잡아 뽑아 바닥에 집어 던진다. 아마도 그때 다쳐서 지금도 단단한 음식을 삼키지 못하는 것 같다. 도메르 박사는 짜증을 내며 내게 말했다. "지금 당신이 한 짓은 아무 소용 없어요. 처음부터 다시 시작해야 합니다. 호스를 넣을 때가 가장 힘들어요. 보통 그다음에는 모두 순조롭죠. 손을 허벅지 사이에 넣고 관을 뽑고 싶은 마음이 생기지 않도록 세게 조이세요." 운이 없었다. 샹디 박사는 도메르 박사에게 소견서를 써줄 새가 없었고, 나는 파리를 가로질러 그의 병원까지 그것을 받으러 갈 생각을 하지 못했다. 병원 직원들과 간호사들이 몇 번이나 묻고, 도메르 박사도 내게 직접 물었다. "소견서는 어디 있죠?" 나는 "소견서는 없어요"라고 대답했고, "환자 기록은 어디 있습니까?"라는 물음에 "없는데요"라고 말했다. 나는 이 끔찍한 검사를 받으러 분별없이 혼자 왔다. 용감하고 당당하게, 나는 도메르 박사에게 이렇게 말했을 것이다. "HIV 감염 환자인데요, 체중이 12킬로그램 줄어든 원인을 찾고 있습니다." 도메르 박사에게 나는 어차피 죽을 거면서 그의 시간만 빼앗는, 바이러스에 감염된 호모 그 이상도 이하도 아니었다. 그는 일거양득을 취했다. 그러니까 내시경으로 병원 수당을 챙기되, 나는 중요한 사람이 아니니까 굳이 불편한 일, 딸꾹질이나 트림을 받는 일을 겪지 않아도 되게 그가 직접 나서지 않으면서, 동시에 내 고통에 몹시 당황한, 공포에 질린 미숙한 초보자를 가르쳤던 것이다. 그의 외모가 나치 영화의 사디스트 같긴 하지만, 그가 나쁜 사람이라고 말하지는 않겠다. 그런 것은 알 수 없으니까. 그러나 그는 내 고통에 지쳤고, 극한 상태에 질렸으며, 자신의 직업이기 때문에 계속 목격해야 하는 고통에 싫증이 나서 모든 감각을 잃었고 그의 존재가 나아가는 길 전체를 쓰라리게 후회하고 있었던 것이다. 돼지 도살 작업반이 나를 둘러싸고 계속 바쁘게 움직였다. 견딜 수 없으니까 더 빨리 해치워야 했다. 실습생은 내 안에 검은 호스를 넣고 그것이 내 위에 닿을 때까지 억지로 안으로 넣으며 호스를 풀었다. 나는 그것을 밀어내지 않기 위해 집중했고, 숨이 막힐 것 같은 느낌에도 코로 숨 쉬는 연습을 했다. 도메르 박사는 그 순간에 내게 절실했던 어떤 위로도 건네지 않았으며, "잘 될 겁니다. 힘든 것은 다 지나갔어요. 숨을 쉬세요. 곧 끝납니다"라고 말하지 않았다. 그는 멀리서 렌즈 구멍을 들여다보며 말했다. "식도에 칸디다증이 있네요. 그건 확실해요. 유관으로 내린 진단입니다. 위궤양이 두 군데 있어서 조직검사를 할 거예요." 누군가 검은 호스 안에 작은 갈고리, 닻, 포클레인의 삽 같은 게 달린 긴 철사를 순식간에 집어넣어 이곳저곳에서 세포를 채취하기 위해 배 속을 긁었는데, 통증은 전혀 느껴지지 않았다. 도메르 박사는 그의 보조 의사에게 건조하고 짧게 말했다. "열어요. 닫아요. 열어요. 닫아요. 하나 더, 그게 마지막입니다. 열어요. 닫아요." 그는 기구의 작은 갈퀴를 말하고 있었다. "자, 이제 끝났습니다. 쉬세요." 도메르 박사가 말했다. 나는 그에게 "식도 칸디다증과 위궤양이 두 개 있다고 진단하셨으니까 이제 치료하면 되는 거죠. 그런데 금요일에 결장 내시경을 할 필요가 있을까요?"라고 물었고, 그는 내게 대답했다. "네, 칸디다증과 위궤양으로는 급격한 체중 감소를 설명할 수 없거든요. 안녕히 가세요, 선생님." 그는 돼지 도살 작업반과 함께 그들이 들어왔던 문으로 사라졌고, 나는 텅 빈 공간에 혼자 남았다. 끝났다, 더는 아프지 않았다. 이미 끝난 일이라 말할 수 있지만, 나는 그 검사가 진행됐던 방식이 내게 얼마나 커다란 충격을 줬는지 알고 있었다. 몇 달 후, 루이즈 고모할머니는 이 검사를 받은 후 광란의 발작을 일으키셨고, 한밤중에 300킬로미터 떨어진 곳에 사는 자신의 쌍둥이 여동생을 찾아가겠다고 돌아다니는 것을 간호사들이 발견했다고 한다. 나는 공중전화에서 쥘에게 전화를 걸었고, 혼자 버스를 타고 돌아갔다. 배에서 끔찍한 경련이 일어났고, 아무도 내게 위에 공기를 집어넣어서 그저 가스가 찬 것이라고 설명해주지 않았기 때문에 걱정했다. 나는 집에 돌아와서 일기장을 열고 '내시경'이라고 적었다. 다른 말 없이, 아무것도 덧붙이지 않고, 설명도, 검사에 대한 어떤 묘사도 없으며, 고통에 대한 언급도 없었다, 두 단어를 나란히 적을 수가 없었다, 목구멍이 막혔고, 입은 벌어졌다. 나는 내가 경험한 것을 말할 수 없게 되어버렸다.

내 부활의 시작을 알린 13일의 금요일로부터 6일 후, 플루옥세틴과 디다노신을 복용한 상태에서 정확히 5개월 후에 했던 두 번째 내시경은, 다시는 하지 않겠다고 다짐했었고 몇 달째 의사들의 압박에도 거절했었지만, 거의 마법과도 같았다. 내가 샹디 박사에게는 거절했던 내시경 검사 동의를 받아낸 나시에 박사는, 내시경과 안과 검사, 복부 초음파를 권했던 스티퍼 교수의 진단에 근거를 두고 수면 내시경을 제안했다. 그러니까 두 시간 동안 마비 상태로 있는 반신 마취를 말하는 것으로, 나시에 박사는 우리가 같은 병에 걸렸음에도 불구하고 나는 약하고, 자신은 건강하다고 생각하면서, 직접 이 일을 다시 맡아서 하기로 마음먹었다. 그는 우정과 연민으로 내게 너무 끔찍한 첫 경험이었던 그 검사를 어디서 받아야 하는지, 종합병원이 좋을지, 개인 병원이 좋을지, 내가 반신 마취를 거절했으므로 어떤 의사가 내 두려움과 고통을 최대한 줄여줄 것인지, 가능한 모든 질문에 대해 생각했다. 그는 동료이자, 그들 관계가 모두 그렇듯 애매한 친구로 지내는 오스카 박사에게 맡기기로 결정했다. 소화기병학 전문의인 그는 종합병원에서 근무하면서, 나시에 박사의 말에 의하면 '돈을 벌기 위해' 라투르보부르 대로에 있는 개인 병원에서도 진료를 본다고 했다. 나시에가 약 9시 30분쯤 나를 데리러 우리 집에 들렀다. 나는 몹시 불안에 떨었고, 공복 상태여야 했기 때문에 플루옥세틴을 복용할 수 없었다. 기분이 좋지 않았다. 또 속았다고 생각했고, 결국 내 뜻과는 상관없이 행동하는 의사들을 보면 적절한 말이다. 나는 아주 모던한 병원을 상상했었다. 전체가 흰 타일로 되어 있고, 기능적이며, 조용한 직원들이 컴퓨터 앞에서 일하는 곳. 그러나 나는 다른 생각을 하도록 대화를 유도하는 나시에 박사 옆에서 커다랗고 깊숙한 소파에 앉아, 그림과 큰 도자기, 특정한 시대 양식을 나타내는 가구들에 둘러싸여 있었는데, 그곳이 바로 오스카 박사의 병원이었다. 환자 두세 명, 50대 남성과 여성들이 제정 양식의 의자에 뻣뻣한 자세로 꼼짝 않고 앉아 의연하게 순서를 기다렸고, 오스카 박사가 그들을 데리러 오자 나시에 박사가 나를 그에게 소개했다. 그는 가운을 걸치지 않은 셔츠 차림이었는데, 호감을 주는 편안한 스타일이었다. 그는 내게 말했다. "아주 잘 지나갈 거예요. 저랑 하면 아무것도 느끼지 못하고 지나갈 겁니다. 조금이라도 문제가 생기면 바로 멈출 거예요. 그리고 다시 시작할 거니까 전혀 걱정하지 않으셔도 됩니다." 그의 진찰실에서 나시에 박사와 함께 이 검사를 하는 이유가 1년 만에 체중이

18킬로그램 줄었고, 단단한 음식을 아무것도 삼킬 수 없기 때문이라고 이야기한 후에, 간호조무사가 진찰실 옆에 있는 작은 방으로 나를 안내했다. 일종의 벽장을 개조한 곳이었는데, 그곳에서 돼지 도살 작업반이 조금 낙후된 병원의 검사실을 중세시대 고문실로 바꿔놓았던 것과 똑같은 종류의 검사를 받게 된다는 것을 상상할 수 없었다. 간호조무사 역시 아이들이나 몸만 자란 어른들을 겁주지 않기 위해 하얀 간호사복을 입지 않았다. 조무사는 종이를 깔아놓은 진찰 베드 위에 나를 눕히고 반투명한 장갑을 낀 후에 자일로카인*을 내 목 깊숙한 곳에 분사했다, 매우 썼지만 삼켜야 했다. 그 사이에 오스카 박사가 와서 말했다. "디아제팜을 주사할 거예요. 가장 일반적인 안정제죠." 나는 간호사의 손에 들린, 내가 뱅상과 늘 꿈꿨던 짧은 바늘의 작은 주사기를 바라봤다. 나는 디아제팜을 맞았고, 오스카 박사는 내게 말했다. "입으로 숨을 쉬세요. 잘 들어갈 수 있게. 조금 어지러울 겁니다." 그는 간호조무사에게 "빨리 해야 해. 그게 저 환자한테는 더 안전할 거야"라고 말했다. 디아제팜을 맞고 나니 몸이 놀라울 정도로 이완됐고, 깨어 있던 민감한 의식과 무의식 사이를 떠다니게 됐다. 나는 턱받침을 하고 옆으로 누웠고, 오스카 박사는 내 입속으로 얇고 검은 호스를 넣었는데, 분명 쉽지는 않았지만 그것이 목구멍 안으로 들어가긴 했다. 나는 더 이상 뱉어내지 않았고, 경련도 없었다. 검사는 진

* 국부마취제.

행 중이었고, 시간에 대한 개념이 전혀 없었다. 오스카 박사는 호스 구멍 속을 보더니 나시에 박사에게도 와서 보라고 권했다. 그는 말했다. "이제 아무것도 없어. 식도에 있던 칸디다도 없고, 위에 궤양도 없어. 모두 멀쩡하고 깨끗해." 나는 호스 구멍 속을 직접 보지 않은 것을 후회하며, 나시에 박사에게 물었다. 속에 있는 것들이 모두 어두운 붉은색, 진홍빛이 도는, 피 색깔이라고 상상했었으니까. 나시에 박사는 대답했다. "전혀 그렇지 않아요. 선명한 분홍색, 생기 있는 분홍색이죠." 내가 마지막으로 봤던 투우 경기에서 말의 옆구리에서 빠져나온 내장과 같은 분홍색. 나는 클로데트 뒤무셸이 처방전에 요청한 생체 검사를 한다는 것을 모르고 있었는데, 얼마 후에 내가 직접 봉투에 담긴 내 위 세포를 연구실로 보내게 됐다. 오스카 박사는 내게 휴게실에 가서 소파에 누워 있기를 권했고, 나는 살짝 비틀거리며 그곳에 들어가 제물들을 발견했다. 대기실에서 뻣뻣하고 근엄하게 앉아 있었던 그 환자들, 50대 남성, 여성들, 그들은 어느 부르주아의 거실 소파 혹은 아편굴로 변모한 어느 정신분석가의 진료실에서 자일로카인을 복용한 후에 약에 취해 흩어져 누워 있었다. 한 여자가 파트릭 모디아노의 《신혼여행》을 손에 늘어뜨린 채로 시끄럽게 코를 골았다. 어느 젊은 유색인 여자는 커피 메이커를 들고 전쟁터를 가로질러 눈꺼풀을 깜빡이는 불행한 이들에게 집게로 설탕을 넣은 진한 커피를 나눠줬다. 커튼 뒤로 이 7월에 아무도 없는 라투르모부르 대로의 나무들이 햇빛에 반짝이는 모습이 얼핏 보였다. 아편굴 중앙은 이제 디자인 책상에 앉은 간호조무사의 차지였다. 그녀는 디아제팜 주사 주입을 끝마치고, 일회용 반투명 장갑을 버리더니 손가락을 조용히 움직여 검사 결과를 자판으로 입력했다. "커피가 잘 넘어갔어요?" 오스카 박사가 자신의 마취 영지에 들어오면서 내게 묻더니 "좋은 신호네요"라고 말했다. 그의 진료실로 다시 돌아오자 그가 내게 첫 내시경 검사에 대해 말해달라고 했다. 그는 내게 말했다. "짐작하시겠지만, 제가 이 일을 해오면서 환자 분들에게 악몽 같은 내시경 검사에 관한 이야기를 꽤 들었어요. 당신 같은 경우는 끔찍한 정도로 치면 2등이죠. 1등은 어떤 여성 분이 차지했어요. 코샹에서 내시경 검사를 했는데, 그분도 당신처럼 견디지 못하고 호스를 뽑아서 던져버리고 도망쳤고, 간호사 두 명이 어느 골목에서 그녀를 붙잡아서 강제로 검사대에 데려와 묶어놓고 억지로 목 안에 호스를 집어넣었대요. 당신의 경험도 그것과 비슷하죠." 나는 간호조무사에게 수표로 600프랑을 지불하고, 나시에 박사와 진료실을 나왔다. 우리는 둘 다 마음의 짐을 덜어냈다. 그 내시경 검사는 유쾌했다고 말할 수는 없지만, 정말로 수월하게 지나가긴 했다. 만약 내가 그 야만적인 제작자가 주문했던 영상을 찍기로 결심했었다면, 두 개의 내시경 검사 중 어떤 것을 찍었어야 했을까? 너무 뻔하지만, 공포 영화 같았던 내시경? 아니면 디아제팜이 넘치는 부르주아 거실? 사진발을 아주 잘 받는 내 고통? 아니면 나의 안도?

첫 내시경 검사를 한 다음 날, 지하실에 갇혀버렸다. 쥘과 이삿짐센터 직원들이 오래된 짐을 그곳에 둬서 청소기를 찾으러 갔었는데, 그 청소기는 교체할 때가 됐지만 그럴 시간이 없었고, 쥘이 추천해준 사부아 출신의 알코올 중독자 가사 도우미가 처음 오기로 한 날이라서 청소기도 없이 그녀가 무슨 일을 하겠는가 싶은 생각에, 점심을 일찍 먹고, 약속한 시각에 마리 마들렌을 맞이하기 위해 청소기를 찾으러 지하실에 내려갔던 것이다. 여담이긴 하지만, 마리 마들렌은《가톨릭 신자의 삶》에서 내가 에이즈에 걸렸다는 기사를 읽고, 누군가 귀를 파준다는 핑계로 구멍을 뚫어 뇌 전체를 꺼낸 듯한 주정꾼의 모습을 감추면서, "제가 거북해서가 아니라요, 남편을 위한 거예요"라며, 내가 마셨던 컵을 씻기를 거부하고, 일을 그만두겠다고 말했다. 그때 즈음에, 아마도 내가 팁을 잘 챙겨줘서 그랬겠지만, 내게 늘 호의적이었던 스페인 왕립학술원의 청소원들이 내가 머물렀던 공간과 내가 자주 들렀던 다비드의 집을 치우기를 거부했다. 다비드는 말했다. "그 멍청이들이 청소하다가 에이즈에 걸릴까 봐 무서워한다는데, 왜 억지로 시키겠어?" 파리의 문화부에서도 사건이 일어날 뻔했는데, 늘 그렇듯 수준 이하인 새로 부임한 사무총장이 콩고 트럭 운전사들이 듣는 음반 〈에이즈를 경계하자〉를 틀면서 광란의 파티를 마쳤고, 역시 늘 그렇듯 고약한 다비드가 그 일을 핑계 삼아 그를 해고하려고 했기 때문이다. 책임자는 시종들의 탄원을 막기 위해 스페인 법에 따르면 에이즈는 쉽게 전염되는 병이 아니므로 관리자가 제공하는 고무장갑을 끼고 내가 머물렀던 곳을 청소해야 한다는 공문을 작성했지만, 정작 자신은 서명하지 않으려고 몸을 사렸다. 내가 이 이야기를 전하자 샹디 박사는 그런 방식이 르펜* 지지자들의 편집증을 더 악화시킬 것이라고 말했다. 다행히 에이즈는 정말로 전염이 곡예 수준으로 어려운 병이고, 그게 아니라면 나는 감옥 쇠창살 뒤에서 당신들에게 이 글을 쓰고 있었을 것이다. 그러니까 나는 새 아파트를 내게 빌려준 보험회사 담당자가 문을 더 안전하게 만들자는 아이디어를 내는 바람에, 도둑이 쉽게 부술 수 있는 나무로 된 다른 문들과 달리 금속으로 밀폐된 금고문에 가까운 문, 이삿짐센터 일꾼들에게 문을 열어줘야 하는데 어디 있는지 찾느라 애를 먹었던 그 지하창고의 문을 열었다. 그 전날 쥘과 읽지 않는 책들을 담은 상자를 정리

* 프랑스의 극우 민족주의자 극우파 정당인 국민전선의 창립자.

하려고 그곳에 다시 갔었으니까, 그 지하실에 내려간 것은, 그것이 세 번째였다. 저녁에는 그와 그의 애인과 함께 극장에 가기로 했는데, 그 전에 사부아 출신 알코올 중독자와 인사하고, 편집자 집으로 가서 벨기에 유명 일간지의 기자와 내 책에 관해 첫 인터뷰를 하기로 했었다. 나는 건물 안마당에 있는 지하실에 내려가려고 타임스위치를 켰다. 관리인은 보통 그곳을 열쇠로 잠그지 않았다. 나는 미로 속에서 금속으로 된 문을 찾았는데, 지하실에서 유일하게 번호가 없는, 사실상 완전히 감춰진 문이었다, 구석에서 쥐를 죽이려고 바닥에 작게 피라미드 모양으로 쌓아둔 붉은 씨앗을 봤다. 오래된 청소기를 재빨리 가지고 나오려고 하는데, 창고에 들어가자마자 문이 닫혀버렸다. 나는 그 문을 똑같은 열쇠가 세 개 달린 열쇠 꾸러미로 열었고, 조심성 없게 그 열쇠 꾸러미를 문밖에 둔 채로 문이 벽에 닿을 때까지 활짝 열어젖혀뒀는데, 바람 한 점 없이, 등 뒤에서 보이지 않는 손이 밀기라도 한 듯, 문이 쾅 닫혀버린 것이다. 나갈 방법이 없었다. 일단은 침착하게 생각했다. 나는 식당에서 막 배부르게 먹고 마셨고, 그러니 허기짐과 갈증이 찾아올 때까지 어느 정도 시간이 있었다. 두 번째로는 아침에 겨울 코트를 벗고 간절기 외투로 갈아입을까 고민했을 정도로 날씨가 포근했지만 간절기 외투를 포기하고 따뜻한 옷을 입었으니 얼어 죽지는 않을 것이다, 오늘은 2월 21일이니까. 그리고 지하창고에 있던 박스 중에 도움이 될 만한 것을 찾아봤다. 아무것도 없었다, 책과 귀스타브가 남긴, 자리만 차지하는 가습기, 청소기, 보기 싫은 큰 카펫뿐이었다. 타임스위치가 꺼졌다. 나는 도와달라고 외쳤다. 살려달라고 소리를 질렀다. 목이 쉬었다, 힘을 아끼고 체계적으로 행동하는 게 좋을 듯했다. 가사 도우미가 초인종을 눌렀는데 응답이 없으면 어떻게 할까? 쥘에게 전화를 걸지 않을까? 출판사 홍보 담당자가 그토록 시간을 정확히 지키는 내가 벨기에 기자와의 약속 시간을 어긴 걸 알면 어떻게 할까? 그녀는 우리 집에 전화를 할 것이고, 아무도 받지 않을 것이다. 나는 텅 빈 새 아파트에서 전화벨이 울리는 장면을 머릿속에 그려보지만, 거기에는 내가 사라졌다는 신호가 없다. 모든 것이 질서정연하고, 아무 흔적도 없으며, 약속을 기록한 수첩과 주소록은 이 저주받은 지하실에 대해 그저 잘못된 정보만 제공할 뿐이다. 제일 끔찍한 것은 이 부재에 있어서 모든 게 납치가 아닌 행방불명을 가리키리라는 점이다, 그것이 나의 가장 큰 판타지 중 하나였으니까. 내가 그 가사 도우미를 탐탁지 않아 한다는 것을 느꼈던 쥘은 행방불명이라 여길 것이고, 출판사 홍보 담당자도 내가 그 책을 책임지지 못하고 기자를 마주할 용기가 없어서 행방불명된 것이라 생각할 것이다. 애인을 동반한 쥘은, 저녁 8시 영화를 보기 위해 몽파르나스 타워 극장 앞에서 만나기로 한 시각에 내가 나타나지 않는다면 어떻게 할까? 극장에 들어가 15년째 우리가 늘 차지하는 첫 번째 줄에 앉아서 내가 그저 늦는 것이고 영화가 시작되면 나를 볼 수 있으리라고 생각할까? 그가 비상 키를 들고 우리 집에 올 생각을 할까? 지하창고를 생각할까? 지하창고를 생각할 수 있을까? 우리가 전날에 주방에서 가져와 계량기 박스 위에 놓았던 열쇠 꾸러미가 사라졌다는 것을 눈치챌 수 있을까? 나는 의심에 사로잡혔다가 금세 완전한 절망에 빠져버렸다. 타임스위치는 꺼졌지만, 이런 생각들을 하며 반쯤 잠긴 어둠에 익숙해졌다. 유일하게 뚫려 있는, 광택 없는 둥근 유리창으로 안마당이 보였지만, 밤이 되면 그곳도 어두워질 것이다. 어쩌면 이 지하창고에서 밤을 보낼지도 모르니 그 생각에 익숙해져야 했고, 해가 지기 전에 준비를 마쳐야 했다. 나는 큰 카펫을 펼쳐서 추우면 그것을 몸에 감고 자려고 했고, 벽의 습기와 밤에 쥐들의 공격을 막기 위해 빈 상자들을 모아서 찢은 후에 그것으로 빈 귀퉁이를 덮고, 작은 보금자리를 만들어 카펫 위, 구석에 웅크리고 앉아 너덜너덜해진 박스를 덮었다. 밤의 공포가 반복적으로 찾아왔다. 배가 고프고 목이 말랐다. 어쩌면 쥘이 불면증에 시달리다가 지하창고를 떠올리고 한밤중에 나를 꺼내주지 않을까? 희망과 절망. 침묵과 비명. 평정과 고문. 그때 나는 정말로 몇 개월 후, 이 지하창고에서 갈증과 허기와 추위와 신경질에 지쳐 죽은 채로 발견되는 내 모습을 봤다, 메디시스 빌라 미로의 학생들, 종이 상자를 덮고 있었던 말라비틀어진 해골들을 닮은. 내 주머니에는 볼펜과 종잇조각이 있었고, 추락하는 비행기에서 자유낙하하며 가족들에게 글을 남긴 일본인처럼 적어도 유언을 쓸 수는 있었다, 이 상황에서 쥘과 베르트에게 내가 그들을 사랑한다는 것 말고, 무슨 말을 써야 할까? 그러나 그들도 이미 그것을 알고 있지 않은가. 다비드와 귀스타브, 에드비주도 잊어서는 안 되는데, 목록이 길어졌다. 나는 정말로 잠을 자고 싶었다. 지하창고의 꿈쩍하지 않는 문 뒤에 갇힌, 이 견디기 힘든 긴장감을 잠시나마 덜어내기 위해서. 아니, 잠을 자서는 안 됐다. 정신을 바짝 차리고 의식을 붙잡고 있어야 했다. 피로보다 더 끔찍한 상황이 다시 벌어질 수도 있으니까. 절대 잠들면 안 됐다. 만약 잠이 들면 멀쩡하고 안전하게 빠져나갈 수 있는 가능성을 놓칠 수도 있지 않겠는가? 타임스위치가 다시 켜지면 구조를 받을 것이다. 고함을 칠 것이다. 나는 반드시 구조될 것이다. 걱정됐던 것은, 내가 전에 살던 아파트의 관리인은 지하창고에 쓰레기를 쌓아뒀는데, 이 지하창고는 그곳과는 달리 그냥 지하창고라는 사실이었다. 이곳 관리인은 지하창고와 연결되지 않는 쓰레기장을 별도로 사용했다. 나는 탈출할 가능성을 가장 정확하게 측정하기 위해 통계를 내보기 시작했다. 이 건물은 7층이고, 계단 두 개, 층계참 두 개, 스물여덟 개의 아파트, 그러니까 적어도 스물여덟 명의 세입자들, 어쩌면 그 두 배의 세입자들이 살고 있으며, 거기에 관리인까지 더해야 한다. 그러나 나는 7년 동안 살았던 예전 집에서 지하창고에 몇 번이나 내려갔었던가? 아마도 한 번일 것이다. 이 통계적 계산은 할 필요가 없었다. 쓸데없는 짓이다. 누군가 안마당의 유리 타일 위를 걸었다. 나는 살려달라고 소리쳤다. 그것은 개였다. 개는 신경도 쓰지 않았다. 이 안마당에서는 사람 없이는 개도 없다지만, 오줌을 싸라고 그저 문을 열어준 것이었을 수도 있다. 어쩌면 유리 타일이 너무 두꺼워서 내 목소리를 듣지 못했을 수도 있다. 유리에 몸을 내던

질 수 있어야 할 텐데. 나는 내 보금자리에서 일어나 그 망할 놈의 청소기를 집어 들고 빛이 들어오는 둥근 창을 향해 뻗었다. 쉽지는 않았지만 손잡이 끝이 유리에 겨우 닿았고, 그렇게 몇 번을 두드렸다. 개는 사라졌다. 나는 다시 바닥에 주저앉아버렸다. 지하창고에서 맞이할 나의 죽음이, 이제는 내 인생의 평범한 영화가 되어버린, 어쩌면 누군가가 나를 꺼내줄 지하창고의 죽음보다 더 확실한 죽음이 될 에이즈라는 불행을 그린 더 커다란 그림 컷 안에 삽입된 기이한 그림처럼 선명하게 보였다. 에이즈에 걸렸는데 이 지하창고에서 죽다니, 나만이 그런 식으로 인생을 끝낼 수 있을 것이다, 지하창고에서 맞이할 이 죽음은 그것의 모든 부조리와 모든 공포 속에서 이미 내 생에 귀속됐다. 지나치게 기름칠을 한 철갑문이 저절로 회전하는 바람에 함정에 빠지다니. 망자의 손짓을 생각하기 시작해서는 안 된다, 특히 이 첫 번째 인터뷰를 방해하려던 뮈질의 손짓은. 그런 생각을 하기 시작하면 그걸로 끝장이었다, 그건 광기를 재촉하는 일이었으니까. 나는 이 최악의 상황으로 광기의 절정, 신경발작, 광란에 이르렀다. 동시에 어쩌면 지하창고에서 일어난 이 극한의 상황, 최악의 상황에서 다른 상황을 위한, 어쩌면 더 극한일 수 있는, 더 최악일 수 있는 상황, 그러니까 에이즈를 위한 교훈을 얻을 수도 있으리라 생각했다. 나는 시계가 없었고, 더는 시간을 인식할 수 없었다. 이 지하창고에서 한 시간을 보냈는지 다섯 시간을 보냈는지 알 수 없었다. 저무는 해, 저녁 식사 시간, 허기짐, 마지막 지하철을 불안의 지표로 삼을 수 있었다, 지하철이 양방향으로 내려오면서 벽이 울리는 소리가 들렸고, 지하철이 지나가는 시간을 진즉에 생각했었더라면 시간을 계산하는 데 이용할 수도 있었겠지만, 그것 또한 정신을 혼미하게 하여 정신착란으로 이어질 수도 있었다. 결국 시간과는 상관없이 버티는 것이 중요했다, 탈출만이 의미가 있었다. 나는 종잇조각에 아무것도 쓰고 싶지 않았다. 새 책을 쓰는 일에 신중하듯 결정적인 말을 아끼고 싶었다. 물론 주머니에 있는 모든 열쇠란 열쇠는 다 꺼내 시도해봤다. 어릴 적 크루아드비Croix-de-Vie에 살았을 때, 엄마가 어린아이들을 데려가는 도둑들이 문 반대쪽에서 종이 위에 열쇠를 떨어트리게 하지 못하도록 문을 잠그는 법을 알려준 적이 있다. 나는 굳게 잠긴 문 밑으로 열쇠 꾸러미가 매달려 있는 곳을 향해 주머니에 있던 종이 한 장을 펼쳐 넣었다. 문 위에 녹슨 철사를 꼬아놓은 것이 걸려 있는 것을 봤는데, 예전에 나무 문이었을 때부터 있었던 듯했다. 파상풍 추가접종을 하지 않았기 때문에 다치지 않도록 조심조심 그것을 풀었다. 가장 절망적 상황에서는 생존 본능이 번뜩인다. 철사 끄트머리를 열쇠 구멍에 넣었다. 문을 열지 못하게 하는 방해 요소를 만났거나, 아무 소용없는 틈으로 완전히 들어가서 문 반대편으로 나온 듯했다. 나는 더 이상 이 철조각으로 애쓸 필요가 없다고 생각했다. 다시 카펫 위에 앉아서 덮고 있었던 종이 상자들을 평평하게 펼쳤다. 자동스위치가 켜졌다. 나는 해방됐다. 이미 해방된 것이나 다름없었기에 힘을 덜 주고, 확신을 덜어내고 소리를 질렀다. 겁이 많은 내 구원자가 악당들의 농간이나 계략이라 믿고 달아날 수 있을 정도로. 그러면 적어도 관리인에게는 알릴 테니까, 그가 아무에게도 말하지 않고, 그렇게 자신의 비겁함 속에 내 죽음을 가두는 일은 있을 수 없었다. 늙은 남자의 목소리가 들렸다. "어디에 있는 거요? 이 미로 속에서는 당신을 절대 찾을 수가 없겠어요!" 나는 가능한 한 설득력 있게 말했다. "할 수 있어요. 내 목소리가 당신을 안내할 겁니다. 내가 계속 말을 걸 거예요. 나는 유일하게 번호가 없는 문 뒤에 있어요. 끄떡없는 철문이죠. 보시면 알아요. 당연히 나를 찾을 수 있을 겁니다. 날 이렇게 내버려두면 안 돼요. 내 입장에서 생각해봐요!" 늙은 남자는 의심했다. 그가 문을 열었을 때, 나는 그에게 말했다. "당신은 내 구원자입니다." 그의 앞에 무릎을 꿇고 그의 붉고 짧은 손가락에 입을 맞출 수도 있었다. 요즘은 그와 그의 아내를 엘리베이터에서 만나면 조금 민망하다, 내가 분명 지나치게 감사를 표하는 듯하다. 어쩌면 그가 내 삶을 구했는지도 모른다. 그 이후로는 '내가 언제 죽을지 알려주는 사람의 손에 입을 맞추리라'라는 생각은 할 수 없게 됐다, 오히려 정확히 그 반대다. 나는 집으로 올라가서 먼지를 털고, 물을 한 잔 마시고, 시계를 보며 내가 지하창고에 세 시간 동안 갇혀 있었다는 사실을 확인했다. 미친 듯이 웃는 쥘과 나를 병원에서 본 적이 있다는 홍보 담당자에게 전화를 걸었고, 수면제 또는 포트 와인을 마실까 고민하다가 울면서 주저앉아버리는 짓은 포기하고, 그날 인쇄소에서 도착한 책에 사인하러 집을 나섰다.

기관지 폐포 세척은 행위 자체는 야만적이었지만, 젊은 여자 의사 그리고 두 간호사의 솜씨와 섬세함 덕분에 악몽 같았던 첫 번째 내시경과는 달리 거의 4중창이 되었고, 나는 세 사람과 공모하여 그 합창의 네 번째 목소리가 되어 노래했다. 그 검사는 코를 통해 가늘고 긴 호스를 폐까지 넣어 물을 주입하자마자 다시 빨아들이는 방식으로, 잠재적 병균 그리고 초기에는 엑스레이로 볼 수 없는 폐렴이나 배양을 시작한 결핵균을 채취하기 위해 이뤄진다. 내 담당 의사들은 내가 〈어포스트로프〉 방송에 출연하기로 결정한 순간에, 스스로를 경멸하고 싶지 않은 마음을 이용해 이 검사를 받도록 나를 설득했다. 나는 기침을 했고, 열이 났으며, 혈중 티록신 수치가 200 이하로 떨어졌지만, 박트림*을 복용하고 있진 않았다. 도움을 주기 위해 진찰

* 항생제.

을 해준 궐큰 박사는 폐렴이 번지기 시작한 것이라고 확신했다. 그는 내게 말했다. "이 상태라면 당신은 절대 금요일 방송까지 버티실 수 없을 겁니다. 가능한 한 빨리 기관지 폐포 세척을 해야 해요. 폐렴은 빨리 발견할수록 더 잘 치료할 수 있거든요. 폐렴이라면 검사 당일 오후에 알 수 있을 겁니다. 만약 폐렴이라면, 병균을 제대로 공격하기 위해 진한 농도의 박트림을 링거로 투여할 겁니다. 그렇게 한다면 〈어포스트로프〉에 나가실 수 있을 거예요." 그러나 샹디 박사도 궐큰 박사도 깜빡 잊고 공복 상태로 오지 않으면 질식할 수 있다는 말을 내게 해주지 않았다. 또 검사 전에 채혈도 했어야 했는데, 혈액 가스라 불리는 검사로, 나는 그 검사가 내키지 않았고, 호흡 곤란의 정도와 그런 유의 검사에 따른 위험을 계산해서 이미 한 번 거절했던 적도 있었다. 간호사인 잔 역시 내게 그 혈액 가스 검사를 시키는 것을 꺼렸다. 그녀는 첫 번째 검사는 운 좋으면 둘에 하나는 무사히 진행되지만, 그다음이 끔찍하다고 내게 슬쩍 말해줬다. 두꺼운 바늘을 손목 안쪽, 창백하고 푸르스름한 부분에 찔러 넣는다, 혈관이 거의 보이지 않아서 간호사가 손으로 만져봐야 하는데, 잔은 단번에 성공했다. 나는 바늘이 손목 안쪽으로 들어가는 것을 봤지만, 느껴지진 않았다. 잔은 무사히 해낸 것을 기뻐하며, 다시 주삿바늘로 찌르지 않아도 혈구 수를 측정할 수 있도록 동료 한 명에게 도움을 요청했다. 샹디 박사는 첫 번째 내시경 때문에 여자 의사에게 편지를 써서 내 특별한 감수성을 찬양하며 내시경 트라우마를 암시했는데, 돼지 도살 작업반이 봤다면 분노로 나를 죽였을 그런 유의 편지였다. 그 젊은 여자 의사는 내 앞에서 그것을 읽으며 얼굴 전체를 가리는 마스크를 쓸 준비를 했고, 두 간호사 중 한 명은 내 앞에 있던 흑인 남자아이의 폐 속에 넣었던 호스를 소독했고, 다른 한 명은 미국에서 어린이 살해범들을 전기의자에 앉혀 사형을 집행하듯 나를 커다란 의자에 앉혔다. 여자 의사는 약간 신경질적인 웃음을 보이며 그 편지가 동료가 동료에게, 동종업자에게, 또는 벗에게 보내는 것이 아닌, 진정한 소설이라고 말했다. 나는 그 젊은 여자가 너무 아름다워서 그녀를 의심했다. 두 번의 기관지 폐포 세척 사이에 그녀가 흰 가운을 입지 않고 대기실 복도를 지나가는 것을 봤다, 현대 예술 작품처럼 검은 벨벳 리본으로 반듯하게 묶은 포니테일과 성숙해 보이는 단화, 그녀의 '강아지'까지, 너무 우아했다. 나는 어떤 경우에도 저토록 우아한 여성이 내가 당했던 그 행위의 난폭함을 용납할 리 없다고 생각했다. 그녀는 내 쪽으로 바퀴 달린 의자를 당겨 앉았고, 나는 몸에 달라붙은 듯한 녹색 수술복을 목 끝까지 올려 입고, 투명한 장갑, 살균용 모자, 방독 마스크, 확대경 렌즈 안경을 착용한 그녀를 알아보지 못했다. 마술 지팡이를 휘두르자 아름다운 여자가 끔찍한 녹색 두꺼비가 되어 우리가 하게 될 일을 설명했다. 일단 조금 고통스러운 과정을 통해 마취를 한다, 코에 작은 파이프를 넣어 자일로카인을 주입하고, 그녀의 명령에 따라 박자에 어긋나게 숨을 내쉬고 삼키면서 기관지를 통해 폐까지 약물을 통과시킨다. 숨 막히게 하는 액체를 통과시킨 후에 유연한 검은 호스를 넣는데, 나는 그때 목에 두 종류의 관이 존재한다는 자명한 사실을 체감했다. 끔찍한 내시경을 할 때 그랬던 것처럼 하나는 음식물과 배설물, 궤양까지 이어지는 곳이고, 다른 하나는 어릴 때 먹지 말라고 했던 노란 사탕을 잘못 삼켰다가 숨이 막혀서 아버지가 내 발을 잡고 흔들어 나오게 했던 그곳이다. 바로 그 관을 통해 바닷물이 익사자의 폐를 덮쳤고, 바로 그 관으로 사람들이 내 폐 속에 물을 집어넣었고, 다시 빨아올리려고 했으며, 그것이야말로 내가 두려워했던 일이었다. 그 관은 틀림없이 죽음으로 이끌었다, 에이즈 환자 대부분의 사망 원인인 질식사로 말이다. 환상적으로 이 두 개의 관 중 하나가 찢어져 음식물, 공기, 물 같은 요소들이 들어온다면 치명적일 수 있다는 사실을 실감했다. 숨이 막혔고, 침이 흘렀고, 트림이 나왔으며, 기관지로 넘기지 못한 약물이 코로 넘어왔다. 나는 예쁜 공주님이 두꺼비로 변하기 직전에, 뭔가를 실행하기 전에 그때그때 자세히 설명해달라고 부탁했었고, 그녀는 차분히, 아주 정확히 그것을 이행했다. 두꺼비 탈 안에 요정이 숨어 있었던 게 분명했다. 그녀의 양서 동물 같은 눈이 겁에 질린 내 눈 가까이에, 키스할 수 있는 거리에 있었다. 그녀는 방독면의 작은 구멍 뒤에서 내게 지시를 내렸다. "이제 천천히 숨을 쉬세요. 마취 효과가 나타날 겁니다. 아주 작고 검은 호스를 코로 넣을 거예요. 내시경에 썼던 큰 호스와는 전혀 달라요." 그녀가 호스를 넣었다, 끔찍했다, 견딜 수 없었다, 끔찍하게 고통스러웠지만, 나는 그 두꺼비 가면 뒤에 요정이 숨어 있다는 것을 잊지 않았다. 관을 넣은 후에는 폐에 물을 넣었는데, 예상과는 다르게 통증은 없는 듯했다. 두꺼비는 튀어나온 눈을 호스 끝에 대고 내 폐를 살피며 말했다. "모두 붉네요." 그리고 다시 요정이 부활했다. 두 간호사는 고문 소리를 듣기 위해 우리를 둘러싸고 조용히 서둘렀다. "곧 끝날 거예요. 빼기 전에 살짝 세척하고, 이 호스를 제거할게요." 두꺼비가 말했다. 세척은 별로 유쾌하지 않았다. 끝났다. 의사는 안도한 듯 마스크와 장갑을 벗고, 자신의 방으로 돌아가 카세트 녹음기에 검사 보고를 녹음했다. 간호사 중 한 명이 물었다. "어땠어요?" 나는 대답했다. "끔찍했어요. 딱히 드릴 말씀은 없지만, 세 분 모두 정말 대단하세요. 그래서 감사 인사를 드리고 싶어요. 다른 환자들에게도 이렇게 해주시면 좋겠어요." 그리고 의사에 대해서도 칭찬했다. "이렇게 아름다운 여성 분이 이토록 전문적인 실력을 갖추고 있을 줄은 몰랐어요." 그녀는 진심으로 웃었다. 두 시간 동안은 금식해야 했고, 열이 갑자기 오를 수도 있다고 했다. 오후에는 기관지 폐포 세척 결과가 나왔고, 음성이었다. 폐렴은 아니었다. 결핵 검사 결과는 3주 후에 나온다고 했다. 열은 곧바로 내렸고 기침도 그쳤다.

아버지는 내가 의사가 되길 바라셨다. 나는 이 병을 통해 의술을 배우고 동시에 그것을 실행하는 기분이다. 문학 안에서 이것은 의학 에세이다. 내가 특히 좋아하는 질병이 개입하는 글. 그러니까 체호프가 그의 의술과 이상한 운명을 이야기할 수 있게 해준 몇몇 환자들과의 관계를 다룬, 미하일 불가코프의 《젊은 의사의 수기》 같은…. 의학은 내 아버지가 내게 강요했고, 또 내가 반박했던 운명이었다. 선택했어야 할 시기이자, 내가 이미 선택을 마친 후였던 열다섯 살에 해부대는 내게 혐오감을 줬다. 그러나 이제는 공부를 다시 시작하고 싶다, 아버지가 나를 위해 정해놓았던 그 일을 배우고 싶다, 아버지가 60세를 넘기고 퇴직 후에 고서를 팔거나 골동품을 파는 일을 생각하셨던 것처럼. 요즘 나는 해부대에서 일하고 싶다. 죽은 무용수의 디다노신이 내게 선물해준 매일 새롭고 고된 날들에, 나는 나의 영혼을 해부한다. 나는 영혼을 위해 모든 종류의 검사를 한다.

단층촬영, 자기공명영상을 이용한 조사, 내시경, 당신의 감수성을 판독대 위에서 읽을 수 있도록, 당신에게 보내는 엑스레이와 스캐너 사진. 2년 전, 시골에서 농가에 혼자 고립되어 뤼베롱의 풍경을 바라보며 사는 시인이 내게 이런 편지를 썼다. "농부는 세상에서 가장 아름다운 직업이라네." 검사가 끝난 후에 클로데트 뒤무셸이 나를 배웅했다. 그녀는 헐떡이며 뒤처지는 나보다 훨씬 더 빠른 걸음으로 계단을 올랐고, 나는 "어쨌든 사람들이 내게 신경을 써주는 것 같아요"라는 말을 내뱉고 말았다. 그녀는 내게 "환자를 잘 돌보는 것도 의사의 역할이에요"라고 말했지만, 나는 반대로 '그런 것은 의사의 역할이 아니다'로 이해하고는 깜짝 놀라 그녀에게 다시 말해달라고 했다. 내 주치의처럼 소명을 가졌다면 오늘날 의사에게 에이즈 환자를 돌보는 일만큼 흥분되고 감동적인 상황을 만나는 일은 없을 것이다, 물론 몇몇은 클로데트 뒤무셸처럼 처음에는 직무상 차갑고, 무감각한 것처럼 굴어도, 그것은 환자가 끊임없이 삶과 죽음이라는 양극을, 의사들이 활동을 펼치는 그 두 질문 사이를 항해해야만 하고, 환자와 의사가 주어진 시간 동안, 그렇지만 악착스럽게 그것을 움직이게 하거나 유예시키면서 함께 유익한 관계를 만들어가야 하기 때문이다. 나는 계단에서 클로데트 뒤무셸과 나눈 짧은 대화에 이 말을 덧붙이려던 것을 참았다.

"당신은 세상에서 가장 아름다운 일을 하고 있습니다."

다시 버스를 탄다. 두 개의 손잡이에 매달려 층계를 오르고 티켓을 넣을 때는 균형을 잃지 않도록 조심한다. 버스 안에서는 검은 안경 너머로 젊은 여자들을 본다. 나는 그녀들에게 거의 정욕을 느낄 만큼 아름답다고 느낀다. 그녀들은 여름이라 팔을 드러내놓고, 책을 읽거나 나처럼 창문을 통해 거리의 사람들을 본다. 그녀들은 혼자다. 내가 바라보는 여자들은 늘 혼자다. 그녀들은 내 검은 안경 뒤에 있는 집요한 시선을 느낄 것이다. 그녀들에게는 설명할 수 없는 시선인 듯하다. 그녀들은 진심으로 성가셔하는 것 같진 않지만, 보통은 버스에서 내린 후에 차가 다시 출발해 우리가 다시 가까워질 수 없게 되면 나를 돌아본다. 나는 미친놈이나 부담스럽게 들이대는 사람으로 보일까 봐 그녀들에게 말 걸기를 망설인다. 나는 그녀들의 팔, 어깨, 다리, 무릎을 보면서 3일 전에 봤던 페드로 알모도바르의 영화 속 그 장면, 섹스를 하려고 누워 있는 여성의 성기를 클로즈업

한 장면을 떠올린다. 지난번 저녁에 젊고 매력적인 여자 코린이 안나와 내게 물었다. "요즘 여성들의 성기를 뭐라고 부르는 줄 알아요? 저주받은 잔디래요." 안나는 분개했다. 만약 어떤 게이가 그런 농담을 했다면 나 역시 그랬을 테지만, 코린은 내가 좋아하는 젊고 매력적인 여성이고, 그녀가 그런 말을 전하는 것을 보면 그런 농담을 좋아하는 듯하니, 나 역시 좋든 싫든 즐겁게 받아들였다. 나는 알모도바르의 클로즈업 장면을 다시 떠올리며, 모두, 아니 거의 대부분이 그렇듯 언젠가 나 역시 그 저주받은 잔디를 뜯어 먹게 될까 자문한다.

플루옥세틴과 죽은 무용수의 디다노신이 나를 대신해 내 책을 쓴다. 영국의 아이켄햄, 미들섹스에서 제조된 335밀리그램의 하얀 가루와 매일 복용하는 플루옥세틴 염산염 캡슐 20밀리그램이 내게 살아갈 힘, 희망할 힘, 그러니까 발기할 힘, 인생에, 글에 발기할 힘을 다시 준다. 다른 사람에게, 화가나 식료품점 주인에게 디다노신과 플루옥세틴을 준다고 해도, 그들이 글을 쓰는 일은 없을 것이다. 식료품점 주인이야 다르겠지만. 화가는 어쩌면 그림을 그리지 않을지도 모르겠다, 어쨌든 화학물질이 책 한 권을 쓴다는 사실이 마음에 걸린다. 지금까지는 한 번도 화학 약품에 의존해 글을 써본 적이 없다, 과음을 하거나 너무 센 대마초를 피우고 일기장에 멍청하고 얼빠진 메모를 알아보기 힘들게 쓰거나, 버려도 좋을 형편없는 메모를 적었을 뿐이다. 지금은 내가 아닌 느낌은 아니다, 나를 벗어난 느낌이나 다른 사람이 된 느낌은 아니다. 나는 이전과 다름없이 생각하는,

글을 쓰는 나이고, 거기에 새로운 명령이 있을 때까지 약이 글을 쓸 수 있도록 육체적, 정신적 에너지를 주는 것이다. 다행히도 디다노신 실험 의정서에 있는, 침묵을 지킨다는 수칙에는 서명하지 않았다. 15년 전 즈음이었을까, 어느 날 저녁, 테오가 와인을 마시다가 비밀을 지킨다는 조건으로 고백했다. 그는 때때로 내가 감탄해 마지않았던 그 공연들이 작가 자신이 아니라, 약을 하지 않는 협업자들을 혹사시키기 위해, 그들의 눈에 신처럼, 천재처럼 보이기 위해 연습 때 실컷 복용했던 암페타민*인 것 같아서 끔찍했다고 말했다. 나는 테오가 암페타민을 끊은 이후로 공연에 대한 영감을 덜 받았을 것이라고 짐작한다. 다비드는 세 권의 책을 썼다. 하나는 코카인, 하나는 헤로인, 하나는 대마초를 한 상태에서. 신문에는 압수된 마약의 양이 점점 더 많아진다는 말이 나오고, 약값은 올랐고, 다비드는 더는 글을 쓰지 않는다. 스테판은 디다노신과 관련된 스캔들은 없다고 하지만, 나시에 박사는 1년 전에 있었다고 말한다. 스테판은 디다노신이 치료제가 아니라, 시험 중인 약품이며 미국에서 아지도티미딘** 초기에 환자들이 암시장에서 구한 그 약품에 달려들어 너무 많은 양을 복용해서 사망했던 일이 이곳에서 다시 시작돼서는 안 된다고 말한다. 그는 미국에서 했던 실험과 프랑스에서 이뤄지는 실험의 시차가 3개월밖에 되지 않으며, 디다노신

* 중추신경 흥분제.

** 에이즈 치료에 사용되는 항바이러스 약물.

의 정량을 알지 못하니 병의 진척 상태에 따라 처방해야 하며, 독성이 높아 실험과 약 발급이 한 주 사이에도 중단될 수 있다고 주장한다. 그는 미국의 상황이 심각하며, 그러므로 프랑스에서는 우습게 보이는, 액트업 비영리 단체의 해프닝 공연이 그곳에서는 의미가 있는 것이라고 말한다. 스테판은 미국에서 제대로 치료를 받으려면, 혈색이 좋고 돈이 많아 보이는 백인 게이여야 한다고 주장한다. 마약 중독자는 안 된다. 약품과 약물을 뒤섞어 실험을 엉망으로 만들기 때문이다. 흑인도 안 된다. 그들은 가난해서 잘 먹지 못하고, 마르고, 변덕스럽고, 헛생각이나 하는 힙합 댄서들이라 두 번 중에 한 번은 약속을 지키지 않기 때문이다. 어느 의학 신문은 나와 인터뷰를 한 이후로 어디든 환자들을 구하기 위해 최선을 다하는데, 내가 유치한 반미주의를 하고 있다고 비난했다. 물론 샹디 박사, 클로데트, 저명한 스티퍼 교수는 내가 병에서 벗어날 수 있도록 돕기 위해 모든 것을, 어쩌면 지나칠 정도의 노력을 했다고 말할 수 있다. 그것에 대해서는 한순간도 의심해본 적이 없다. 그렇지만 확실한 고급 정보를 통해 내가 분명히 알게 된 것은 에이즈를 둘러싼 거짓말이 넘쳐난다는 것이다. 예를 들자면, 멜빌 모크니의 면역 물질 실험이 그렇다, 샌프란시스코 학회에서 침팬지 그리고 60여 명의 사람에게 1년 전부터 그 백신을 테스트했다고 말하며 첫 번째 결과를 내놓았는데, 나는 그 약품이 무해하긴 하나, 3년째 눈에 띄는 효과 없이 투여된다는 사실을 알고 있다, 아마도 책임을 묻지 않고 발설하지 않겠다고 서명한 수백 명의 환자에게 효과적인 실험을 할 기회가 제공되지 않았던 듯하다. 샌디에이고 기지에서 감염됐던 600명의 해군에게 이중맹검법으로 약물이 투여됐고, 그중 50퍼센트가 플라세보 효과를 봤다. 로스앤젤레스에서는 700명의 환자가 투약을 기다리며 대기하고 있다. 그리고 프랑스에서는 에이즈 윤리위원회가 그 실험을 거부했는데, 특허권을 사들인 연구소의 거물들이 파리와 리옹 사이에서 영향력을 다투다가 너무 느슨한 방식으로 이 계획을 설명했기 때문이다, 윤리위원회 측은 다시 처음부터 침팬지를 데리고 실험해야 한다고 포고했다. 사람들이 죽어나가는데, 그들은 계속해서 우리에게 원숭이를 말하고 있는 것이다. 자기 자신도 환자이면서 치료받는 병원에 가짜 이름으로 접수하는 바람에 휴가 기간에 약국에서 약을 구하지 못해 내게 남은 지도부딘을 양도해달라고 부탁했던 나시에 박사는 디다노신의 실질적인 보류에 몇몇 환자들이 큰 충격을 받았다고 말했다. 그는 병원이 퇴근 시간 이후와 주말에는 문을 닫으며, 사람들의 노동과 그들의 근무시간을 전혀 고려하지 않고, 간호사 월급은 6천 프랑, 신참 의사는 8천 프랑이라고 덧붙였다. 그는 내게 "당신의 클로데트는 1만 2천 프랑을 받을걸요"라고 말하며, 저명한 스티퍼 교수는 1만 7천 프랑을 받고 있으며, 이 모든 것들이 옳지 않으니 바뀌어야 된다고 말했다. 오늘 저녁에는 미열이 났고, 다리에 쥐가 났으며, 새로운 걱정이 생겼다. 내가 쓴 글이 일기 형식을 갖출 때, 가장 허구라고 느낀다는 것이다.

이제 나는 바이러스와 연관된 장애와 상관없이 성생활을 두려워한다. 공백과 심연과 고통 그리고 높은 곳을 두려워하는 것처럼 말이다. 길에서 젊은 남자들과 마주치면 아름다움 또는 에로틱한 감정을 계속해서 느끼지만, 성생활은 불가능하거나 용납할 수 없는 것으로 여겨진다. 젊은 남자애를 더럽힐까 두렵고, 어떤 남자가 내게 상처를 낼까 두렵다. 이렇게 불쑥 에이즈에 걸리기 전에는 어린 남자애들에게 점점 더 끌리는 게 큰 문제였다. 마르쿠스 아우렐리우스는, 내게 조르주를 떠올리게 하는《명상록》에서 '어린 남자들에게서 얻는 쾌락을 버려야 하는 나이가 있다'는 것을 알려준 할아버지를 기렸다. 내가 그 나이가 된 것일까? 아마도 내가 여권 나이 35세를 따르는지, 신체 나이 80세를 따르는지에 따라 다르겠지. 어쩌면 마르쿠스 아우렐리우스의 할아버지가 남긴 명언이 바보 같은 소리일 수도 있다. 그러나 평생 어린 남자애들을 좋아했고, 이제 60세가 된 조르

주는 그의 말을 인용해 '은퇴'하기로 한 자신의 결정을 설명했다. 5년 전에 그는 내게 어린 남자의 생명력 넘치고 단단한 살을 보며 자신의 지방에 혐오감을 느꼈다고 했다. 그는 말했다. "만약 우리가 아직 날씬했다면, 그것도 꽤 아름다웠을 거야. 해골이 손을 내미는 것처럼." 해골이 된 나는 젊은 남자에게 달아오를 용기는 없는 듯하다, 그리고 나는 그것이 부끄럽다.

내 뼈와 배에는 살이 너무 없다, 몇 달째 고기도 생선도 먹지 않으니까, 내 혓바닥 위, 손가락 아래, 엉덩이 속, 입속에 채우고 싶지 않은 공허가 있다, 나는 기꺼이 식인종이 될 것이다. 공사장에서 헐벗고 일하는 노동자의 살이 오른, 아름다운 육체를 보면, 핥고 싶을 뿐만 아니라 깨물고, 허겁지겁 먹고, 아작아작, 지근지근 씹고, 삼키고 싶다. 나는 그 노동자 중 한 명을 냉동실에 욱여넣기 위해 정교한 칼질을 하지는 않을 것이다, 나는 떨리는, 뜨거운, 부드러운 그리고 악취가 나는 생살을 먹고 싶다.

클레르가 에이즈로 사망한 브뤼노의 마지막 일주일을 이야기해줬다. 그는 아마도 세상에서 가장 사랑했을 존재인, 한 흑인 배우와 다퉜다. 그들은 긴 여행을 함께 떠났다. 멕시코 아카풀코에 갔다가 과테말라로 시티로, 그가 누구에게도 말한 적 없는 사연이 있는 호상 가옥을 다시 찾기 위해 떠났다. 환자의 대부분은 임종에 가까워지면 그런 식으로 가능한 한 가장 먼 곳으로 떠나는 여행을 감행하는데, 의사들이 그들의 상태를 고려해 형식적으로 만류하는데도 그들은 떠나고, 그러고 난 후에 떠난 것을 말리지 않은 의사들을 원망한다. 아니면, 그 자리에서 버티면서 신자가 되거나. 그러나 시작은 같다. 브뤼노는 우리가 알 수 없는 이유로 그가 세상에서 가장 사랑했던 존재, 그 흑인 친구와 다퉜다. 그들은 멕시코 여행이 시작되자마자 헤어졌고, 브뤼노는 자신의 몸 상태에도 불구하고 혼자서 아카풀코에 갔다. 미국 세관이 그를 수색했고, 그의 가방에서 지도부딘이 발견되는 바람에 격리가 됐다. 그는 결국 과테말라시티에 이르렀지만, 죽기 전에 반드시 다시 보고 싶었던 풍경이 있는 그 호상 가옥을 찾아가기에는 몸이 너무 약해져 있었다. 그는 파리로 돌아왔다. 그즈음 영화 시나리오 장학금을 받은 클레르가 그에게 일을 제안했다. 그들은 아프리카의 상아 밀매를 다룬 시나리오를 쓰기로 합의했고(결국 절대 쓰지 못했지만), 글을 쓰기 위해 리스본으로 함께 떠났다. 그들은 세뇨라 두 몬테 호텔에 각자 방을 구해 투숙했는데, 그곳은 내가 1988년에 쥘과 함께 지옥 같은 날들을 보냈던 곳이며, 《내 삶을 구하지 못한 친구에게》 후속 작품으로 나올 《가스파르의 죽음》의 배경으로 생각해둔 곳이었다. 뇌졸중을 두려워했던 나는 쥘에게 말했다. "내게 그런 일이 생기면, 네가 해야 할 일을 말해줄게. 자, 파리에 있는 내 의사의 전화번호야. 그리고 유럽 아씨스탕스* 등록 번호도." 쥘은 내 말에 반박했다. "아무한테도 전화하지 않을 거야. 그냥 혼수상태로 둘 거라고. 네가 가능한 한 빨리 뒈질 수 있도록 아무것도 하지 않을 거야." 항구의 아름다운 풍경이 보이는 리스본 호텔 방에서 두 친구 중 한 명은 건강하고, 다른 한 명은 뇌사 상태에서 말하고, 먹고, 특정한 몸짓을 하고, 몇 가지 반사 운동을 계속한다는 설정이 환상적으로 로맨틱하게 보였다. 나는 샹디 박사에게 혼수상태에 대해 메모를 하면서 물었고, 《혼수상태와 마비 상태》라는 두꺼운 책을 보기 위해 에꿀

* 여행자 보험.

드메드신 길에 있는 서점에 여러 번 갔었지만, 그 책의 두께와 전문용어 그리고 가격 때문에 결국 포기하고 말았다. 나는 안타깝게도 어쩌면 아름다웠을지도 모를 그 책을 포기했다. 브뤼노는 내가 내시경을 할 때 디아제팜을 넣는 용도로 썼던 작은 주사기의 짧은 바늘로 직접 모르핀을 투여했다. 브뤼노도 클레르도 영화 시나리오를 쓰지 못했고, 브뤼노는 대사를 쓰고 싶어 했고, 클레르는 장면의 개요를 만들려고 했는데, 잘 되지 않았다. 거기에 브뤼노의 어머니와 그의 형제가 리스본에 와서 같은 호텔에 머물렀다. 분노한 어머니는 브뤼노의 저작권 통장을 조사하기 시작했고, 과테말라시티에서 터무니없고 불필요한 여행에 엄청난 돈을 썼다고 그를 비난했다. 브뤼노와 클레르는 집요하게 공격하는 어머니와 형제에게서 벗어나기 위해, 세뇨라 두 몬테 호텔의 파노라마 뷰가 있는 테라스에서 아침 7시에 만나 아침 식사를 하곤 했다. 더는 견딜 수 없던 클레르는 혼자 걷기 위해 도시로 나섰고, 전혀 다른 영화를 꿈꾸기 시작했다. 나는 신문을 사면서 브뤼노의 죽음을 알게 됐다. 그가 아팠던 사실을 모르고 있었다. 그는 노부인들의 살해범 티에리 폴랑과 같은 날에 사망했는데, 그 살해범은 스무 살에 에이즈에 걸렸다는 사실을 알고, 늙은 여자들을 가능한 한 많이 죽이고, 강간하고, 고문하겠다고 선언했었다. 그의 연쇄 살인은 죽음과 겨루는 그만의 레이스였다.

약이 떨어졌다. 쥘은 새벽 4시에, 당일 아침 혹은 그 전날 사망한 무용수의 디다노신이 가득 담긴 비닐봉지를 침대 밑에 놓으면서 내게 말했다. "3주 분량이야." 나는 흔적을 없애기 위해 원래 담겨 있던 상자에서 꺼내, 코드 번호까지 긁은 약봉지의 숫자를 세어봤다. 정확히 마흔두 개였다. 무용수의 치료와 차트는 첫 주에서 멈춘 것 같다. 무용수의 친구인 의사가 그를 임상시험에, 그 절망의 기록에 참여시키기 위해 애썼지만, 죽은 무용수는 그 고약한 물약을 일주일 이상 삼키는 데 실패했고, 음식도, 음료도, 아무것도 넘기지 못했으며, 그의 입과 식도는 상처로 뒤덮여서 인공적으로 영양분을 공급하기 위해 코에 관을 꽂아야 했다. 친구인 의사는 그를 혼수상태에 빠지게 했고, 디다노신을 가지고 로익을 만났으며, 로익이 안나의 집으로 쥘에게 전화를 걸어 자정에 스코르피오에서 만나자는 약속을 잡았다. 무용수의 친구이자 의사였던 리오넬은, 특히 그것이 나라면 큰 위험을 감수해야 한다는 것을 알고 있었지만, 그가 사랑에 빠졌던 순간부터 쇠약해지기 시작한 그 아름다운 무용수 곁에서 보낸 지난 3년이라는 시간의 끝에, 결말에 이르렀기 때문에 불안해하면서도 안도했다. 젊은 리오넬을 보호하고 동시에 죽어가는 사람을 위한 약을 훔쳤다는, 거의 미신에 가까운 나의 두려움을 달래기 위해 계속 거짓말을 하며 감췄다. 그는 무용수가 죽은 날짜와 혼수상태에 빠진 날, 화장한 날을 속였으며, 그 지표들을 계속해서 바꿔가며 내가 이 거래를 완전히 이해할 수 없도록 만들었다. 7월 21일 토요일, 오늘, 이제 상자 안에는 약이 스물네 봉지밖에 남지 않았다. 계속해서 세고 또 세보지만 안타깝게도 계산은 정확하다. 나는 7월 2일 월요일 저녁에 디다노신을 먹기 시작했고, 지금까지 서른여덟 개를 복용했으며, 공식적으로는 7월 9일에서야 치료를 시작했다. 7월 9일에는 혈액검사를 했고, 소변검사는 거짓을 말하지 않았다. 클로데트 뒤무셀은 아무것도 알지 못했다.

토요일, 오후 4시 무렵, 몽파르나스 58번 정류장에서 심장 마비로 죽어가는 사람을 눈앞에서 봤다. 나는 오후 내내 돌아다녔고, 막 구입해온 그림 두 점은 에어캡으로 싸여 있어서 보이지 않았다. 40도를 웃도는 날씨였을 것이다. 나는 마침 호흡곤란으로 숨을 쉬지 못하는 남자의 시야에 있었고, 그는 이미 시체처럼 굳은 손으로 점점 더 세게, 누르던 심장을 꽉 쥐고 다시는 손을 펼치지 않을 것처럼 왼쪽 가슴을 움켜잡았다. 나는 먼저 5미터에서 10미터 정도로 추정되는 거리에서 인조 대리석 기둥에 기댄 그 남자의 행동이 이상하다는 것을 발견했다. 그가 죽어가고 있다는 것을 알아챘을 때는 그 자리에서 너무 놀라 경직되어 몸이 돌처럼 굳어져서 그에게 한 발자국도 다가갈 수 없었고, 생각하고 행동하는 것도, 결정을 내리는 것도 할 수 없었으며, 무용지물이 되고 말았다. 그 마비 상태는 끔찍할 정도로 오래 지속된 것처럼 느껴졌지만, 고작 30초 정도였다. 나는 다만, 죽어가는 남자의 시야에 내가 검은 안경을 쓰고, 야윈 몸으로 여성의 누드화 그리고 세밀화로 그린 정물화가 들어 있는 가방을 메고 있었으며, 그가 자신의 가슴을 누르며 점점 더 힘겹게 숨을 쉬면서 나를 바라보는데도, 그를 향해 한 발자국도 옮기지 않고 있다는 것을 생각했다. 나는 막 그림을 판 상인에게 "여자여서 기쁘네요. 여자를 그린 그림은 처음이거든요"라고 말했다. 경직은 망설임으로 이어졌다. 저 남자에게 달려가야 하나? 아니면 카페로 달려가서 구급대에 전화해야 하나? 이런 몸을 한 내가 무언가를 해야 하는가? 나와 같은 광경을 보고 있는 사람들이 이렇게 많은데. 끝없이 길게 느껴졌던 마비 상태는 10초도 걸리지 않았던 듯하고, 망설임 역시 한 노인의 개입으로 짧게 끝났다. 그 노인은 남자의 손에 있던 가방을 빼내 그것으로 그에게 부채질을 해줬다. 남자는 점점 더 숨을 쉬지 못했고, 자신의 가슴을 더 세게 내려쳤다. 남자는 인조 대리석 기둥에 기대어 천천히 무너져 내렸고, 땅에 주저앉았다. 나는 버스에 올라타 기사에게 소리쳤다. "당장 전화기로 구급차를 불러주세요. 정류장에 죽어가는 사람이 있습니다." 기사는 바로 전화를 걸었고, "제기랄, 통화 중이에요. 다시 하겠습니다"라고 말했다. 내 아몬드그린 색 자켓의 깃에는 여전히 파란 모자와 안경을 쓴 해골 배지가 달려 있었다. 버스에 있는 승객 중 한 명이 나를 알아보고, 내가 구급대원을 흉내 내는 것을 보며 웃었다. 나는 다시 출발하는 버스 창문으로 뒤를 돌아봤고, 숨을 못 쉬는 남자에게 부채질을 해주던 노인이 가방과 함께 사라졌음을 알아챌 수 있었다.

7월 22일 일요일 10시 30분, 안마사와 비디오 촬영을 시작했다. 나는 2년째 더는 사진을 찍지 않으며, 누군가 내 나체를 찍도록 허락한 적도 없었다. 고르카와 쥘과 귀스타브가 제안한 적은 있지만, 늘 거절했다. 지금 나는 안마사의 손에 나체로 내맡겨져 있다, 카메라가 돈다. 나체는 다른 것이 됐다, 나체에는 성性이 없다, 이제 성기는 손가락 하나 혹은 머리카락보다 못한 것이 됐다. 삼각대에 카메라를 놓고 적절한 앵글을 찾았다, 붉은색 버튼을 눌렀고, 뷰파인더에 '녹화'라는 글씨가 있는지 잘 확인한 후에 마사지 테이블에 배를 대고, 책꽂이 쪽으로 고개를 돌려, 그러니까 렌즈를 피해 누웠다. 나는 이 실험을 시작하자마자, 어쨌든 내게는 모든 것을 파기하고, 지울 수 있는 자유가 있으며, 모든 게 내 소유이고 제작자와 아무것도 사인하지 않았으며, 나는 그녀가 내게 제안했던 편지와 그 제안을 다시 상기시켰던 편지, 계약서 초본, 그녀가 바하마에서 보낸 엽서를 갖고 있지만, 그녀는 내가 우리의 계획에 관해 쓴 글은 단 한 글자도 갖고 있지 않다는 사실이 떠올랐다. 내가 안마사에게 허락을 구하자 그가 일을 시작하기 위해 손을 비빈다. 우리 사이에는 모든 것이 수월하다. 그저 "제가 이 장면을 찍어도 방해되지 않을까요?"라고 말하기만 하면 된다. 그는 파리 병원의 작업복을 입었고, 나는 유충처럼 나체로 있다. 나는 이 뭉클하면서도 소름 끼치는, 앙상한 나체를 찍는다. 무엇을 위해? 안마사가 내 등을 살짝 만지고, 주무르고, 글을 쓰는 자세 때문에 경직된 부위를 본격적으로 누른다. 나는 그가 손에 힘을 주려고 테이블 저편에서 넘어오면 카메라를 등지게 되고, 그렇게 되면 그가 나를 가릴지도 모른다고, 어쩌면 가리는 효과가 더 흥미로운 장면을 만들어낼지도 모른다고 생각했다. 안마사가 카메라를 등지면, 나는 자연스럽게 쥐가 나지 않도록 그를 향해 고개를 돌리는 것처럼 움직이는데, 그렇게 하면 몸이 붙잡힌 사람처럼 베개에 눌리긴 해도 얼굴은 나온다. 카메라가 있다는 것을 잊어서는 안 되고 물론 그럴 수도 없지만, 잊어버린 척 연기를 해야 한다. 안마사의 솜씨와 우리가 함께 기울인 노력에 지금 찍고 있는 영상 작업이 겹쳐지고 포개진다. 우리는 이 영상의 명백한 두 명의 배우다, 재능이 넘치는 아마추어 배우들. 창문 아래에서 크랭크 오르간 연주 소리가 들린다, 우연의 선물이지만 어쩌면 동시녹음을 할 때 지워야 할지도 모르겠다, 사운드가 너무 작위적으로 보일 수 있으니까, 아쉽다. 우리는 평소처럼 대화를 나누지 않는다. 45분 만에 테이프 소리가 멈췄다는 것을 알았다. 안마사는 나를 일으켜 세웠고, 나는 그의 목에 매달렸는데, 클로데트 뒤무셸은 그걸 원하지 않는다. 그녀는 내게 눈길도 주지 않고, 내가 혼자 일어나도록 내버려둔다. 그러다가 내가 허벅지 밑을 잡고 다리를 공중으로 보내면서 몸을 추처럼 흔들어 일어나려고 곡예를 하면, 그녀는 비꼬는 투로 말한다. "자, 기베르 방식이네요." 나는 팔과 다리의 잠든 섬유가 깨어날 때까지 주무르고 두드리는 마사지 후반 작업을 위해 카메라에 새 테이프를 넣고, 뷰파인더로 새로운 각도를 찾는다. 세 번째 숏에 안마사가 적절한 각도를 찾아냈다. 머리 마사지, 그것이 아마도 가장 미친 마사지일 것이다. 나는 공중에 떠 있는 기분을 느끼고, 내 뇌는 숨을 쉰다, 나는 잠이 든다, 발기한다, 나 자신을 잊는다, 웃음보가 터진다, 시간 개념을 모두 잃는다. 그러는 동안 누나가 도착할까 봐 걱정되지만, 안마사에게 "내가 곧 간다고 누나에게 인터폰으로 전해줘요. 밑에서 기다리라고 해주세요"라고 말하면 그만이라고 생각한다. 누나와의 인터뷰로 자연스럽게 이어진다면 웃길 것 같다. 그러나 내가 카메라를 끄자마자 인터폰이 울린다. 우연은 늘 우리를 위해, 우리를 거스르며 일어난다. 나는 안마사를 돌려보내면서 말한다. "우리가 방금 제일 이상한 다큐멘터리를 찍은 것 같네요." 서둘러 샤워를 하고 차에서 누나를 만난다, 나는 카메라를 봉지 안에 넣고 아흔다섯 살인 쉬잔과 여든다섯 살인 루이즈를 인터뷰할 생각에 몹시 흥분한다. 에이즈에 대한 인터뷰다. 나는 무더위 탓에 블라인드를 내린, 어두운 아파트에서 쉬잔을 만난다. 그녀는 등받이를 기울일 수 있는 의자에 앉아 발에 소변 주머니를 차고, 의식이 없는 상태에서 신음을 하며 폴란드인 가사 도우미의 끊임없는 불평을 듣고 있다. "더워요. 너무 더워. 부인은 피곤하세요. 너무 지치게 하는 더위예요." 그러나 무엇보다도 카메라를 숨겼던 현관에서 쉬잔이 단추를 잠그지 않은 옅은 파란색 잠옷 윗도리 밑으로 나체로 있다는 것을 발견한다. 언젠가 루이즈가 잠에서 깨어나 내게 끔찍하게 묘사했던, 물 혹은 죽음, 바람, 풍선으로 부풀어 오른, 비현실적으로 나온 복부 때문에 옷이 벌어진 것이다. 쉬잔이 옷을 벗어 던졌다. 나는 늘 그녀의 나체를 보는 것을 꿈꿨다. 그녀는 여전히 아름다웠다. 내 시선은 현관에서부터 잠옷 윗도리로 덮인 가슴 사이, 네크라인의 피부를 클로즈업했다. 그런데 시선이 자연스럽게 그곳에 클로즈업됐다면, 곧바로 카메라로 찍었어야 했을까, 아니면 두 개의 다른 감정과 두 개의 다른 리듬이 포개져 재구성되는 순간을 기다려야 했을까? 나는 카메라를 봉투에 담아 서재 의자에 걸쳐진 표범 가죽 속에 숨기고, 그 길로 폴란드인 가사 도우미가 보는 앞에서 내 고모할머니의 젖가슴 사이, 그 부드러운 살을, 아흔다섯의 나이에도 불구하고 젊고 에로틱한 그 살을 만지려고 했다. 나는 늙은 여자의 때로는 무른 그 살에 어떤 거부감도 없다. 오히려 매우 다정하고 친근한 매력, 불온하지 않은 유쾌한 매력을 느낀다. 쉬잔은 우리가 더는 대화할 수 없게 된 이후부터 내가 그녀만큼이나 내 코와 그녀의 코를 비비는 에스키모 인사와 머리를 묶어주는 손짓으로 그녀의 이마를 쓰다듬는 것, 그녀의 손을 내 손에 꼭 쥐는 것을 좋아한다는 걸 느꼈을 것이다. 우리는 지옥에서 다시 만나기 전에, 이 땅에서 작은 쾌감을 좇는, 죽어가는 두 명의 환자다. 쉬잔은 내게 말한다. "손이 너무 좋아. 너무 좋아서 내가 이 손을 예전부터 가졌다는 사실을 잊게 돼. 물론 이렇게 부드러운 손은 아니었겠지." 나는 루이즈를 찾으러 올라가서 내 제안을 설명한다, 그녀는 화가 난 척 말한다. "네가 찍은 사진으로 우리를 곤란하게 하더니, 어쩐지 10년 동안 조용하다 했다." 그녀는 누나에게 덧붙인다. "네가 봤어야 했어. 이런 원피스를 입혀라, 저런 잠옷을 입혀라, 절대 웃지 마라, 얼마나 웃겼는데. 적어도 이번에는 제대로 찍겠지. 대신 빨리 해. 허리 아프니까." 나는 카메라를 켜고, 루이즈에게 언제부터 내가 에이즈에 걸린 사실을 알았는지 묻는다. "몇 년 됐어." 그녀가 답한다. "네가 탁자에 있는 우리 컵이 네 것과 뒤바뀔까 봐 걱정 가득한 눈빛을 보내기 시작했을 때부터. 그 시절에는 그게 어떻게 감염되는지 잘 몰랐잖아." 루이즈는 에이즈는 병균이고, 그 병균을 없앨 방법을 찾는다고 해도 금세 또 다른 병균이 나타날 것이라고 말한다. 그녀는 고통을 이야기한다. 허리, 코르셋, 나처럼 일어나고 누울 때 느끼는 통증을 말한다. 내가 자살을 말하자 반박한다. "아니, 네가 자살했다면 난 너무 가슴 아팠을 거야. 너무 슬펐을 거야. 난 널 사랑해. 정말이야." 그녀가 그런 말을 한 적이 한 번도 없었는데, 우리 사이에 카메라가 있어서 할 수 있게 된 것이다. 놀라운 일이다. 누나는 내 카메라에 찍히는 것을 거부했고, 나는 거의 부담을 덜어낸 기분을 느꼈다. 이어서 쉬잔의 컷을 찍는다. 처음에는 그녀의 의식이 완전히 또렷해 보였다. 그녀는 내가 에이즈에 걸렸다는 걸 바로 알려서 그 사실을 알고 있었지만, 내가 부탁한 대로 동생에게는 말하지 않았고, 크로스워드를 하다가 그 사실을 알게 됐으며, 내가 이겨낼 것이라고, 그래야 한다고, 희망도, 인생에 대한 호기심도 버려서는 안 된다고, 죽음은 물론 유혹적이고 정신을 혼미하게 하지만, 인생은 거기서 다시 시작되어야 한다고 말한다. 카메라가 잘 돌아가고 있는지 뷰파인더를 확인하다가 아무것도 녹화되지 않았음을 알게 됐다. '녹화'라는 글씨가 없다. 나는 다시 한번 유령 이미지를, 마침내 알몸으로 내게 놀라운 사랑의 말을 들려주는 쉬잔의 유령 이미지를, 보이지 않는 걸작을 만들어냈다.

오늘 아침 클로데트와의 약속에는 카메라를 가져가지 않았다. 배터리를 연결해서 프낙Fnac 봉투에 숨겨 왔다가 분위기가 괜찮으면 꺼낼 수도 있었다. 그렇지만 그런 것을 우리 사이에 두고 싶진 않았다. 아직 너무 이르다. 두 사람이 시선을 주고받고 생생한 목소리로 말을 주고받으며 자연스럽게 관계를 쌓아야 한다. 관계를 계속 만들어나가야 한다. 나는 클로데트가 점점 좋아지는 것 같다. 그녀는 늘 내 옆을 쏜살같이 지나치면서 나를 못 본 척한다. 크라프트지로 된 서류를 팔에 끼고 청진기를 목걸이처럼 차고, 검은색과 흰색 마름모꼴 무늬가 있는 베이지색 벨벳 실내화를 신고(묘사가 섬세해졌다), 고개를 숙이고 내 옆을 지나치면서 나를 보지도 않고 속삭인다. "안녕하세요, 기베르 씨." 오늘 아침, 나는 이렇게 대답했다. "안녕하세요, 마드무아젤." 파란색 바지다. 그녀가 접수 데스크를 향해 몸을 기울였다. 나는 그녀의 살을 보려고 하거나 뭔가를 생각하려 하지만, 지난번보다는 관심이 덜해졌다. 왼쪽 다리와 왼쪽 허벅지가 아팠다, 내 옆에 나이가 지긋한 남자가 나무 지팡이 두 개를 짚고, 몸을 구부리고 있었다. 나는 은으로 된 둥근 꼭지가 있는 멋쟁이들의 지팡이가 아니라, 저렇게 시골에서 원목으로 만들어 쓰는 지팡이가 있어야 한다고 생각했다. 파란 모자에 검은 안경을 쓴 해골 배지는 달지 않았다. 몇 문장 앞에 썼지만, 나는 글에 파란색이 등장하는 게 좋다. 지팡이를 짚은 사람 다음에는 목발을 짚은 사람을 봤다. 그리고 지난번보다 더 시체 같아진 사람이 트레이닝 바지를 입고, 링거 두 병이 달린 바퀴를 끌고 얼이 빠져 비틀거리며 지나갔다. 그가 지나갈 때 두 개의 병에 붙은 라벨 중 하나를 읽어봤는데, 다름 아닌 포도당이었다. 나는 매번 자발적으로 구경꾼이자 다큐멘터리 제작자가 된다. 이제 나는 팩에 담긴, 비타민 우유와 야채수프, 반숙, 뮤즐리, 멜론, 굴, 그리고 라즈베리, 날생선만 먹는다. 채혈실에 들어갔다. 클로데트가 정오로 약속을 잡아놓았는데, 채혈 시간은 아니었지만, 검사실은 투명한 흡입관과 기관지에 펜타미딘*을 주입하는 에어로졸 소리로 가득 찼다. 어떤 이는 신경안정제로 눈이 뒤집혀 있었고, 또 어떤 이는 우아하고, 곱슬머리에, 말이 많았다. 그토록 많은 흡입관이 있다니 놀라운 광경이었다. 잔은 그곳에 없었고, 나는 간호사 중 한 명에게 내 처방전이 준비됐냐고 물었다. 클로데트는 모든 것을 준비해뒀다. 나는 그 간호

* 항원충제.

사에게 물었다. "당신이 할 건가요?" 그녀는 두려워하며 내게 대답했다. "왜요? 싫으세요?" 나는 잔이 이제 내게 주사를 놓기를 꺼려한다고 느꼈다, 그녀는 바늘이 들어갈 때 채혈실에 들어와서 내가 주사를 보지 못하도록 휴가 이야기로 나를 붙들었다. 나는 간호사들이 주삿바늘을 찌르기 전에 "혈관이 건강하신가요?"라고 말하면서 팔을 두드리고, 압박기로 지나치게 조이거나 바늘을 너무 부드럽게, 너무 천천히 넣는 것을 별로 좋아하지 않는다. 내 피가 담긴 주머니를 직접 가지러 혈액학과에 갔다. 의사들처럼 전문용어를 완벽하게 쓸 줄 안다면 좋겠는데, 그것은 암호 같아서, 그렇게 된다면 그들 앞에서 영어로 야한 이야기를 듣는 어린아이가 되는 꼴은 면할 수 있으리라. 나는 술술 나오는 그 유창한 언어가 좋다, 그리고 이제 내 피를 직접 나르는 것이 좋다. 예전 같았으면 기절했거나 무릎이 꺾였을 텐데. 나는 가능한 한 나와 당신의 생각을 직접적으로 주고받는 게 좋으며, 문체가 이입을 방해하지 않는 게 좋다. 당신은 이토록 피가 낭자한 글을 견딜 수 있는가? 당신을 흥분하게 하는가? 뱅상은 내게 말했다. "당연히 네 책은 성공할 거야. 사람들은 타인의 불행을 좋아하거든." 이제 나는 피가 넘치는 책을 좋아한다, 피가 냇물처럼 흐르고, 층을 이루고, 수영장이, 호수가 되어 텍스트를 침수시켜야 할 것이다. 로뱅은 〈희생〉이라는 사진 연작 작업을 하고 있다. 그는 몇 달 동안 착시를 일으키게 할 만한 색을 연구한 후에 산 전체에, 절벽에, 바다에, 하늘에 개양귀비 즙을 뿌려, 프로방스 풍경이 피에 둥둥 떠다닐 만큼 충분히 흐르게 만든다. 내가 혈액학과에 가는 게 호기심을 제외하고는 어떤 것에도 도움이 되진 않았다. 귀걸이를 한 어린 흑인 심부름꾼이 병동을 오갔다. 달리고, 뛰고, 난간을 뛰어넘고, 물구나무를 서고, 에이즈 균에 감염된 혈액 100리터를 머리에 이고 균형을 잡았다. 검사 결과는 팩스로 발송됐는데, 이 또한 내가 익히고 싶은 또 다른 전문용어다. 10년 전에 집필했던 책에는 없는 새로운 도구로서의 언어. 혈액학과의 여자는 그다지 친절하지 않게 말했다. "그 위에 두고 가세요. 네, 우린 익숙해요." 나는 클로데트가 지하에서 마지막 환자와 함께 올라오길 기다렸는데, 그 환자는 나는 지팡이나 목발 없이 일어날 수 없는, 너무 낮고 푹 꺼진 의자에 앉아 있었다. 의국장이 나를 가볍게 스치면서 지나가다가 물었다. "좀 나아졌어요?" 모든 걸 다 알고 있다. 나는 바람을 쐬려고 밖에 나와 난간 구석에 몸을 구겨 넣었다, 그늘에는 바보처럼 보여도 좋을 만큼 기분 좋은 바람이 살랑 불었다. 다리 운동을 했다, 발끝을 펴고, 구부리고, 발끝으로 구부리며 유리창으로 하얀색 환자복을 입은 실루엣이 뒤로 지나가는 것을 봤다, 이제는 한 번에 알아볼 수 있는 하얀 환자복을 걸친 십여 명의 실루엣. 수염이 있는 인도인, 도망치는 이란인, 얼간이 같은 아일랜드인, 내가 절대 만날 일이 없는 사람들. 더위 때문에 약국의 창문이 열려 있었고, 나는 진열대에 놓인 상품들의 이름을 읽으면서 어느 약물 중독자가 그 창이 닫힌 것을 봤다면 어디를 통과해 그것을 부쉈을까 생각했다. 나는 약물 중독자들에게 관심이 많다. 죽기 전에 섬광을, 뱅상과 함께 그 섬광을 경험하고 싶다. 클로데트가 환자와 함께 지나갔다. 나는 클로데트의 환자들을 싫어하고, 당연히 그들도 나를 싫어한다. 그녀가 다른 사람들에게 더 친절해서는 안 된다, 아니면 전쟁이다. 클로데트는 검지로 내게 따라오라는 사인을 보냈다. 클로데트는 이 부서에서 가장 성실한 의사다. 어떤 유의 명칭에는 문제가 있다. 예를 들면 의사가 그렇다. 남성형으로만 쓰지 않는가, 그렇다면 성실하다는 형용사를 어떻게 붙여야 하는가? 클로데트가 약간 남성적이었던가? 그렇게 생각한 적은 없다. 그렇지 않은 것 같다. 클로데트의 검진은 몇몇 변주를 제외하고는 정확히 똑같은 방식으로 이뤄진다. 나는 그녀에게 아침부터 저녁까지 똑같은 일을 하는 게 지긋지긋하지 않은지 물었고, 분명 일부러 '지긋지긋하다'라는 말을 썼는데, 그녀는 내게 "소변볼 때 아프세요?"라고 말한다. 그녀는 나를 만지고, 처음부터 다시 시작했다. 나는 행복과 다름없는 감정을 느꼈다. 연민과 환멸 사이에 있는 그것이 무엇인지 모르겠다, 아니면 검사를 받을 때 때때로 느꼈던 초연함인지, 어떤 다른 것인지 절대 알 수 없을 듯하다. 아버지가 옳았다. 나는 지방에서 의사가 되어 클로데트 같은 여자와 결혼했어야 했다. 게다가 아버지는 나를 믿을 것이고, 눈물을 흘릴 것이다. 지난번에 아버지가 내게 보낸 서신에서 그는 편지를 쓰며 울고 있다고 했다. 클로데트는 내 하체에 힘이 다 빠졌고 그렇다고 상체가 더 나은 것도 아니라고 말했다, 그녀는 내가 병약한 척하고 있는 게 아닌지 의심했다. 지난번에 내게 그토록 감동을 줬던 엄지발가락

테스트는, 그녀도 그걸 느꼈는지, 사랑의 주술처럼 "당신 쪽으로—제 쪽으로요" 하다가, 간단하게 "당신—저요—당신—당신—저요—저요—저요"라고 하지 않고, 그저 "앞으로 뒤로"라고 앞뒤 움직임의 속도를 조절하며 단순화시켰다. 나는 순순히 따랐지만 실망했다. 이제 별거 아닌 것이 되어버렸다. 왼쪽 엄지발가락을 할 때는 내가 먼저 "당신—저요—당신—저요"라고 다시 시작했지만 아무 말이 없었고, 나는 이내 후회했다. 검사를 마친 후에는 그녀에게 내가 비록 옷을 입는 게 힘들지만 보기에 좋고, 너무 우스꽝스럽지 않으며 그녀가 팬티 고무줄을 쉽게 들어올릴 수 있는, 검진하기에 편한 속옷을 입기 위해 두 번이나 갈아입었다는 말을 할까 말까 망설였지만 다행히 입을 다물었다. 말했다면 바보같이 의사를 교체당했을 것이다. 공백 없이 의사를 바꿀 수 있어서 다행이다, 나중에 죽음이 가까워지면 다시 상디를 찾을지도 모르겠지만, 우리는 우리의 강도 높은 방식에 숨이 가빴었다. 클로데트는 내게 집중력 장애나 기억에 문제가 있는지 물었다. 나는 그녀에게 집중력은 괜찮은 것 같다고 말했다, 요즘 다시 작업이 잘되고 있으니까. 그렇지만 기억력은, 눈에 띌 정도는 아니지만 어떤 단어를 다른 단어로 착각하고 말하는 일이 점점 많아지는 것 같다고 말했다. 그녀는 내게 말했다. "그렇다면 간단한 검사를 합시다. 20에서 0까지 거꾸로 말해봐요. 좋아요. 만점이에요. 이제는 월月을 거꾸로 말해봐요. 좋습니다. 만점이에요. 이제 내 말을 잘 들어봐요. 장 쿠아닝 씨, 보르도의 그랑드올오방 길 47번지." 나는 곧바로 따라 했다. 그렇지만 5분 후에 그녀가 "그 남자의 이름과 주소를 다시 말해보세요"라고 말했을 때는 "못하겠어요. 보르도, 장물랭 길?"이라고 말했고, 그녀는 "10점 만점에 6점"이라고 했다. 클로데트는 나의 새로운 교사가 됐다. 나는 이어서 "우유에 상자가 담겨 있다" 같은 말을 하면서, 그녀에게 "바로 이런 문제예요. 코카콜라를 냉장고라고 말하는 것"이라고 말했다. 클로데트는 내게 내일 엘바섬으로 떠나는 것을 허락해줬다. 그녀가 그리울 것 같다. 나는 곧장 항공권을 끊기 위해 여행사에 전화를 걸었다. 나는 카메라에서 벗어나 클로데트와의 사랑 이야기를 쓰러 엘바섬에 갈 것이다. 내일은 미국인 억만장자와 밥을 먹기로 했고, 그가 운전기사와 함께 나를 데리러 오기로 했다. 아이바좁스키의 해변 그림은 1만 3천 프랑이고, 나는 그것을 그날 저녁 전화로 알게 됐다. 콜레트 광장의 상점 철문 뒤로 얼핏 보이는 혈기왕성한 기사를 그린 커다란 그림은 5만 9천 프랑이다. 판매업자와의 통화로 알게 됐는데, '나폴레옹의 기병'은 누군지는 이름이 기억이 나지 않지만, 어떤 인물의 가장 위대한 습작 중 하나라고 했다. 대부분은 난해한 완성작보다는 습작이 더 아름답다.

쥘은 내게 그에게 무용수의 디다노신을 공급한 남자, 리오넬을 보호하고 싶다고 말했다. 얼마 전에 샴페인과 초콜릿 케이크로 환자를 안락사시킨 의사가 처벌받은 사례가 있었고, 그가 자기 손으로 혼수상태에 빠트린 친구의 시체 곁에서 동결보존 부서에 연락도 취하지 않고, 얼굴도 가리지 않은 상태로 이틀 동안 침대에 함께 누워 있었기 때문에, 의사협회로부터 제명될 위기에 놓여 있기 때문이었다. 나는 리오넬을 만난 적은 없지만, 다음 달 엘바섬에서 만날 예정이었다. 그는 피아노를 연주한다. 디다노신 약봉지에 흔적이 될 만한 정보를 제거한 사람도 그다. 그는 그저 청소하는 아주머니가 부주의로 버렸다고 말했다. 이제는 나를 아우슈비츠 베이비라고 부르는 쥘이 말하길, 리오넬은 만난 지 3년밖에 되지 않은 친구의 죽음을 감당하지 못해서, 신경쇠약증에 걸린 사람처럼 그들이 살았던 아파트의 벽을 그 무용수의 춤추는 사진으로 도배했다고 했다. 나는 쥘에게 말했다. "3년이면 긴 시간은 아니네." 그는 대답했다. "시간으로 계산되는 건 아니니까." 내가 쥘을 만난 지 14년이 넘었다.

에이즈는 내게 어린 시절에 읽었던 동화 같은 시간 여행을 실현하게 해줬다. 세상이 나를 둘러싸고 쏜살같이 달리지 않아도, 나는 노인처럼 야위고 약해진 내 몸에 2050년의 나를 투영했다. 1955년에 태어났는데, 1990년에 95세가 됐다. 빨라진 원운동이 빠르게 회전하는 놀이기구를 탄 것처럼 나를 벽에 밀어붙이고, 회전한 것이다. 믹서에 내 사지를 넣고 갈아버렸다. 그리고 그것이 나와 95세인 쉬잔의 사이를 더 돈독하게 했다. 어쩌면 그것은 우리가 60세의 나이 차이에도 불구하고 계속 서로를 좋아하도록 그녀가 내게 걸은 주술인지도 모른다. 신체장애나 뇌에 이상이 생기지 않는다면 이 우정이 중단되는 일은 없을 것이다. 이제 우리는 다시 이해하고 대화할 수 있다. 우리는 몸도 생각도, 나이를 지긋이 먹은 노인으로서 겪는 일도 거의 비슷하다. 우리는 마침내 남편과 아내가 됐다. 나는 부모님을 추월했고, 그들은 내 자식이 되었다. 내 몸 안에서 노인의 상태를 느낀다는 게 때로는 불행하고 때로는 행복하다. 노인처럼 걷는 것이, 라쿠폴La coupole의 테라스에 앉아 있는 손님들의 시선을 받으며 노인처럼 택시에서 내리는 것이, 노인처럼 계단을 오르는 것이, 혼자 일어날 수 없는 벼랑 끝에서 그 어느 때보다 더 약해진 인생을 계속 건넌다는 것이 기쁘다. 모든 걸음이, 모든 고독한 순간이 우연의 테이블 위에 던져진 주사위 같다. 나는 일부러 고개를 빳빳하게 들고, 글을 쓰다가 녹아버린 등 근육이 오른쪽 통증 부위를 압박해도 가능한 한 꼿꼿하게 허리를 펴고, 수척해진 얼굴에 헐렁해진 검은 안경을 쓰고 비틀거리며 거리를 걷는다. 나는 사람들의 시선에서 넘치는 선의를 느낀다. 죽은 무용수의 디다노신으로 내가 다시 살아나기 시작했던 7월 13일, 그 부활의 날 이후에도 몇 달에 걸쳐 살아 있는 송장이 됐던 내 모습은 그대로 남았다. 나는 내가 선해졌다고 말할 수는 없지만, 선의 의미와 삶에서 그것이 절대적으로 필요하다는 것을 이제 이해한 것 같다. 그것은 나보다 나이가 많은 로뱅이 자주 했던 말이기도 하다. 어쩌면 나는 투병 생활을 통해, 시간을 가로질러 불쑥 들어온 그 클로즈업된 시선을 통해, 그의 나이를 넘어섰는지도 모르겠다. 그가 다시 선을 이야기하기 시작했을 때, 나는 정확하고 당연하다고 느끼면서도 동시에 낡은 가치의 패습으로 남은, 낡은 어떤 것이라는 인상도 받았다. 나는 로뱅이 피에르 신부가 되는 것을 원치 않았다. 이제 나는 혼자서 선의 노래를 이해했고, 그것을 배웠다. 지난번에는 다비드가 얼굴에 못된 미소를 지으며, 나의 두려움과 기피와 의기소침을 두고 내게 못됐다고, 끔찍할 정도로 못됐다고 말했다. 그는 내게 "그렇지만 너도 네가 나쁘다는 걸 알잖아? 어린아이처럼 못됐다는 거 말이야. 너도 네 책을 알 거 아니야. 아니야?"라고 말했지만, 나는 내 책들이 나쁘다고 생각하지 않는다. 그 책들이 무엇보다 진실과 거짓, 배신, 악의를 주제로 다루고 있긴 하지만, 근본적으로 그것에 악의가 있다고 보지는 않는다. 그 유명한 사드의 섬세함의 원칙이다. 나는 야만적이면서 섬세한 작품을 쓴 것 같다.

처음에는 버스에서 내 앞자리 또는 내 자리 맞은편에 앉은 소녀의 존재에도, 그녀가 거기 있다는 사실에 주의를 기울이지 않았으나, 소녀는 나를 보며 점점 눈에 띄는, 정확히 이해할 수 없는 불안을 감추지 못하고 내비쳤고, 나는 그녀가 동요하는 이유를 파악하기 위해 검은 안경 뒤로 그녀를 유심히 살폈으나, 소녀는 내 눈을 똑바로 보지 못하고 시선을 돌렸다, 그녀는 유리창으로 거리와 행인들을 보고 있었지만, 내면의 불안에 사로잡혀 아무것도 못 보는 게 분명했다, 그녀는 망설임과 포기의 뜻으로 때때로 눈썹을 찡그렸으며, 자신이 취해야 하는 정당한 권리에 대해, 배려와 무례함에 대해 자신에게 묻고, 말할 수 있는 상황이 아닐지라도 단어를 고르고 그것을 순화시키고, 다듬었다. 나는 베르베르식 액세서리를 한 그 갈색 머리의 소녀가 예쁘다고 느꼈다. 다비드를 만나러 식당에 가는 길이었다. 낮에는 너무 더웠다. 나는 상아 소재로 된 단추가 달린 옅은 아몬드그린 색 리넨 재킷을 입고 있었는데, 며칠 전 꼼데가르송에서 산 것이었다. 친절한 점원인 장 마르크는 내가 옷을 입어 볼 때, 나의 야윈 몸과 불편한 거동에 놀란 티를 내지 않으려고 슬그머니 자리를 피하면서, 동시에 커다란 거울 앞에 나를 남겨두는 것을 걱정했다. 나는 야윈 몸을 그대로 드러내는 재킷 속에 단추를 끄른 셔츠를 입고 버스 안에서 소녀를 마주하고 앉아 내 허벅지 위에 빈손을 가지런히 올려놓았다. 그때는 13일의 금요일 이전이었고, 분명 가장 아팠을 때였지만 평온했고, 살짝 미소를 짓고 있었다. 나는 오데옹 거리 아래에 있는 정류장에서 내리려고 일어났고, 소녀 역시 자리에서 일어나 내가 붙잡고 있던 손잡이를 잡고, 버스가 급정거할 때는 나와 대칭을 이루며 서 있었다. 보아하니 그녀는 망설이고 있었고, 그러다 이내 결심을 했는지 우아한 미소를 지으며 조심스럽게 내게 말을 건넸다. "아주 유명한 작가를 닮으신 것 같은데…." 나는 대답했다. "유명한지는 모르겠는데요…." 그녀는 말했다. "제가 잘못 본 게 아니네요. 저는 그냥 당신이 너무 아름답다고 말하고 싶었어요." 그때 우리는 버스에서 내렸고, 서로 한 마디도 더 보태지 않았고 돌아보지도 않았다. 그녀는 오른쪽으로 사라졌고, 나는 당황했지만 고마움과 감동에 눈물을 머금고 왼쪽으로 떠났다. 그렇다. 환자에게서, 죽어가는 이에게서 아름다움을 발견해야 했는데, 나는 그때까지 그것을 받아들이지 않았던 것이다. 지난여름, 메이플소프의 사망으로 큰 충격을 받았다. 〈리베라시옹〉이 1면에 그의 사진을 실었는데, 그 40대 남자는 심하게 마르고 쪼그라든 노인이 되어, 해골이 달린 지팡이를 짚고, 일찍 시작된 노화로 자글자글한 주름에, 머리를 뒤로 넘기고, 휠체어에 실려 가고 있었고, 거기에는 간호사와 산소 텐트와 함께 대중 앞에 나타난 이 궁극의 등장을 설명하는 기사가 있었다. 그 사진은 내 등을 오싹하게 했다. 나는 〈리베라시옹〉이 젊고 아름다웠던 메이플소프가 그리스도, 여성, 혹은 테러리스트로 분장하여 자신을 찍었던 수많은 사진이 있는데도, 그 사진을 1면에 실은 사실에 분노했다. 그러나 나와 동시에 그 신문을 봤던 쥘은 그 사진에 대해 다르게 해석했고, 내가 그것을 비통하게 여기는 것에 의아해했다. "정말 환상적이야. 그가 이토록 아름다운 적은 한 번도 없었어." 쥘은 나와 반대로 메이플소프의 육체에 여전히 감탄하며, 조금은 고통스럽게 그렇게 말했다. 소녀가 버스에서 나를 봤을 때, 나는 그의 노쇠한 상태와 크게 다르지 않았다. 그러나 그녀는 성심껏, 진심으로 내가 아름답다고 말했고, 그 말이 나를 따뜻하게 감쌌으며, 쥘의 반응을 이해하게 해줬고, 그 끔찍한 사진과 화해할 수 있게 해줬다. 그 일이 있기 몇 주 전에 내가 쥘에게 알레르기로 붉은 반점이 생긴 내 야윈 몸을 보여줬을 때, 그는 내게 받아들이기 힘든 말을 했다. "있잖아. 90세에 늙느니 30세에 늙는 게 더 나은 거야." 그 문장이 기분 나쁘게 자주 떠올랐는데, 마침내 소녀가 건넨 한 마디에 그 뜻을 이해할 수 있었다.

어젯밤에는 이곳에 되돌아왔다는 사실에 너무 행복했다. 나는 이 풍경을, 귀스타브와 제라르를 다시 못 볼 줄 알았고, 내 방, 제의실, 방장을 친 오래된 철제 침대와 로마에 머무는 동안 함께하는 물건들, 그러니까 사제의 그림, 액자에 넣은 외제니의 수사본, 공을 던져 인형을 쓰러뜨리는 놀이에서 균형을 잡고 있는 알록달록한 바둑판무늬 옷을 입은 광대, 리스본에서 쥘과 함께 산 목재 관절 성모 인형, 금을 입힌 18세기 돋보기, 외제니가 선물해준 피노키오와 별 모양 램프, 피 묻은 셔츠를 입은 맨치니의 흑인 어린이, 물에 몸을 던지려는 묶여 있는 두 연인의 미니어처, 짚으로 만든 올빼미, 백피증에 걸린 어린이의 초상화, 내가 오기 전에 귀스타브가 친절하게 방에 재배치한, 제일 큰 사이즈부터 제일 작은 사이즈까지 골고루 인화한 로뱅의 사진들을 되찾을 수 없을 줄 알았다. 나는 이 물건들이 너무 좋아서 파리로 가져갈까 망설인다. 그렇게 한다면 내가 죽으면 묻히고 싶은, 정원에 바다를 마주한 유향 나무가 있는 이곳이 가진 것들을 박탈하는 게 되겠지만, 파리에는 이런 물건들이 없으니까. 오늘 저녁에 그림자극 공연을 할 말레이시아인들의 웃음소리가 정원에서 들려온다, 그들은 우리처럼 다양한 크기의 양동이와 용기로 샤워를 하며 웃고, 물이 너무 차가워서 비명을 지르고, 알아들을 수 없는 언어로 떠든다. 두꺼운 도화지의 여백에 알아보기 힘들게 쓴 글씨와 파란 선이 그려진 외제니의 육필 원고를 보고 있으면 마치 고갈되지 않은 천년의 책, 성경처럼 느껴진다. 나는 가끔 거기에서 나를 황홀하게 하는 단어들을 포도알 따듯 딴다, "나는 산이었다"라는 문장이 보인다. 이것으로 충분하다. 조금 있다가 목욕의 목록을 순서대로 읽을 것이다. "오만의 목욕, 개미 목욕, 혈의 목욕, 밤의 목욕." 외제니 사비츠카야는 내가 누구보다 존경하는 위대한 시인이자 훌륭한 작가다. 죽기 전에 그를, 그의 아내 카린과 그의 아들 마랑을 다시 만나고 싶다, 그들이 그립다, 그들을 보지 못한 지 1년이 넘었다, 너무 오래됐다. 1년 사이에 내 몸무게는 18킬로그램이 줄었다. 나는 마랑을 위해 예쁜 코끼리 인형을 골라놓았는데, 2천 프랑이었지만 포장 상자가 없었고, 여행을 취소하는 바람에 코끼리를 찾으러 가지 않았다. 귀스타브가 코끼리 인형을 태국에서 가져다줬다, 회색 목재 코끼리로, 긴 코가 있고, 다리가 완전히 분절된, 끈이 달린 마리오네트 인형으로, 내가 올라갈 수 없는 계단 위에 매달려 있었다. 태국에서 사람들이 귀스타브에게는 인사하지 않아도, 그 인형 앞에서는 절을 한다는 신성한 물건이었다. 나는 오늘 아침에 기쁜 마음으로 그 코끼리의 사진을 찍었다. 차양을 몇 개 열어서 그 인형에 빛이 들게 했고, 나머지 차양들은 그대로 둬서 그림자와 빛 위로 인형이 돋보이도록 연출했다. 다시 내려갈 때는 사진기를 들고 넘어지지 않도록 조심했다. 우리가 정원에 심고 물을 자주 준 사이프러스 나무가 자랐고, 내가 일하는 하얀 책상에서 그 나무들이 보인다. 나는 너무도 헌신적인 제라르에게 펠리컨 잉크 한 병을 가져다달라고 부탁했다. 잉크병들을 사진으로 찍고 싶다. 2년 동안 로마에서 잉크병들을 조금씩 모았는데 모두 디자인이 멋진 상품이다. 나는 잉크병을 정말 좋아한다. 내 물건들을 다시 보니 미친 듯이 사진을 찍고 싶어졌고, 어제저녁부터 오늘 아침까지 열 장 정도 찍었는데, 잘 나올 것 같다. 카메라가 있었다면 분명 영상으로 찍었을 테지만 가져오지 않았다. 죽은 무용수가 남긴 디다노신만으로도 가방이 꽉 차서 너무 무거웠고, 게다가 이곳에는 회선에 꽂거나 배터리를 충전할 전기가 없다. 휴대전화와 비슷하다. 충전을 하려면 마을로 내려가야 하고, 네 시간밖에 걸리진 않지만 전화기는 위급할 때나 화재 시, 도둑들, 헌병들을 위해서만 쓴다. 병 때문에 두려운 게 없어졌다. 도둑도 무섭지 않고, 도살자도, 밤의 폭풍우도, 어제 관목 숲 사이로 우뚝 솟아 있는 섬에 가려고 안개 속에서 탔던, 프로펠러가 달린 비행기도 두렵지 않다. 나는 이제 죽음이 두렵지 않은 것 같다. 로뱅은 내가 전용 비행기를 빌리기를 바랐다. 나는 카메라도 디기탈린도 가져오지 않았다. 왜 디기탈린을 가져오지 않았느냐고? 깜빡 잊었다. 마치 우연인 것처럼, 급하게 떠날 때는 늘 그렇듯이. 내 방이 된 제의실에서 유향 나무 밑에 흙을 다져 뒤집어 놓은 곳까지 통로가 있어서 시신을 운구할 사람 두 명만 있다면 충분할 것이다, 리오넬이 무용수 친구를 위해 부르기를 거절했던 냉동고나 생선을 절이는 일꾼도 필요없을 테고, 병원의 시체 안치실도 필요없어서 무용수의 시신 곁에서 이틀을 잤던 리오넬처럼 쥘이 내 시체 옆에서 이틀 동안 자는 일도 없을 것이다. 침대에서 곧장 흙으로 갈 수 있다면. 뇌가 매우 둔해졌다. 나는 막 두 시간 반 동안 방장 아래에서 발가벗고 낮잠을 잤다. 깊은 잠이었다. 오랫동안 그래본 적 없었는데. 아보카도와 라타투이, 살구와 으깬 바나나를 넣은 요거트로 점심을 맛있게 먹었다. 라쿠폴의 석화에 질렸던 참이었는데 기분 전환이 됐다. 나는 매우 거북한 악몽에서 깨어났다. 쥘이 베르트와 나에게 머리에 행주를 뒤집어쓴 남자아이의 나체 사진을 몇 장 보여주는 꿈이었다. 나는 화가와 그의 모델, 그의 해부학적 누드가 있는 책을 보고 있었는데, 마치 시체를 찍은 사진처럼 보였다. 나는 쥘이 왜 우리에게 그 사진들을 보여주는지 알 수 없었고, 그가 미쳐간다고 생각했다, 어쩌면 카메라를 들고 다니는 나처럼. 그사이에 베르트의 어머니가 도착했고 사진 때문에 기분이 상한 듯했다. 그녀는 기분 나쁘게 작별 인사를 했다. 나는 그녀와 대화하기 위해 그녀를 찾아 나섰고, 그녀는 내가 처음 보는 시크하고 기분 나쁜 사람들과 함께 커다란 구형 오픈카의 앞자리에 앉아 있었다. 베르트의 어머니는 내게 욕설을 퍼부으며 말했다. "당신은 형편없군요. 불쌍한 에르베! 당신의 모습이 어떤지 좀 보세요." 나는 그녀에게 말했다. "누구도 내게 그렇게 말한 사람은 없었어요. 나는 임종한 당신 남편을 모욕하기 위해서 찾아간 게 아니라고요." 잠에서 깼을 때는 머리가 묵직했다. 나는 이곳에서 생긴 새로운 운동기능 장애와, 내게 완전히 익숙한 공간이지만 팔다리 전체를 사용해야 하는 어려움과, 1년 만에 나를 보는 사람들의 시선으로, 내가 정말 아프다는 사실을 인식했다. 아프다는 것을 완전히 잊을 때가 있다. 그것은 거울 같은 것이다, 우리는 자신의 거울에 익숙해져 있다가 호텔에서 낯선 거울로 자신을 보면, 다른 모습을 보게 된다. 타인의 시선이 내가 나라고 믿는 사람이 아닌 다른 사람처럼 느끼게 한다. 긴 의자에서 쉽게 일어나지 못하는 늙은이, 그게 분명 진짜 나일 테지. 아직 내 책이 나오지 않았다. 에이즈 걸린 환자를 향한 시선, 그 부분이 조금 달라졌다. 그러니까 나는 10만 명의 사람들의 심장을 향해 편지를 썼던 것이다. 환상적인 일이다. 나는 그들에게 새로운 편지를 쓰고 있다. 나는 당신에게 편지를 쓴다. 파리에는 엘리베이터가, 택시가, 공중전화가, 찬물과 따뜻한 물이 나오는 수도꼭지가 있다. 이곳에는 잉크, 나 자신, 사진기, 초뿐이다. 물은 수조에서 받아오는데, 펌프질과 물이 가득 찬 양동이를 드는 일, 화장실까지 그것을 들고 걸으면서 설사 위에 뿌리는 게 힘들어졌다. 내게는 너무 높은 계단이 있다, 한계다. 나는 익숙하지 않은 것을 두려워하는 타인들의 시선 속에서 내 한계를 계속 시험받는다. 1년 만에 내 몸무게가 18킬로그램이 줄어드는 것을 본 쥘이나 다비드 혹은 에드비주의 시선과는 다르다. 나는 조금 전에 귀스타브가 내 사진을 찍게 내버려뒀다. 혼자 커다란 둥근 탁자 앞에서 외제니의 밀짚모자를 썼고, 정자에서 느끼는 태양의 전율과 하얀 식탁보 그리고 식기를 쓸 줄 모르는 말레이시아인들이 준비한 식기 세트는 정말이지 아름다울 것이다. 나는 2년째 사진을 찍지 않았지만, 친구를, 게다가 귀스타브를 어떻게 거절하겠는가? 이제 사진 속의 나는 미소를 짓고 있다. 귀스타브는 그것이 미소가 아니라 얼굴을 찡그린 것이라고 말한다. 귀스타브는 내가 무척 편안함을 느끼고, 모든 것이 아름답고, 떠날 때의 안도감보다는 도착할 때의 행복이 더 큰, 내 책의 대부분을 쓴 이 기적 같은 곳을 시공한 사람이다. 그는 이곳의 창조자이자 주인이며, 그래서 때때로 권위가 흔들리는, 이 권위에 저항하는 몇몇 문제들을 마주하곤 한다. 그렇지만 동시에 그는 이 기적적인 장소의 창조자이고, 자비롭게도 내가 이곳을 내 것처럼 여기도록 내버려둔다, 바로 이곳에서 가장 아름다운 사진들을 찍기도 했는데, 지난주에 아가트가 한 수집가에게 내 사진 여섯 장을 팔았다. 3천 프랑짜리 사진 여섯 장, 죽어가는 이를 위한 1만 8천 프랑의 사진. 나는 그림자극의 어느 말레이시아인이 냄새를 맡고 내가 제의실에 숨겨둔 죽은 무용수의 디다노신을 발견해서 암시장에 팔까 봐 무서워서, 그것을 내 요강을 둔 파란색 나이트 테이블 밑에 감춰둔다. 귀스타브와 나는 화장을 하기로 합의를 봤다. 우리는 정원의 유향 나무 아래 나를 합법적으로 묻을 수 있다고는 생각하지 않는다. 귀스타브가 아이디어를 냈는데, 마을의 공동묘지에서 빈 관으로 가짜 매장을 하고, 밤에 타이괴르의 힘 좋은 이의 도움을 받아 수도원 정원에 나를 묻자고 했다. 나는 그 아이디어가 마음에 들었다. 종교의식 없이, 마을에서 청년들이 나체로 행렬하는 것을 제외하고는 어떤 행진도 없이. 꽃다발도 안 된다. 근래에 그런 것들, 꺾은 꽃들, 꺾은 꽃들을 너무 많이 받았다. 꺾인 꽃들. 대패질이 잘 안 된 원목으로 만든 초라한 관, 서둘러 못질을 해서 대충 만든, 건장한 어깨 위에 불안정하게 들렸던 참나무 관. 윤기가 좔좔 흐르는 묵직한 마호가니 나무에 납을 입히고 금색 손잡이를 단 관은 싫다. 그것은 엄마가 갖고 싶어 했던 옷장을 떠올리게 한다. 나는 몸에 딱 맞는 관이 좋다, 텅 빈 바다를 표류하는 불안한 소형 보트처럼 약한 관. 야윈 손이 튀어나올 때까지 오래 바라볼 수 있는 작은 관. 나는 침대에서 일어나듯 가장자리를 붙잡거나 포기하며 관에서 일어날 것이다. 죽은 무용수의 디다노신 덕분에 이제 르네상스의 미신을 믿게 된 것인가?

나는 글을 쓸 때 가장 살아 있다. 단어는 아름답고, 단어는 정확하고, 단어는 승리한다. "에이즈를 말하는 단어가 이뤄낸 첫 번째 승리"라는 광고 문구에 분노했던 다비드도 마음에 들어 한다. 잠들기 전에는 낮에 썼던 것들을 다시 생각하는데, 미완성인 것처럼 다시 떠오르는 문장들이 있다. 묘사가 더 사실적이고, 더 정확하고, 더 경제적일 수 있을까, 단어가 빠졌다. 나는 그 단어를 덧붙이기 위해 일어날까 말까 망설이지만, 침대에서 내려가 어둠 속에서 방장 사이로 손을 더듬어 손전등을 찾고, 안마사에게 배운 대로 매트리스 끝에서 옆으로 기어서 발이 바닥의 돌에 닿을 때까지 다리를 천천히 내려놓고, 촛불을 켜고, 그 페이지를 찾아서 문제가 되는 문장을 더하거나 고쳐서 다듬는 일은 어렵다. 아니면, 내일 그 빠진 단어를 다시 떠올릴 수 있을까? 아닐 것이다. 어젯밤 나는 그림자극 공연 후에 이어진 파티의 소음 속에서 잠들었다. 내가 천천히 잠드는 동안 인형 조종사는 교회에서 막대와 스프링으로 된, 섬세하게 색을 칠한 납작한 가죽 인형들, 왕, 그의 딸인 공주, 구혼자, 악인, 광대, 나무, 궁, 원숭이, 싸움꾼들을 선보였다. 둥근 테이블에 손전등을 설치했고, 간이 극장 앞, 아이들이 바닥에 앉아 색을 입힌 그림자 앞에서 공연을 봤던 방수포 위에는 발광기가 있었으며, 기름등으로만 불을 밝히는 하얀 화면 앞자리는 비어 있었고, 터번을 쓴 뮤지션들이 탬버린과 징, 피리를 연주할 때, 기름등 아래 슈트 차림으로 앉아 있는 명인의 명령에 따라 그림자들이 연단에서 휙휙 날아다니고, 커지고 작아지며, 서로 활을 쐈다. 초승달과 별이 빛나는 조금 선선하고 축축한 밤, 사람들은 극에 완전히 매료되어, 얌전하게 천천히 잦아드는 바람에는 관심이 없었다. 그들은 화면 앞에서 무대 뒤까지 오갔고, 성당 안을 몇 걸음 걷다가 수다를 떨었고, 토마가 제단에 바치려고 그린 그림, 신부가 탐탁지 않아 했던 구름이 가득 낀, 걱정스러운 광란의 하늘을 그린 그림을 감상하기 위해 양초를 켰다. 날이 천천히 저물고 다시 저녁이 됐다. 귀스타브는 수조에서 펌프질을 해서 장미에 물을 준다. 곧 글을 쓰기에는 너무 어두워질 것이다. 촛불은 침대로 가기 위한 것이다. 오늘 하루, 모든 순간이 너무 달콤했다. 늦은 기상, 방광의 통증이 사라지면서 찾아온 편안함, 내게 새 생명을 준 죽은 무용수의 다디노신의 쓴맛, 과일과 요거트로 먹은 아침, 정자 밑에서 보낸 시간, 신문을 읽고 작업을 한 일, 멀리 상의를 탈의한 젊은 군인이 와서 말레이시아 음악가들이 잤던 텐트를 정리하는 모습을 본 일, 기대하지 않았던, 생명력을 가진 그 모든 것들, 예상치 못했던 살아 있는 그 모든 단어, 그리고 베로니카가 준비한 탁월한 수프를 맛본 일과 낮잠을 자지 않기로 한 것, 집에서 간단하게 샤워를 하고 에릭과 파투에게 전화를 건 일, 차로 마을을 지나가고, 조금씩 다시 일을 하고, 이제 천천히 찾아오는 밤과 고요와 평화, 간소하고 맛있는 저녁을 기다리는 일, 편안하고 깊은 잠, 고미다락에서 실에 꿴 구슬 두 개가 부딪치듯 마라카스 악기 소리를 내는 도마뱀 울음소리, 저기 계곡에서 매일 밤, 똑같은 시간에 배가 고파 미친 듯이 울부짖는 늙은 광견 무리들까지. 나는 행복하다.

이곳에서는 마침내 사람들이 나를 극진히 배려해준다. 마침내 받아 마땅한, 정당한, 그토록 오랫동안 기다렸던 배려다. 나는 사람들이 진즉에, 그러니까 내가 건강했을 때 나를 배려해주지 않았다는 게 늘 놀라웠다. 나는 나를 훌륭한 사람으로 여겼다. 레아는 바구니에 산딸기를 가득 담아 가져다줬다. 베로니카는 정원에서 딴 작고 둥글고 맛있는 방울토마토에 바질로 양념한 수프를 만들어줬다. 이런 관심들은 달콤하다. 사람들과 이렇게 좋은, 진실한 관계를 맺어본 적이 없었던 것 같다. 나는 미개인처럼 사람들에게서 달아났고, 그들은 나를 지루하게 하거나 귀찮게 했으며, 나는 그들에게 아무것도 주고 싶지 않았고, 내 안에 못된 소년을 다시 들이고 싶었다. 나는 늘 내가 대단한 작가가 되리라는 것을 알았지만, 쥘은 믿지 않았다. 그는 내가 모든 편집자에게 거절당했던, 어릴 때 썼던 글들이 언젠가는 출간될 것이라고 말하면, 나를 비웃었다. 내게 좋은 일이 있을 때마다 나는 그의 앞에서 기뻐했지만, 그는 나를 출세에 눈이 먼 사람으로 취급하며 내 흥분에 찬물을 끼얹었다. 쥘은 언제나 반대하는 자였고, 나의 섬세한 변증론자였다. 다비드는 달랐다. 그는 때로는 내가 앞으로 나아가도록 격려하고 두둔했으며, 정확하고 가차 없는 독해와 정당하지만 동시에 까다로운 교정으로 내가 작가로서 작품을 발표할 수 있게 해줬다. 나는 언젠가 내 책 중 한 권이 큰 성공을 거둬서 그것이 다른 작품들까지 알리게 될 것이라는 걸 알았지만, 다비드는 믿지 않았다. 그도 나를 비웃었고, 아량과 우정으로 일종의 적당한 경쟁상대로 여기며 나를 깎아내렸다. 그는 내가 썼던 글 때문에, 절대 책을 팔 수 없을 것이라고 말했다. (다비드와 나는 웃긴 '커플'이었다. 그런데 지금 이런 이야기를 해도 될까? 그는 내게 중요한 것, 웃음을 가르쳐줬다.) 어느 멍청한 평론가가 내가 유치한 이야기를 쓴다고 나는 비방했다. 나는 내가 유치한 이야기를 쓰지 않는다는 것을 잘 알고 있었고, 결국 그 평론가는 신문사에서 해고됐으며, 자신의 아이들을 굶기는 가난하고 가련한 사람이 됐다. 그러나 내가 제대로 평가받지 못했다고 생각하진 않는다. 나는 매우 빠르게 내게 적절한, 내 나이와 진행 중인 작업에 상응하는 인정을 받았다고 느꼈으며, 모든 것에는 순서가 있다고 생각했다. 성공은 우리가 더는 그것을 바라지 않을 때 찾아오는데, 내게 그것은 너무 늦지 않게, 적절한 순간에 찾아와 병을 앓고 있는 나를 도왔다. 부모님은 신작이 나왔을 때까지도, 내가 작가라는 사실을, 좋은 작가라는 사실을 절대 믿지 않았다. 나는 그들의 아들이었고, 훌륭한 작가는 앙리 트루아야, 에르베 바쟁, 그리고 비키 바움이었으니까. 나는 내가 자신을 훌륭한 작가라고 여기지 않으면 사람들이 나를 그렇게 생각하지 않으리라는 것을 알고 있었다. 언젠가 엑토르가 말했다. "에르베, 어쩌겠어요. 모두가 질투에 눈이 멀었는데. 당신은 아름답고, 젊고, 게다가 재능도 있잖아요." 그가 한 번도 한 적 없었던 가장 냉정한 말이었다. 그는 내가 만나본 적 없던, 어느 주간지 문학팀 팀장이 나를 두고 "문학계의 라스티냐크*"라고 했다는 말을 내게 막 전하던 참이었다. 우리는 홀레 플라자에서 저녁을 먹었다. 나는 내 앞에 있는 컵을 붙잡고, 그것의 섬세한 투명함에 감탄했으며, 헥토르에게 그 잔의 고급스러움을 말했다. 그리고 그 순간, 내 몸과 내 사고, 내 치아가 내 생각이 한번도 결심해본 적 없던, 고려해본 적 없던 어떤 일을 수행했다. 나는 물을 마시는 대신에 유리잔을 깨물어버렸다. 내 입술은 열몇 개, 열몇 개의 작은 유리 조각들로 가득했다. 입술인지 혀인지 어디에서 피가 나는지 알 수 없었는데, 입안에서 피 맛이 느껴지진 않았다. 나는 아무 말 없이 느리게 그 조각들을 하나씩 빼면서 내 의지와 상관없이 내 몸이 왜 그런 행동을 했는지 이해하게 됐다. 그것은 항의의 몸짓이었다. 나는 엑토르에게 말했다. "이제 그 여자에게 본인이 생각하는 것보다 내가 얼마나 야망이 큰 사람인지 말해줄 수 있겠네. 유리를 씹어 먹을 정도로 아직 배가 고프

* 발자크의 소설《고리오 영감》의 젊은 주인공.

다고." 부정적인 평론이 내 기를 꺾어놓은 적은 한 번도 없었다. 그들이 그러는 이유를, 그러니까 그것이 분함, 원망, 때로는 타당함과 어떤 정의이기도 하다는 것을 알고 있었으니까. 내 책에 대해 가장 냉혹했던 이들은 지인들이었지만, 나는 완전히 초연한 태도를 취했다. 해마다 호기심 많은 십여 명의 사람이, 연인들이, 젊은 여자들이, 가식적이고 따지기 좋아하는 해설가들이 내 빈 무덤에 묵념하기 위해 엘바섬에서 성지순례를 하리라는 것을 알고 있었으니까. 열다섯 살, 나는 무언가를 쓰기도 전에 유명세와 부와 죽음을 알았다. 내가 글을 쓰는 이 보기 흉한 종이가, 습한 서랍 깊숙한 곳에서 발견될, 바람만 살짝 불어도 날아가고 사라질 수 있는 이 종이가 언젠가 엄청난 돈을 차지하리라는 것을 알고 있었다. 사람들이 금욕주의적 사치 속에서 빛나는 이 보잘것없고 텅 빈 방을 방문하리라는 것을 말이다. 누군가 문에 이런 표지판을 붙일 것이다. "에르베 기베르는 이곳에서 그의 대표작 《유령 이미지》《특별한 모험》《아르튀르의 엉뚱한 생각》《시각장애인들》《당신은 내게 유령을 만들게 했습니다》《익명》《연민의 기록》을 집필했다."

포르토페라리오에 가서 클로데트 뒤무셀에게 엽서를 보내려고 했다. 나는 그녀에게 "나 혹은 당신? 위로 혹은 아래로? 오늘은 며칠입니까? 나는 당신을 생각합니다(운율을 위해*)"라고 쓰고 싶었다. 그러나 자동차를 타는 그 짧은 여행을 포기해야만 했다. 귀스타브가 약사의 집에 들러서 공사 진행 상태를 알고 싶어 했다, 로익과 죽은 무용수의 친구 리오넬 그리고 그의 피아노가 8월 1일에 그곳에 도착하기로 했다. 그를 만나보고 싶었다. 나는 그 빈집이 불편했고, 포르토페라리오 도로에서 귀스타브에게 돌아가자고 말했다, 약을 두고 왔기 때문이다. 오늘은 너무 더웠고, 시로코**가 불었으며, 아스팔트가 깔려 있지

* 원문의 Quel jour sommes-nous?(오늘은 며칠입니까?)와 Je pense à vous(당신을 생각합니다)는 'nous(누)' 와 'vous(부)'가 운율을 이룬다.

** 사하라 사막 지대에서 지중해 주변 지역으로 부는 따뜻하고 습한 바람. 먼지나 모래를 몰고 온다.

않은 급커브 길에서는 몸이 좋지 않았다. 다시 한계를, 또다시 곧 죽을 것 같은 기분을 느꼈다. 클로데트 뒤무셸에게 보낼 엽서는 없다. 글을 쓸 종이도 부족하다. 지금 이 종이는 집에서 가져온 것이다. 보기 흉하고, 구겨졌고, 축축하며, 시로코 때문에 끈적이기까지 한, 노트의 마지막 장. 구역질이 난다. 글이 써지질 않는다. 바르셀로는 아프리카에서 캔버스에 달라붙는 먼지 때문에 물감을 쓰지 못해서 데생만 했다. 나는 클로데트 뒤무셸과의 다음 약속이 언제인지 보려고 다이어리를 뒤적였다. 내가 실신한다면 약속을 앞당길 수도 있을 것이다.

나는 이제 사진을 찍지 않는다. 그때는 처음이라 푹 빠져 있었던 것이다. 코끼리 관절 인형에 빛을 비추려고 차양을 열었을 때, 앞가슴에 날개를 접은 벌이 차양의 걸쇠를 끼우는 작은 구멍에 굴을 파려고 하는 것을 봤다. 벌은 구멍을 좋아한다, 그들은 내가 낮잠을 자는 동안 한 마리씩 천장의 들보에 알을 까거나 무언가를 끄집어내기 위해 별짓을 다 한다. 나는 잠이 솔솔 오는 그 윙윙거리는 소리가 좋다. 모기장을 치고 있다. 간밤에 잠 못 이루는 동안, 모기 한 마리가 모기장 안으로 슬그머니 들어왔다. 아침에 모기장에 작고 가련한 핏자국이 남아 있었는데, 작은 개미들이 먹어 치우려고 왔던 것이다. 어제저녁에는 밥을 먹고 컴컴한 제의실에 들어와 벽감에 초를 켜다가, 배가 통통하고 옹근, 검은 거미 두 마리가 함께 놀고 있는 것을 보고 깜짝 놀랐다. 나는 성냥갑을 이용해 거미들을 벽감의 가장자리로 몰아넣어 죽이려고 했고, 그것들이 달아날 것이라고 생각했다. 나는 다리가 가느다란 그 곤충들을 그냥 뒀지만, 어둡고 포동포동한 거미들과 함께 자고 싶진 않았다. 첫 번째 거미를 눌러 죽이자, 다른 거미들은 꼼짝하지 않고 자신들이 죽을 차례를 기다렸다. 거미는 달아나기를 멈추고 할복을 하듯 성냥갑에 자신을 바쳤다. 나는 내가 죽인 것이 줠과 나 자신이라고 생각했다. 그때, 초에 불이 번쩍였고, 부모를 잃고 겁에 질린 새끼 거미 두 마리가 구멍에서 나오는 게 보였다, 나는 줠의 아이들 룰루와 티티를 생각했다. 그리고 더는 귀찮아지고 싶지 않아서, 미국인들이 사람들이 우글거리는 장소에서 베트남 사람들을 독가스로 질식시킨 것처럼, 촛대 끝으로 그 거미 두 마리를 구멍 속에 가둬버렸다. 진드기가 물이 담긴 통 안에서 원을 그리다가 빠져 죽었다. 물을 나르는 게 무거워서 비누 없이 몸을 씻었던 물이었다. 비누칠과 헹구기는 불필요해졌다. 나는 거의 옷을 갈아입지 않는다. 내게서 냄새가 날 것이다. 조금 전에는 양을 지키는 베르가모 개들을 보러 울타리를 친 들판에 나갔는데, 더위에 돼지 냄새가 났다. 나는 잠에서 깨자마자 손전등 다리를 물속에 넣어 아직 회전하고 있는 진드기를 죽였다. 나는 수도원의 모든 동물, 내가 때려 죽여야 하는 그 동물들을 본다는 게 행복했다. 예를 들면 장 이브가 그물과 막대로 무해한 덫을 만들어 가능한 한 깊은 산속에 풀어주려 했던, 전혀 사납지 않았던 뱀, 내가 흥분한 아이처럼 만져보려 했으나 곧바로 싫증을 냈던 밤에 나오는 두꺼비, 정원을 가로질러 뛰어다니는 고슴도치는 낙엽을 파헤지면 모습을 드러냈고, 내가 늑대처럼 잡았던 보들보들한 어린 양들과 함께 매일 저녁, 교회 광장으로 서둘러 내려가던 양 떼, 먹잇감을 향해 달려들기 전에 날개를 휘젓는 새매, 얼룩이 있는 노랑나비, 밤이 되면 폐가에 몰려드는 박쥐, 내가 샤워하는 모습을 보고 놀란, 우아하고 위협적인 뿔 달린 숫염소, 달리는 무지갯빛 도마뱀, 꼼짝하지 않던 옅은 에메랄드 색 방추형 도마뱀. 이곳에서는 개미집을 관찰하는 것이 고야의 전기를 읽는 것보다 더 재미있지만 두 가지를 다 할 수도 있다, 평생 개미집만 보며 사는 것도 죽여줄 것 같다. 나는 아침마다 신발을 신기 전에 바닥을 두드려 전갈을 쫓는다. 귀스타브는 내게 가시가 있으니 맨발로 걷지 말라고 했다. 쥘은 특히 저수통에 있는 물을 마셔서는 안 된다고 했다, 감염될지도 모르니 신경 써서 수돗물로 양치질을 해야 한다고. 나는 빛이 한 방울도 남지 않을 때까지 글을 쓴다. 초를 태우며 글을 쓰는 게 싫다. 콘래드*의 책상에서 터져버려서 《속박의 끝》 수사본을 불태웠던 기름 램프도 좋아하지 않는다. 밤새 계곡의 개들이 미친 듯이 울부짖었다. 귀스타브는 누군가 독을 넣은 고기를 던져서 그 개들을 죽일 것이라고 말했다.

* 조지프 콘래드. 폴란드 태생 영국 소설가. 해양 문학 작가.

죽은 무용수의 디다노신이 루아시 공항 검색대의 경보음을 울렸다. 귀스타브의 조언대로 짐을 분실할 경우를 대비해 생존용으로 하루 분, 두 봉지를 주머니에 넣어뒀던 것이다. 나는 주머니에서 열쇠와 동전을 꺼내야 했고, 폭탄과 항공기 납치범 전문반이 금속을 찾았으며, 내게 작은 쟁반을 내밀며 주머니에 있는 것을 모두 내놓으라고 했지만, 내가 문을 통과할 때마다 경보음은 여전히 울렸다. 그들은 내게 "계산기를 갖고 있진 않나요?"라고 물었고, 내가 "아니요"라고 대답하자, "약은요?"라고 덧붙였다. 나는 "약은 있습니다"라고 대답하며, 쟁반 위에 디다노신 두 봉지를 올려놓았다. 하나는 일부러 뒤집어놓았고, 다른 하나는 무언가를 감추는 것처럼 행동해 지나친 호기심을 자극하지 않기 위해 라벨이 보이게 뒀는데, 공항 요원 한 명이 와서 만져보고, 브리스톨마이어스 제약 실험실 라벨을 확인했다. 더는 경보음이 울리지 않았다. "그 약은 폭탄이야!" 주크가 내게 말했다. 그녀가 모스크바로, 내가 이탈리아로 떠나기 전, 마지막 순간에 통화를 했을 때 했던 말이다. 나는 무언가, 누군가를 잊었다는 것을 깨달았고, 승객들과 비행기에 오르는 대신에 서둘러 전화를 하러 갔다. 나는 쏜살같이 떠났다. 내가 전화기를 다시 켜자마자, 미국인 억만장자가 아침 약속을 취소했다. 누군가 루가노에 있는 그의 성에 불법 침입했고, 녹음기와 도미에르의 스케치를 훔쳐 갔는데, 그가 말하길 포장이 되어 있었기 때문이라고 했다. 상품의 금액이 라벨에 붙어 있었기 때문이라고. 미국인 억만장자와 점심을 먹지 않게 돼서 내가 해야 할 일을 마저 할 수 있는 약간의 시간을 얻게 됐다. 세탁소에 셔츠를 찾으러 가고, 머리를 자르고, 미용실은 포기했다. 가장 중요한 일은 베르트에게 편지를 쓰는 것, 편지를 쓰기 위해 시간을 들이는 것이었는데, 여행 가방은 아직 싸지도 않았고, 내가 그것을 들어 올릴 수 있을지조차 의문이었다. 나는 아이바좁스키의 그림 〈선원들〉을 다시 보러 갔고, 빠듯한 시간을 생각하면 그건 미친 짓이었다. 그 그림이 1만 3천 프랑임을 알게 된 이후로는 덜 끌렸다. 바람직한 일이다. 베르트는 아침저녁으로 두 시간씩 걸리는 외곽 지역으로 발령이 났다, 그녀는 자신의 남편이 에이즈라는 것을 말해야 할까 고민했고, 자신이 신경쇠약을 앓는 것을 상상했다. 그녀는 내 아내니까, 나는 그녀를 도울 수 있다. 그리고 그 말을 편지에 적었다. 예를 들면, 아이바좁스키를 사지 않는 것은 아내를 돕는 일이다. 그림을 다시 보러 가는 길에 우편함을 열어보니, 뱅상의 형제 중 한 명의 이름이 적

흰 봉투 두 개가 있었는데, 그것을 보고 깜짝 놀랐다. 나는 형제가 없다. 편지를 우편함에 그대로 두고, 서두르다가 잊어버린 척하고 이탈리아에 다녀온 후에 읽을 수도 있었지만, 나는 열중해서 그것을 읽었고, 다 읽은 후에는 마음이 흔들렸다. 출발 전까지 시간이 없었지만 브누아에게 꼭 답장을 써야 했다. 제시간에 떠나지 못할 위험이 컸지만, 도망치는 것보다는 브누아에게 가능한 한 빨리 답장을 보내는 게 더 중요했다. 늙은 흑인 택시 기사는 내가 그토록 힘겹게 차에 올라타서 뒷좌석에 기어서 착석하고 애써 창문을 여는 모습을 보며 당황했다. 나는 그가 내 힘겨운 움직임을 의식하기 전에는 다른 승객들에게 그렇듯 무관심했다가, 갑자기 나를 무한히 존중하고 있음을 느꼈다. 디다노신은 검색대의 경보음을 울리게 했다(봉투 안에 들어 있는 금속을 생각하지 못했다). 그래서 주크에게 연락을 했다. 그녀는 이탈리아와 소련의 합작품인 시대극을 찍으러 모스크바로 떠난다. 그녀는 영어로 연기하며, 살대를 넣은 드레스와 새틴 코르셋을 입고 우산을 쓸 것이다, 그 생각을 하면 즐겁다. 나는 비행기가 출발하기를 기다리며 다시 앉으러 갔는데, 그곳에 아무도 없다는 사실을 눈치채지 못했다. 내 이름을 부르는 소리가 스피커에서 들렸다. 공공장소에서 그런 식으로 내 이름이 불리는 것은 처음이었고, 나는 쥘 혹은 누군가로부터 나를 찾는 전화가 온 것이라고 생각했다. 그들이 말했다. "기베르 씨, 당신을 세 번이나 불렀어요. 들리세요? 서두르세요!" 나는 비행기로 이어지는 수평 에스컬레이터의 검은색 고무 바닥 위를 걸었다. 누군가 내

등 뒤에서 소리를 질렀다. "오른쪽이 아니라 왼쪽이요!" 나는 끝도 없이 이어지는 검은색 고무 바닥을 서둘러 걸었는데, 경사지라서 점점 더 빨라졌고, 나 자신이 뛰고 있다는 사실을 알아챘지만 멈출 수가 없었다, 아니면 바닥에 쓰러지거나 에스컬레이터가 연결되는 부분에 낄 것 같았으니까. 나는 몇 달째 1미터도 뛰지 않았다. 버스를 잡기 위해서도 마찬가지였다. 버스는 "네가 서두르면 됐잖아"라고 말하는 듯 나를 두고 떠난다. 또 바다에서 헤엄을 치지 않은 지도 1년이 됐다. 내가 아직도 수영을 할 수 있는지 모르겠다. 확신할 수 없다. 나는 가냘픈 다리로 검은 고무 길을 내려갔다. 내 걸음 속도에 비례해 경사도를 측정하지는 않았다. 나는 도살장에서 배를 가르고, 기계에 거꾸로 매달려 피를 비워내면서 허공을 향해 질주하는 말처럼 달렸다. 항공기가 속도를 내기 전에 방향을 틀 때, 기체가 닿아 긁힌 활주로가 눈에 띄었다. 비행기가 반복적으로 이륙하는 곳이 검게 변했고, 타르가 깔려 있었으며, 줄이 가 있었다. 나는 그곳에서 검은 피의 얼룩을 봤다.

나는 무더위를 피해 방에 있는 긴 의자에 다시 일어날 수 있는 자세로 앉아 있다. 이 의자는 등받이를 기울일 수 있는 쉬잔의 구멍 난 새 의자를 떠올리게 한다. 그녀가 불평했던 것처럼 나도 등이 결린다. 나는 근육이 없어서 글을 쓸 수 있을 만큼 오래 앉아 있지 못한다. 이곳은 그녀의 방만큼 덥고, 나는 그녀만큼이나 숨이 가쁘다. 소변 줄은 없지만, 한밤중에 여기저기에 실수하지 않도록 방에 이미 요강을 준비해뒀다. 복수가 차서 볼록하진 않지만 배가 움푹 파였고, 속이 비었으며, 설사 때문에 홀쭉하다. 클로데트 뒤무셸이 고무줄을 들어 올렸던 팬티는 쉬잔이 쓰는 침대의 침대보처럼 설사와 오줌이 튄 얼룩으로 더러워졌다. 루이즈는 그 위에 또 다른 침대보를 덮을 만큼 팔에 힘이 충분히 있었을 때, 내게 그것을 감추려고 애를 썼다. 내 원동력이 날이 갈수록 약해진다. 낮잠을 잘 때는 귀스타브가 내 팔이 닿는 위치에 달아준 고리에 방의 커튼을 묶을 수 있었는데, 저녁에 잠자리에 들 때는 더 이상 팔이 닿지 않는다는 사실을 깨달았다. 나는 쉬잔처럼 더는 음악을 듣지 않는다, 내 삶에서 가장 좋아했던 일이었는데. 독서 역시 흥미를 잃었다, 바람에 뜯긴 나뭇잎들처럼 추락하는 새들을 보는 게 더 좋다. 나는 쉬잔처럼 9월 8일에 95세가 될 것이다.

뱅상과 보낸 마지막 밤을 잊을 수 없다. 나는 그 약속을 취소할 뻔했었다. 그날은 금요일이었고, 샹디 박사가 내게 전화를 해서 클로데트 뒤무셸이 내게 여러 번 전화했으니, 몇 번으로 곧장 전화하고, 또 다른 번호로 그에게 다시 연락해달라고 말했다. 나는 한 달 반째 디다노신이 발급되기를, 디다노신이 나를 해방시켜주기를 기다리고 있었고, 탈출구를 기대하고 있었다. 나는 클로데트 뒤무셸이 내게 말하는 것을 들었다. "잘 안 됐어요. 당신이 걱정하지 않도록 일찍 전화하지 않은 거예요. 그렇지만 디다노신을 공급하는 파리의 병원에는 모두 전화를 돌렸어요. 정원이 다 찼대요. 미어터질 정도예요. 당신을 그 안에 넣는 건 불가능해요. 내가 생각하는 유일한 방법은 당신을 이중맹검법 실험에 참여시키는 것인데, 복용량이 많은지 적은지 당신도 나도 전혀 몰라요, 그렇지만 소량도 이미 효과를 내고 있고…." 다량을 복용한 경우 역시 죽은 미군들 290명이 증명한다. 클로데트 뒤무셸은 내게 다음 날 아침, 다시 튜브 열다섯 개에 채혈을 하라고 요구했고, 11구의 슈망베르 길에 있는 연구실을 고를 것을 고집했다. 15일 전에 채혈했던 튜브 열다섯 개는 이중맹검법 실험에 쓰기에 이미 오래 됐기 때문이었다. 나는 붉은색 안락의자에 앉아 절망하고 낙담했으며, 뱅상에게 포기하겠다고 말할 준비가 되어 있었다. 나는 디다노신을 받을 때까지 견디지 못할 것이고, 디기탈린이 먼저 내 고통을 덜어줄 것이 자명했다. 상디 박사가 내게 전화했다. 클로드 뒤무셸도 내게 연락을 했고, 안나는 미국인 억만장자에게 연락을 시도했다. 나시에르 박사는 엘바섬에서 내게 전화를 했고, 즉시 보건복지부와 연결해줄 권력가에게 연락을 취했다. 쥘은 혼수상태에 빠진 무용수의 디다노신을 받기 위해 계획을 세웠다. 세상이 내 절망을 중심으로 움직였다. 뱅상이 처음으로 제시간에 왔다. 그는 처음으로 "우리의 이야기"라고 말했다. 늘 이 관계를 부정해왔던 그가, "그래도 우리가 7년 동안 섹스를 했잖아"라고 했다. 나는 그에게 말했다. "내가 느꼈던 가장 큰 성적 쾌락은, 쥘 그리고 너랑 할 때였어. 행복이었지." 그는 내게 말했다. "고마워. 네가 그렇게 말해줘서 기쁘네." 뱅상이 말했다. "지난번에 너를 보고 마음에 걸렸어. 무서웠거든. 그런데 오늘은 달라. 난 네가 나을 거라고 확신해. 넌 우리 곁에 있을 거야, 에르베. 그럴 것 같아. 내가 자력 치료를 믿는데…." 나는 뱅상이 오기 전에 너무 아팠고, 지쳤고, 그 어느 때보다 더 죽음에 근접해 있었는데, 이제 뱅상이 내 피로를 잊게 해줬다. 그가 떠나고 자명종을 보니 새벽 1시였다. 어떻게 이런 일이 있을 수가 있을까. 시간 가는 줄을 몰랐다. 시간이 내 몸을, 뇌를, 눈을, 신경을 아주 고통스럽게 통과하여, 내 몸의 급소를 공격해 기진맥진하게 만든 후에 사라져버리는 것을 느끼지 못했다. 나는 뱅상을 데리고 생선 요리가 훌륭한 식당 라카구이유La cagouille로 저녁을 먹으러 갔다. 그는 생선을 고르라고 건네준 석판에 적힌 가격을 보고 내게 말했다. "장난이 아니네." 나는 그에게 말했다. "뱅상과 저녁 식사인데, 늘 있는 일이 아니잖아. 이런 건 기념해야지." 라카구이유는 쥘과 베르트의 생일을 기념했던 곳이다. 뱅상은 데이지 한 송이를 훔쳐서 내 단춧구멍에 꽂아줬다. 그는 식사를 맛있게 먹었고, 나는 행복했다. 그는 내게 자신이 가난에 시달리고 있고, 이 고급스러운 저녁 식사가 그에게 힘을 준다고 말했으며, 더는 담배 한 갑을 사기 위해 싸구려 여자 친구를 때리는 짓은 할 수 없다고 했다. 차 안에서 그가 내게 말했다. "내가 세 가지 제안을 할게. 어느 정원에서 나와 함께 산책하거나, 생 제르맹으로 담배를 사러 가게 내게 10프랑을 주거나, 아니면 너희 집에 가서 샴페인을 해치우거나. 골라봐." 나는 그에게 님Nîme의 분수 정원에서 있었던 폭행 사건 이후로 달 밝은 밤에 돌아다니는 것을 별로 좋아하지 않는다고 말했다. 그 순간 쇠파이프와 권총이 다시 떠올랐다. 집 앞에 도착해서 나는 차 안에서 뱅상에게 인사를 했고, 그는 내게 말했다. "너희 집에 초대도 하지 않고 나를 여기에 둘 거야? 네가 생각이 없다면 모를까." 이 집이 아닌 다른 집에서 다른 천을 덮었던 이 소파에서 평소에 내가 그의 몸에 닿으려고 애쓸 때 꽁무니를 빼거나 모르는 척했던 뱅상이 이 집에서는 일부러 내 옆에 앉았다. 그러나 나는 그의 몸을 만질 수 없었다. 나는 내게 그런 욕구가 있는지도, 뱅상이 화가 났는지 안도했는지도 알 수 없었다. 몇 해 동안 그에게 느꼈던 욕망에서 해방된 것처럼. 반면 그는 냉장고에 있는 맥주를 다 마신 후에 욕실에서 항불안제를 훔치고, 세면대에 오줌을 누기 위해 몸을 숙였고, 나는 뒤에서 그를 애무했지만, 거의 아무 느낌도 들지 않았다. 나는 그의 몸을 속속들이 알고 있었다. 그의 몸 깊숙한 곳까지 내 지문이 새겨져 있었고, 이제는 정말로 그가 필요하지 않았다. 나는 여전히 뱅상을 좋아했지만, 그의 몸을 다시 만져도 아무런 느낌이 없었고, 의자에서 일어나는 게 힘들어진 것처럼 혹은 버스의 계단을 오르기가 어려워진 것처럼 이 이상한 반응이 내게 나타났다. 우리는 입술에 가벼운 키스를 하고 헤어졌다. 마치 서로 비밀을 나눈 것처럼.

클로데트 뒤무셀이 물었다. “지금이 몇 년도죠?” 나는 “우리가 만난 해요” 혹은 “내가 죽는 해요”라고 대답할 수도 있었지만, 올해가 몇 년도인지 아직 기억하고 있었고 돌려 말해야 할 이유가 없었기 때문에 차분히 대답했다. “1990년이요.” 그러자 그녀가 물었다. “지금은 몇 월입니까?” “7월입니다. 그리고 당신은 여전히 내가 휴가를 떠나지 못하도록 방해하고 있고요.” “며칠이죠?” “모르겠네요. 우리가 약속한 날이지요.” 클로데트 뒤무셀은 내게 말초신경 검사를 했던 여자 의사가 수기로 적은 진료 기록을 주의 깊게 읽었다. 내 관절과 발바닥의 오목한 곳에 가장 미세한 전기부터 가장 견디기 힘든 전기를 보냈던 그 의사는 허벅지 근육에 멍이 들 정도로 바늘을 쑤셔대더니 검사를 끝내고 나오면서 내게 신경은 정상이며, 그 말인즉슨 신경질환의 위험을 놓고 봤을 때는 새로운 지시가 있을 때까지 내가 디다노신을 잘 견딜 수 있음을 의미하지만, 근육에서는 몇 가지 작은 문제를 찾아냈다고 했다. 그녀는 그 말을 하면서 염증 종류의 작은 문제라는 말을 강조했다. 그녀는 원인이 무엇인지 진단하지 못했다, HIV 때문인지 혹은 두 달 전에 복용을 끊었던 지도부딘의 부작용 때문인지(그녀의 말에 따르면 그런 부작용은 이미 사라질 시간이 충분했다), 아니면 또 다른 바이러스 때문인지. 염증 치료를 해도 되는지 역시 알지 못했고, 결국은 내 주치의에게 일임하기로 했다. 클로데트 뒤무셸은 내가 몇 번이나 읽었던 진료 기록을 보며 유일하게 밑줄 친 표현인 "근육 조직에 발생하는 유형의 염증"이라는 말을 해독했다. 저명한 교수 스티퍼는 진찰도 하지 않고 근병증 초기를 직감했는데, 이 병은 호흡 반사와 심장 운동을 경직시킬 정도로 근육을 하나씩 마비시키는 공격 요소나 바이러스에 의해 일어난다. 근육 조직에서 발생하는 '작은' 염증이 근병증이 됐다. 말로 전한 것을 기록하는 사이에, 환자에게 말로 전하거나 동료가 기록하는 동안 점점 더 악화된 것이다. 클로데트 뒤무셸은 스티퍼 교수처럼 이 근병증의 시작이 지도부딘의 후유증이나 에이즈 바이러스 혹은 또 다른 바이러스, 잠재적 바이러스 혹은 씨코바이러스류로 설명될 수 있다고 생각했다. 그러나 그것을 치료하기 위해서는 정확한 본질을 알아야 했고, 그러기 위해서는 근육 부위에 부분마취를 한 후 생체조직검사를 해야 했기 때문에, 내가 돌아올 때 호전 반응이 있는지 살펴보기로 했다. 클로데트 뒤무셸의 말은 즉각적으로 사과 씨를 도려낼 때 쓰는 도구처럼 생긴 둥근 메스로 내 살 속을 파고들어 허벅지의 작은 근육 조각을 떼어내는 듯한 효과를 냈다. 클로데트 뒤무셸은 이 게임을 조금 더 밀고 나가는 사디스트다.

방 안에서 쥐똥을 발견했다. 똥을 싼 지 얼마 되지 않아서 아직 축축한, 전형적인 쥐똥이었다. 나는 그것을 가볍게 손가락으로 튕겨 날려 보냈다. 쥐가 내게 남은 죽은 무용수의 디다노신을 마약으로 착각하고 먹을까 봐 두려웠다.

여기서 뭘 해야 할지 모를 때, 낮잠으로 몸이 찌뿌둥할 때, 밥을 먹었는데 약 때문에 변을 보지 못할 때, 내가 할 수 있는 일은 체조뿐이다. 고야의 전기가 나를 짜증나게 하거나, 작업을 조금 하고 난 후에 앨범 속 그림들을 더는 보고 싶지 않을 때, 나는 짧은 체조를 한다. 발끝으로 일어서서 다리를 쭉 뻗기, 손은 머리 뒤로, 구부리기, 한 번 더, 한쪽 손 올리기. 권투를 한다. 카사블랑카 콘티키 수영장에서 대서양을 마주 보고 이겨야 할 상대는 오직 자기 자신뿐인 듯 권투를 하던 젊은 모로코 남자처럼. 허공 속에서, 무한대 속에서, 영원 속에서 나체로 권투를.

바다에 너무 가고 싶다, 내가 했던 물놀이를 이야기하면서 나를 물속에 잠기게 해줄 가상의 이야기를 써볼까 고민할 정도로. 내가 물에서 나오면 해변에 내 몸을 씻기고 따뜻하게 데워줄 비가 내릴 것이다.

7월 30일. 귀스타브에게 해수욕장에 데려다달라고 부탁했다, 저녁 8시였다. 우리는 검은 모래 해변에 갔다. 작은 쥐라는 뜻인 토피네티라고 불리는 곳으로, 리오 마리나와 카보 사이의 절벽 아래, 폐쇄된 광산의 커다란 기중기 밑에서 붉은 물속에 있던 보크사이트를 캐던 곳이다. 해변에는 아무도 없었다. 저 멀리 마지막 태양을 붙잡은 하얀 페리선이 황금빛으로 반짝였다. 나는 물속에 들어갔다. 너무 차갑진 않았다. 귀스타브는 몸에서 온도계 역할을 하는 지점이 목덜미 아래라고 했다. 나는 바다에 들어왔다. 내가 수영을 할 수 있을까, 아니면 틀린 것일까. 알 수 없다. 용기만 있다면 곧 알게 될 것이다. 평영을 시도해

봤다. 나는 올챙이고, 점벙거리는 개이자, 소아마비에 걸린 아이며, 구르는 돌이다. 태풍이 부는 날에 바다 한가운데에서 수영하던 나는 날카로운 바위 위에서 나를 싣고 가줄 파도를 살피며, 거친 물결에 나를 맡긴다. 나는 접영을 세 번 이상 연속으로 할 수 없다. 팔다리가 잘린 몸통 같다, 물가까지 몇 걸음 거리인데, 물에 빠진다. 나를 해변까지 데려다줄 아버지의 허리춤에 매달리고 싶다.

베르트와의 결혼식은 약 1년 전, 1989년 6월 17일, 어느 따뜻하고 평온했던 맑은 날에 14구 시청에서 열렸다. 모두가, 특히 공증인이, 지나치게 전통적인 몇몇 알자스 지방 사람들이나 아이들의 상속권을 박탈하려는 젊고 예쁜 여자에게 홀린 홀아비들이나 작성하는, 포괄 공동재산제를 조건으로 하는 이 결혼 계약서에 반대했다. 무엇보다도 기능적인 결혼식이었다. 베르트, 쥘, 베르트의 소꿉친구인 변호사와 나는 시청 광장에서 결혼식 5분 전에 만나기로 했다. 우리는 각각 다른 곳에서 왔다. 변호사는 사무소에서, 쥘은 회사에서 왔다가 금세 돌아갔고, 베르트는 검사할 숙제가 있는지 없는지 모르겠지만 하루 휴가를 냈고, 나는 분명 무위 안일하게 있다가 왔을 것이다. 이 결합에는 분명 어떤 엄숙함도 없었던 것 같다. 우리는 소방관들을 그린 벽화가 있는 화려한 방에서 웅장한 음악을 들으며 맨 앞줄에 앉아 기다렸다. 우리 말고는 아무도 없었는데, 베르트는 자신의 증인인 왼쪽에 앉은 어릴 적 친구와 시시콜콜한 이야기를 나눴고, 내 오른쪽에 앉은 쥘이 내 증인이었다. 부시장은 우리가 서명할 책을 들고 있는 비서와 함께 왔다. 그는 상반신에 삼색으로 된 띠를 두르고 있었는데, 놀라울 정도로 천박했고 개구쟁이 같았다. 유별난 신랑 신부는 하얀 드레스도 예복도 입지 않았고, 감동한 부모도 없이 최소한으로 꼭 필요한 것만 준비했다. 부시장은 텅 빈 커다란 홀에서 쓸모없는 마이크 앞에 자리를 잡고 우리에게 말했다. "오늘은 날씨가 매우 더워서 이 결합도 아주 뜨거울 것이라고 예상됩니다. 신랑이 작가라고 하던데, 어떤 작품을 쓰시는지 모르겠지만…." 내 차가운 표정과 굳은 미소에 부시장은 말을 짧게 끊고 우리를 결혼시켰다. 5분 후, 해가 쨍쨍 내리쬐는 시청 광장에서 우리는 다시 네 명이 됐고, 각자 갈 길로 떠났다. 나는 베르트에게 말했다. "뭐든 제때 하는 게 좋은 것 같아. 죽을 때 돼서 말고. 그때가 되면 더는 할 수 없으니까." 파란색, 하얀색, 빨간색이 섞인 띠를 두른 부시장은 오늘 내 얼굴을 보면서 외설적인 농담을 할 수 없었을 것이다. 쥘은 떠났고, 나는 혼자서 길을 걸었다. 마음이 가볍고 행복했다. 잘한 일이었다. 그게 정략결혼이었다고 말할 수 있을까? 아니다, 당연히 그것은 사랑으로 한 결혼이었다.

오래 잠 못 이루는 밤이다, 밖에는 바람이 불고, 쥐가 조심스럽게 주방의 비스킷을 갉아먹고, 모기장에 부딪혀 허탕을 친 모기가 내 귓속에 버릇없이 들어오진 않는 대신에 멀리 떨어져 윙윙 소리를 내고, 모기장을 엄청난 식량 창고로, 나를 숨겨진 진수성찬으로 만드는 탄소 가스 냄새에 흥분한, 집요하고 배고픈 암컷 모기가 포기를 모르고 모기장의 작은 틈을 찾아 지칠 때까지 주변을 나는 동안, 아다모*의 밤처럼 나는 미쳐간다. 체조를 하고 아무 생각 없이 책을 쓴다. 안마사처럼 근육을 꼬집고, 두드리고, 그 얇은 다리를 주무른다, 뼈를 문지를 수 있다, 엉덩이를 주무른다. 나는 닿을 수 없는 피에 절망하는 모기를 비웃는다. 그리고 허공에 글을 쓰고, 구조를 만들고, 다시 균형을 맞춘다. 나는 그것의 전반적인 리듬과 분절과 단절, 이어짐

* 살바토르 아다모. 벨기에 가수. 샹송 〈밤〉을 불렀다.

과 짜임의 뒤섞임, 생동감을 생각한다. 나는 종이도 펜도 없이 모기장 아래에서 책을 쓴다. 다리를 뻗고 클로데트 뒤무셸이 지시했던 동작을, 그녀의 지시에 따라 했던 동작을 다시 해본다. 나는 그녀의 말처럼, 그녀의 주먹에서 가속장치라 부르는 곳을 누르려고 해보지만, 모기장 속에 그녀의 손은 없다. 모기는 이마를 부딪히고 허리가 부러져 빙빙 돌다가 천천히 지쳐간다. 모기는 여전히 틈을 찾고 있고, 그걸 찾는다면 모기장은 그가 쳐놓은 함정이 될 것이다. 모기는 아마도 편안하게 포식할 테고, 나는 장딴지가 가렵겠지만, 내일이면 개미들이 모기를 먹어 치우러 와서 모기는 그저 작은 핏자국으로만 남게 될 것이다. 나는 계속 움직인다, 배를 대고 눕고, 허리 쪽으로 다리를 구부린다, 당김이 느껴지지만 조금 더 힘을 준다, 나는 상자 안의 아코디언처럼 고무 인간이 되어 본능적인 힘으로 관에서 튀어 올라오며 웃을 것이다. 나는 가능한 한 다리와 팔을 넓게 벌려 나를 연다, 나를 부러뜨린다, 내 근육이 나를 천천히 달군다. 생명력으로 근질거린다. 이제 그것은 새로운 상상력 없는 인습적인 사정射精보다 더 큰 쾌락을 안겨준다. 놀라운 턱걸이 운동을 개발했다. 나는 늘 젊의 그 충동을 비웃었는데, 이제야 체조의 의미를 알겠다. 뒤라스의 문장을 빌려 말해보겠다. "육체가 망가짐을 자초한다면 망가져야 한다. 그것이 유일한 방법이다." 나는 다시 다리로 서기 위해 애쓰는 뒤집힌 풍뎅이다. 나는 싸운다. 세상에, 이 싸움은 얼마나 아름다운가.

터너는 〈창백한 말 위의 죽음〉을 그렸고, 나는 어젯밤, 그 그림을 다시 떠올렸다. 그 그림은 매우 구체적으로 말발굽 소리와 함께 광기에 휩싸여 내게 돌아왔고, 나는 한 번쯤 모든 것을 씻어내기 위해 박리하고 싶은 욕구를 일으키는, 뼈에 달린 살덩어리의 모습으로 말에 매달린 그 육체였으며, 요란한 행진에 요동하며 밤을 맹렬하게 달리는 아주 뜨겁고 냄새나는 털을 가진 말 위에 몸을 구부린 채로 살아 있는 시체였고, 커다란 손을 고기를 다지는 망치처럼 앞으로 뻗어 그림의 균형을 깨고, 폭풍우와 끓는 화산을 가르며 장애물을 제거하는 말에 묶인 해골이었다. 유령은 벌거벗은 해골 위에 왕관을 쓰고 있다.

귀스타브와 정자 아래에서 차를 마시는데 오토바이 소리가 들렸다. 관목들을 뚫고, 울타리를 천천히 돌면서 붉은 오토바이가 나타났고, 기사 장루카가 그 위에 올라타 있었다. 나는 장루카를 어릴 때부터 알았고, 그를 좋아했다. 가난한 동네의 이웃이었는데, 그는 그가 좋아했던 영국 불독, 개를, 그 괴물을 보기 위해 집에 놀러 오곤 했다. 나는 장루카를 좋아했다, 그는 무척 생기발랄했고, 유쾌했으며, 아주 맑았다. 나는 그에게 크레이프를 해줬고, 빨랫줄에서 그의 것이라고 믿었던 팬티를 훔쳐 하룻밤을 보낼 정도로 그에게 빠져 있었는데, 다음 날, 그가 지른 비명으로 내가 빨아먹고 냄새를 맡았던 그것이 그의 할머니 팬티라는 사실을 알게 됐다. 그는 열두 살이었고, 우리는 그의 판화 칼을 가지고 다니며 산책을 하면서 단단한 나무껍질과 질긴 선인장에 우리의 이름을 새겨 넣었다, 그는 웃었다, 그는 행복했다. 장루카는 그의 친구들이 그를 호모라고 놀린 이후로는 마을에서 나를 마주쳐도 다시는 내게 인사를 건네지 않았다. 장루카는 유년기를 잃었지만 점점 더 멋진 청년이 됐고, 점점 더 빛났으며, 신비로웠고, 여자들에게 인기가 많았다. 그는 우리가 현재 살고 있는 집의 울타리를 보수하는 벽돌공의 견습생으로 일했다. 그에게는 두 명의 형제가 있는데, 한 명은 제빵사이고, 또 다른 한 명은 어부다. 그는 여전히 혼자 있는 것을 좋아하고, 사람들은 그가 마약을 한다고 말한다. 지난번에 우리는 도로에서 마주쳤다, 나와 내 일행은 차를, 그는 붉은 오토바이를 타고 있었고, 나는 막 그의 소식을 물었다. 그는 여전히 멋졌고, 나는 "내 가정부가 돼도 좋겠어"라고 말했다. 지금 내 상태에서는 수발해줄 사람, 운전을 해주고, 옷을 입혀주고, 씻겨주고, 글쓰기 때문에 점점 더 아픈 내 등을 주물러주는, 지팡이 같은 주먹을 가진 젊고 힘 좋은 남자가 필요하니까. 장루카는 소식을 듣고, 오토바이를 타고 주변을 어슬렁댔다. 내 병에 대한 소문이 마을에 퍼졌고, 내가 병을 내색하지 않을수록 사람들은 놀라울 정도로 야윈 내 몸을 이야기했고, 여자들이 귀스타브에게 닭이 아침에 낳은 달걀과 정원의 토마토를 가져다준다. 장루카는 알게 됐고 돌아왔다, 그는 빨간 오토바이를 타고 우리 주위를 뱅뱅 돈다. 그의 재등장은 위협적이면서도 믿을 수 없이 달콤한 뭔가가 있었다.

도마뱀부치는 볼록하고 밑이 납작하며 꼬리가 짧고 다섯 개의 작은 발가락이 별 모양으로, 주걱 모양으로 벌어져 있는 도마뱀류로 우리 방의 고미다락에 살면서 정답게 밤을 속삭이고, 구슬이 부딪치는 듯한 소리를 반복적으로 들려준다. 작년에 시장의 장인은 그들의 시골집에서 우리가 그 존재를 쓰다듬어주고 싶을 정도로 좋아하는 야생 도마뱀부치를 고약하고 탐욕스러운 동물로 취급하며 신문을 접어 때려죽이려고 했다. 도마뱀부치는 모기와 어쩌면 벌, 개미, 나방, 자벌레나방을 먹는다. 도마뱀부치는 죽은 체하며 벽에 달라붙어서 거리를 두고 벌레들을 감시하면서 흥분하고, 그것들에 달려들어 끈적끈적한 혀끝으로 감아 꿀꺽 삼킨다. 살무사는 도마뱀부치를 먹는다. 우리가 어제 본, 작은 도마뱀은 그의 몸집의 반만 한, 고리 모양으로 몸을 웅크린, 아직 축축한 분홍색 지렁이를 발견하자 먹어 치워 버렸다. 작년에 쥘과 나는 그 도마뱀 커플들이 옥신각

신하다가 한 마리가 다른 한 마리의 꼬리를 잘라 씹어 먹을 때까지 죽도록 싸우는 모습을 관찰했다. 별로 사납지 않은 커다란 뱀이 돌 위에서 똬리를 풀고 장미 속으로 사라졌다. 검은색에 흰색 테를 두른 그 뱀은 백 년 된 노인처럼 천천히, 혹은 악마처럼 재빠르게 쥐들을 잡아먹는다. 쥐들은 은둔처에서 그들의 피를 응고시킬 독이 든 비스킷과 곡식을 먹는다. 우리가 찔리지 않고 손끝으로 가시를 만졌던 고슴도치는 두려움에 몸을 떨며 덤불 속에서 몸을 웅크리고 주둥이를 감춘 채 들쥐를 먹는다. 두꺼비는 파리를 먹고 혀로 작은 벌레들을 재빠르게 핥아서 턱 밑에 넣고 오래 씹어 먹는다. 매는 두꺼비를 끄집어낸다. 사람은 동물과 양과 젖먹이 돼지와 내장과 뇌와 콩팥과 고환, 심장, 문어, 튀긴 양서류, 파닥파닥 뛰는 기관, 생굴을 먹는다. 매우 작고, 독성이 있는 에이즈는 사람, 그 거인을 먹는다.

마침내 죽은 무용수의 친구 리오넬을 만났다. 그는 쥘을 통해 나를 다시 살리기 위해 디다노신 봉지마다 그를 위태롭게 만들 수 있는 처방전 번호를 모두 긁어냈다. 그는 비샤 병원의 의사다(당연히 모든 이름은 가명이다). 내가 기대했던 것만큼 그가 내게 중요한 사람이 될 것 같진 않다. 그는 친구의 죽음으로 매우 충격을 받은 듯하고, 우리는 저녁 내내 그의 이름을 한 번도 입에 올리지 않았으며, 에이즈에 대해서도 말하지 않았고, 내가 아프다는 사실조차 언급하지 않았다. 나는 그와 단둘이 있어본 적이 없었고, 그러려고 하지도 않았기 때문에 그가 친구의 친구를 위해, 자신의 직업을 걸고 위험을 감수한 것에 대한 고마움을 표현하지 못했다. 분명 다음에 기회가 있을 것이다. 내가 영상을 찍는다면, 해 질 녘 포르토페라리오만 앞에서 그의 실루엣을 알아볼 수 없게 역광으로 찍으면서, 그의 친구 무용수에 대해 질문하고 싶다. 그는 거기 모인 여섯 명 중에 가장

의욕이 없었다. 그는 대화 중에 내가 여러 번 언급했던 사람의 나이를 물었는데, 첫 번째 사람은 열여덟 살의 청년이었고, 다른 한 명은 일흔 살의 여성이었다. 그는 뱀을 매우 무서워하고, 사람들은 그가 황무지를 걸을 때 혹시 있을지도 모를 살무사를 쫓기 위해 한 걸음을 뗄 때마다 손뼉을 치고, 휘파람을 부는 모습에 당황한다고 했다. 그는 쥐를 싫어한다고 했지만, 나는 쥐를 잡아서 오랫동안 관찰해보니, 아주 깨끗하고 자신만만하며, 영리하고 놀라운 동물이고, 반짝이고 생기 있는 검은 눈이 라브라도르 사냥개처럼 감동적이라고 했고, 리오넬은 내 말에 결국 쥐는 병을 옮긴다고 반박했다.

장루카가 빨간 오토바이를 타고 돌아왔다. 그는 이번에는 벨을 눌렀다. 제제는 해변에 있었고, 귀스타브는 골짜기에 있는 조르지오와 베로니카의 집으로 내려갔다. 나는 장루카에게 마실 것을 권했고 그는 콜라를 원했지만 콜라가 없어서 시원한 화이트 와인을 줬다. 우리는 함께 건배했다. "뭘 위해 건배하지?" 그가 물었고, 나는 "우리를 위해"라고 대답했다. 그의 존재는 불안한 뭔가를 발산했다. 그는 곤혹스러워하며 방문의 목적을 설명했다. 사실 그가 이곳에 온 이유는 다른 사람들보다 더 많이 보고 싶어서, 멀리서 오토바이로 울타리를 돌면서 철책 너머로 보는 것이 아니라, 모든 것을 보고 싶었기 때문이라고 했다. 그는 내게 나체를, 완전히 벗은 모습을 보여달라고 했다. 어떤 것인지 보고 싶다고, 아무에게도 말하지 않겠다고 약속했다. 나는 망설이다가 결국 허락했는데, 단, 조건이 하나 있었다. 그 역시 나체로 있을 것. 그가 뼈만 남은 내 몸을 구경하며 눈을 씻는 동안, 내가 슬픔 없이 그의 몸을 바라볼 수 있도록. 그는 거래를 받아들였다. 우리는 테라스에서 마주 보며 옷을 벗었다. 나는 청바지 다리를 한쪽씩 빼면서 넘어지지 않도록 조심했고, 그는 마법처럼 한 번에 옷을 뒤집어 벗었다. 내가 계속해서 옷을 벗기 위해 애쓰는 동안 그는 빛나고 순수한 나체를 드러냈다. 나는 단번에 내가 좋아했던 그 어린아이를 알아봤다. 나는 그를 눈으로 마셨고, 그는 내가 벌거벗자 동물원에서 기린이나 코끼리 같은 믿을 수 없는 존재를 처음 발견한 어린아이처럼 놀란 눈을 하고 나를 머리끝에서 발끝까지 관찰했다. 그는 마치 내 헐벗은 몸을 구석구석 기록하는 것처럼 보였고, 그의 시선은 내 몸을 촬영하는 것처럼 보였다, 기억할 수 있도록, 다시 볼 수 있도록. 장루카는 갑자기 목숨을 걸기를 원한다고 했다. 그것 때문에 온 것이다. 그는 콘돔을 가져왔다. 나는 그에게 망치를 들고 적철광 몇 조각, 그러니까 은이 씌워져 번쩍이는 그 귀한 검은 광석을 날리기 위해 언덕을 오르는 지질학자들이 우리를 볼 수도 있다고 말했으나, 장루카는 내게 상관없다고 대답하며, 이미 발기한 성기를 흔들며 콘돔을 꼈다. 그가 나를 일으켜 세우고, 물탱크 위로 내 몸을 넘어뜨리면서 그대로 삽입했다. 나는 아팠고 어떤 쾌락도 느끼지 못했으며 너무 혼란스러웠다. 장루카는 그가 할 일을 빠르게 해치웠고, 술에 취해 말을 탄 아랍 사람처럼 내 욕구를 무시했으며, 내게 침을 뱉었다. 그의 침이 내 머리카락에 떨어져서 척추를 타고 흐르는 것을 느꼈는데, 발가벗고 있으니 마치 장미 가시나 생선 뼈 같았다. 그는 이번에는 내 입술에 침을 뱉기 위해 한 손으로 한쪽 귀를 붙잡고, 다른 쪽 귀에 쾌락에 젖어 소리를 지른 후에, 서둘러 옷을 입고 내게 말 한마디 하지 않고, 더러운 콘돔을 덤불에 버리고 붉은 오토바이를 타고 떠났다. 그는 해야 할 일을 했던 것이고, 나는 그가 다시 돌아오지 않을 것이라는 걸 알았다.

사실 나는 1990년 1월 27일이 되자마자, 멜빌 모크니Melvil Mockney가 발명한 면역원 물질을 내 몸에 주입했었지만, 내게 한없이 베풀어준 사람에게 침묵을 지키기로 맹세했었다. 고심 끝에 이곳에 내가 선택한 방식으로, 전혀 가볍지 않게 이 이야기를 하는 것은, 사실 그 훌륭한 사람에 대한 배신은 아니다. 안타깝지만 배신이라는 단어 옆에 "사실은 아니다"를 쓰는 것과 "정말 아니다"라는 말을 쓰는 것은 미묘한 차이가 있다. 나는 "정말 아니다"가 더 좋지만, 더는 이 글을 쓰지 않을 수가 없다. 사정은 이렇다. 이제 프랑스에서 이뤄지는 어떤 임상시험에도 참여할 수 없게 되면서 내 T4 림프구가—그 림프구 감소는 에이즈 바이러스가 면역력을 파괴하고 있다는 것을 수치상으로 보여준다—200 이하로 떨어졌고, 나는 위조된 검사 결과를 근거로 내게 멜빌 모크니 백신을 주입해준, 천사의 도시, 로스앤젤레스로 떠나게 됐다. 이 백신의 무해성은 증명된 듯했지만, 치료제로서 효과를 입증하는 것은 아직 갈 길이 멀었다. 그다음 주에는 특수 항체 생산을 다시 활성화하기 위한 계획에 따라, 동결로 비활성화한 HIV 핵에서 추출한 물질을 내게 주입했고, 익숙하지 않은 시간을 보내면서 내 T4 림프구 수치가 198에서 60까지 처참히 무너졌다. 이 백신이 폭락을 가속했다는 말은 아니다, 이미 그전부터 떨어지기 시작했으니까, 그러나 혈액검사 결과를 보면 전혀 아니라고도 말할 수 없다. 두 달 후에 추가 접종을 하기로 했지만, 나는 다시 신속하게 로스앤젤레스를 왕복했다. 그러나 이번에는 앤틸리스 제도 출신 간호사가 분홍색 고무 캡슐에 주사기를 꽂고 약병에서 하얗고 끈적끈적한 물질을 빨아들이려고 하는 순간, 우리는 주사를 놓을 부위에 이미 소독까지 마쳤는데, 병이 이미 비어 있고, 모든 하얀 물질이—결국 마개를 열었다—증발해 바닥에 갈라진 흔적만 남았다는 사실을 알아채고 경악할 수밖에 없었다. 앤틸리스 제도 출신 간호사는 세심하게 고무 뚜껑을 점검하고, 그녀의 것이 아닌 다른 바늘이 이미 구멍을 뚫어놓은 흔적이 있다고 말했다. 또 다른 침팬지를 위해 누군가 그 약품을 가로챈 것이다. 그 약은 나를 위해 빼놓은 것이었고, 다른 약은 더 이상 남아 있지 않았는데. 나는 쓸데없이 그 천사의 도시로 돌아갔던 것이다, 망할 놈의 백신! 누군가 내게 개수작을 부렸다. 믿을 수 없는 이야기지만, 사실 그대로다. 언젠가 스테판이, 뮈질이 나와 내 책에 대해 종종 이렇게 말했다고 고자질했다. "걔한테는 거짓말 같은 일들만 일어나."

때가 왔다, 2, 3년 동안 T4 림프구 수치가 올라가고 내려가고 무너지고, 일시적으로 다시 오르는 변화를 가장 대단한 서스펜스이자 가장 잔인한 서스펜스처럼 겪었는데, 어쨌든 이제 그 수치에 완전히 개의치 않게 된 순간이 내게 온 것이다. 추락과 상승을 오가는 이 불확실성은 의사와의 관계를 좌우하고, 의사에게 치료의 토대와 구실을 마련해주고, 조금씩 병에 대한 마음의 준비를 하게 하는데, 그보다 먼저 병을 인식하게 한다. 사실상 T4 림프구 수치 1,000과 200 사이는 위험 수위고, 분명 면역 수치가 천천히 떨어지는 것을 지켜보는 것밖에 달리 할 일이 없기 때문이다. 의사는 힘이 없다, 아니면 심리학적으로 병이 물러났거나 병이 패배했다고 속이는 것일 뿐. 말한 적 있지만, 내 T4 림프구 수치가 500에서 194 사이였을 때, 알프레드 푸르니에르 연구소의 '의료 기밀'이라고 적힌 봉투를 열어본 적이 있다, 나는 거의 매달 달라지는 T4 림프구 수치를 찾기 위해 우편함 앞에서 스테이플러로 묶은 검사 결과 종이를 뒤적거리거나, 아니면 끔찍한 순간 혹은 뜻밖의 기쁜 소식을 조금 늦추기 위해 그 종이들을 보지 않고 재킷 주머니 속에 넣곤 했다. 오락가락, 오르락내리락하는 그 T4 림프구 수치는 다소 파도가 높은 바다에서 구명줄인 줄로 착각하고 당기는 낚싯바늘처럼 환자가 매달리는 착각이다. 의사는 반드시 죽음이라는 결과로 향하는 것만은 아닌, 매우 불확실한 이 질병의 허구성을 유지한다. 어느 순간까지는 의사가 환자에게 T4 림프구 수치를 병마와 싸우는 도구로 제안한다. 내가 누군가 정성스럽게 개수를 센 지도부딘을 처방받기 위해 로마의 스팔란차니 병원과 로칠드 병원에서 검사를 받아야 했을 때, 나는 의사 혹은 보조 의사에게 전화를 걸어 결과를 받았고, 곧바로 파리에 전화를 걸어 긴급하게 전달했었는데, 이제는 그런 일들이 전혀 쓸모없게 느껴진다. 불가항력의 사태로 T4 림프구 수치가 60까지 떨어지면, 불안을 잠재우기 위해 더 떨어지든지 말든지 돌연 무시하게 된다. 그리고 3 혹은 마이너스 3이 되면, 마이너스로 셀 수 있는지 알 수 없지만(분명 아닐 것이다), 언덕에서 비행기가 이륙하는 순간 눈을 감는 조종사처럼 죽음에 바짝 가까이 다가가게 된다. 나는 내 상태가 어떤지 더는 알고 싶지 않고, 의사에게 더는 묻지 않으며, 평소에 하던 에이즈와 관련된 검사 결과도 보지 않는다. 나는 환자에게 검사 결과를 말해주는 것이 정말 더 나은 건지 아닌지 잘 모르겠다. 나는 지금 생존할 것이라고, 삶은 영원할 것이라고 착각하고 싶은 위험한 구간에 있다. 그렇다. 그것을 인정해야 한다. 가련하고 우습지만, 그것이 모든 중병환자가 가진 공통의 숙명이라고 생각한다, 그토록 죽음을 꿈꿨는데, 이제는 지독히 살고 싶다.

그림을 수집하는 일, 그 선택의 열기, 한눈에 반했다가 망설이고, 값을 논의하고, 내가 소유한 작품들과 관계를 맺거나 대립하는 그 행복, 나를 파리와 로마로, 이 골동품 가게에서 저 골동품 가게로 돌아다니게 하고, 이쪽이든 저쪽이든 욕망을 둘러싼 매우 특별하고 열정적인 관계를 유지하게 하며, 모든 에로틱한 활동이 가진 비애 속에서 나는 소유하고, 그 혹은 그녀는 기쁨을 느끼거나 무언가를 치우면서 시원함을 느끼는 일, 그림을 사는 일은 감각적 쾌락의 대체품이자 존재의 대체품이기도 하다, 의사와 가까운 지인들은 지금은 그래서는 안 된다고 하지만, 나는 혼자 살기를 고집하니까, 그림은 집에서 거의 육체적인 친숙한 존재감을 발산한다, 그림을 통해 퍼져나가는 유령의 몸이라고 할 수 있겠다, 또 그림 수집은 내가 계속 살 수 있다는 착각을 조장하고 품게 한다. 내 책의 인세로 저 그림들 모두를, 아이바좁스키의 '어린 선원' 혹은 작자 미상의 '나폴레옹 기병'

의 습작(나는 보통 소품 혹은 커다란 카펫처럼 어디서도 대체품을 찾을 수 없는, 팔 수 없고, 되팔 수 없는 커다란 그림에 끌린다)을 산다면, 그건 당연히 내가 오랫동안 저 작품들을 즐길 것이라는 착각을 키워나가는 방법이다. 나는 그 그림들을 무덤에 걸지 않을 것이다. 그보다는 무슬림 신도들처럼 관 없이 하얀 천으로 나체를 덮어서 화장하는 것이 좋다. 미술에 관심이 없고, 제대로 투자한 돈을 처리하는 게 더 쉬운 내 상속자들에게 저 그림들은 처치 곤란한 물건들이 될 것이다. 그러니 나는 여전히 이 고질적 이기주의에서 벗어나지 못한 것일까?

몸 상태가 점점 더 나빠지고 있다. 팔다리가 의뭉스럽게 내 말을 듣지 않았지만 모른 척하고 싶었다. 날마다 더 지쳤고, 빨간 안락의자에 쓰러져 선잠을 자거나 전화가 울리면 불평하며 지냈다. 글은 단 한 줄도 쓰지 못했고 한 줄도 읽지 못했지만, 4월 말에 카사블랑카에서 온, 타자로 친 편지는 정신이 몽롱해질 때까지 읽고 또 읽었다. 나는 아침마다 내가 받은 편지들이 그 편지 위로 쌓이지 않도록 주의했고, 줄곧 나 자신을 안심시키듯이 편지 뭉치 위에 잘 보이도록, 잊어버리지 않게 올려뒀다—뇌졸중 위험이 있으니 무슨 일이 일어날지 알 수 없다—. 내가 답신을 하지 않는, 산처럼 쌓인 편지들의 유사流沙 속에서 그 편지가 절로 묻히는 것을 방지하기 위해서였다. 더는 글을 쓰지 않기로 했다. 심사숙고한 끝에 포기했다. 그럴 일이 아니었는데, 내게 편지를 쓴 사람들은 모두 친절하게도 너무 심각하게 받아들였다. 나는 충분히 많은 책을 썼다. '같은 작가의 작품 목록'에서 내가 조용히 삭제한 것들을 제외하고도 열세 개의 작품, 열세 개의 출간물이 판매 중이다. 15년 동안 얼마나 많이 썼는지! 벽장 두 개에 가득 쌓여 있는 서류들을 볼 때면, 내 눈을 믿을 수 없다, 나는 질겁한다, 내 보잘것없는 육체와 불쌍한 사고에서 어떻게 저토록 광대한 글들이 나올 수 있었는지 더는 이해할 수 없다. 공식적으로 열세 번째 책인 《내 삶을 구하지 못한 친구에게》가 내게 행운을 가져다줬다. 그 책은 성공했고, 병과 싸우고 있던 순간에 내게 위안이 됐으며, 나는 내 안에 그 책과 따뜻했던 반응을 부적처럼 지니고 다녔다. 환자와 그들의 간병인으로 이뤄진 공동체가 그 책을 받아줬는데, 그들이 거부할까 봐 매우 걱정했었기에 안심이 됐다. 나는 티브이에서 더는 글을 쓰지 않겠다고 말했다. 관객을 향한—백여 통의 편지가 증언한다—그 문장, 그 문장은 내 병과 결합하여 큰 화제가 됐고, 나는 그 뒤에 숨어 보호를 받았다. 나를 모르는 사람들, 이브도 아담도 모르고, 내 책을 한 번도 읽어본 적 없는 전 연령대의 남자와 여자, 소위 전 계층의 사람들이 글을 계속 써달라고 내게 빌었다. 내가 계속 살아 있을 수 있도록, 글은 내 인생이었으니까. 그렇지만 나는 무엇을 써야 할지 몰랐다. 원동력이 될 자극도 없었다, 내 피로가 그것을 갈아버렸다. 그 책을 쓴 후에 반응을 얻으면서, 나는 간단한 글 하나도 쓸 수 없었고, 나를 감동하게 한, 모르는 이들에게 책임감을 느꼈다. 성공 역시 나를 꼼짝 못 하게 했다. 나는 모든 의미에서 끝에 다다른 것이다. 나를 이해시키고, 내 다른 책들이 읽히고, 대부분의 편지가 증명하듯 내 모든 책들이 동시에 읽히고, 젊은이, 노인들, 게이들, 게이가 아닌 사람들, 최대한 많은 사람과 소통하며, 마침내 여성 독자들을 만난 게, 내 방식으로 그들에게 감동을 줬다는 게 행복했다. 나는 더 이상 글을 쓰진 않았지만 생각을 바꾸기로 했다. 그것이 슬픔이고 무력함이라고 말하는 대신에 내 의식이 매우 자발적으로 한 결정이며, 작품을 쓰지 않는 것이 어쩌면 더 많이 쓰는 일인지도 모른다고, 글쓰기를 막으면서, 글쓰기의 한계를 정하면서 글을 쓰고 있다고 생각하기 시작했다. 이사 덕분에 내 기록들을 조금은 순서대로 정리할 수 있었다. 특히 노트 사이에서 내가 어릴 때 썼던 글들을 발견했는데, 절대 깨끗하게 정리해둔 것이 아니라 완전히 잊고 지냈던 것이라, 내가 아니라 다른 사람이, 나보다 더 희귀하고 더 순수한 사람이 쓴 것만 같았다. 내게 글을 선물해준 그 어린 기베르는, 그가 아직 내 안에 남아 있거나 혹은 내가 여전히 그이며, 우리가 오롯이 하나라는 사실을 믿게 해줬다. 그 글들을 다시 발견하는 일은 때로는 즐겁고, 때로는 소름 끼치기도 했으며, 무엇보다도 내게 교훈을 안겨줬다. 나는 지루해 죽지 않기 위해 청소년 시절에 썼던 그 글들로 작업을 시작했다. 고치지는 않았다, 글을 골라서 타자기로 치는 것에 만족했다, 그러나 상속을 받은 사람처럼 실제적으로 그 글들을 다시 손에 쥐게 되면서 내가 보류했던 권한을 지각하게 됐고, 더는 예전처럼 글을 쓸 수 없을 것 같았다. 그 글들은 작가로서 나를 바꿔놓았다. 그 글들에는 대체로 투명한 무언가가 있었고, 당연히 다시는 그것에 이를 수 없을 것이며, 내가 만약 그것을 흉내 낸다면, 늙은 여자의 지나치게 진한 분홍색 분처럼 우스워질 것이다, 그렇지만 내게는 분명 기준선, 모델, 윤리가 남아 있었다. 나는 지나치게 꾸미지 않은 글, 즐겁고, 명쾌하고, 즉각적으로 '소통'하는 글을 쓰고 싶었다. 그러나 내가 아닌 다른 사람들에게는 어릴 때 쓴 그 글들이 모호하고 음란하며, 잘 읽히지 않는 글처럼 보일 수 있을 것이다. 자신이 원하는 글을 쓰는 일은 매우 드물었고, 대부분은 안타깝게도 바라는 바에 이르지 못하고 고통스러운 괴리를 느꼈지만, 거기에는 완성한 후에 잊고 지냈던 글의 퇴적층과, 나 자신이 글 속에 봉인되어 있기에 다른 사람이 아닌 오직 나처럼 혹은 또 다른 나처럼 쓸 수밖에 없는 장인의 글, 베른하르트의 말대로 연주자가 쓴 글의 때로는 처참하고 때로는 유익한 무의식의 기억이 있었다. 다비드와 로마로 떠날 때는 프로작을 복용해서 정신 상태가 나아졌었지만, 그때까지만 해도 디다노신으로 멈춘 피로가 전혀 사라지지 않고 있었다. 나는 아침마다 다시 글을 쓰려고 노력했고, 때로는 낮잠을 잔 후에 아무 기쁨도 없이 썼으며, 매번 낙담하며 다시 시작했지만 적어도 뭔가를 하긴 했다. 나는 처음과 과정과 결과를 알고 있는 이야기를 썼다, 내가 경험한 일이니까, 어쩌면 그래서 단순한 노역을 하듯 지루했는지도 모르겠다. 살아 있는 글쓰기, 유쾌한 글쓰기에서 일어날 수 있는 예기치 못한 여백이 없었기 때문에. 나는 이미 바닥이었다. 내 글의 제목은《카사블랑카의 기적》이었다.

내가 왜 카사블랑카에 갔는지 정확한 이유가 생각나지 않는다. 불과 몇 주 전이었는데. 조금 물러나 생각해보니 내 동기가 모호하고 비현실적으로 느껴진다. 나는 거짓말을 했다. 어떻게 사람들이 오래전부터 여행이라면 모두 질렸다고 말했던 내가 역경이 넘치는 그 나라에서 혼자 즐거운 여행을 한다고 믿을 수 있었겠는가?

사실은 목적이 있었다, 그러나 이제 그 목적은 이유를 상실했다. 그것을 밝히면 우스워질 것이다. 이유를 알고 싶어 하는, 경박하고 조심성 없는 사람에게는 영화를 위해 사전 답사를 떠났다고 대답했다. 완전히 틀린 말은 아니었다. 죽음을 주제로 한 영화를 제작해보라는 제안을 받았고, 그것은 내 어린 시절의 꿈이었으니까. 모리배 같은 제작자가 내게 이런 편지를 썼다. “더는 글을 쓰지 않겠다고 하셨지요. 물론 그것은 당신만의 문제이고, 다시 시작하시든 포기하시든 그건 당신에게 달려 있을 거예요. 하지만 당분간은 그 중간 지대에서 당신이 작가이자 동시에 대상이 되는 영화를 만들어보시면 어떨까 싶어요."

표현을 잘 골랐다. 극단적으로 말하면 나는 그것 말고는 할 줄 아는 게 없다, 허구를 지향한 몇몇 엉뚱한 짓을 제외하고는. 나는 시간을 벌기 위해서 제작자에게 거액을 요구했다. 그러나 계약서에 서명한 순간, 경험의 영역 안에 들어갈 수 있는 모든 것이, 이 경우에는 카사블랑카 여행이 영화의 강력한 하나의 에피소드가 됐다. 떠나기 전날 만났던 제작자는 내게 가벼운 카메라를 가져가길 제안했고, 나는 거절했다. 나는 그녀에게 어떤 남자를 만나러 간다는 것 말고는 아무 말도 하지 않았다.

그러나 샹디 박사에게는 조금 더 상세히 말할 수밖에 없었다. 나는 점심 식사 자리를 빌려 그에게 내 목적을 자세히 설명했고, 그가 깜짝 놀랄 것이라 예상하며 그의 표정을 상상하면서 속으로 웃었다. 내가 이야기를 털어놓자 그는 기대와는 달리, 어릴 적 튀니지에서 어머니와 그런 유의 이야기들 속에서 자랐기 때문에 이 방식이 전혀 낯설지 않다고 말했다. 그렇지만 그는 이 계획에서 희망의 몫은 얼마이고, 호기심의 몫은 얼마인지 꼭 알고 싶어 했다. 나는 어떤 희망을 포함하고 있다는 사실을 부정할 수는 없었다, 그게 아니라면 이 여행은 아무 의미도 없을 테니까, 그렇지만 호기심이 희망을 자제시켰다. 샹디 박사는 결국 나를 떠나고 싶게 만든, 내가 받은 그 편지의 주제에 대해 여러 가지 질문을 했다. 나는 내 결정에 수많은 핑계를 댈 수 없었다. 오히려 그것이 거짓일지언정 처음 편지를 읽자마자 결정한 것이라고 말하고 싶었다. 사실은 한계에 이르렀기 때문에, 힘을 다 소진해서 그저 한 마리의 불쌍한 짐승처럼 죽어가고 있었기 때문에 떠났던 것이다. 내게 그것 외에 다른 희망은 없었다. 타자로 친 그 편지는 오후 내내 애처롭게 선잠을 자던 붉은 안락의자 앞에 눈에 잘 들어오게 놓여 있었다. 우편물을 열 때마다 그 편지를 덮지 않도록 조심했기 때문이다. 거기에는 전화번호가 적혀 있었고, 내가 할 일은 하나, 내게 이 제안을 한 사람의 목소리를 직접 듣기 위해 전화기를 향해 팔을 뻗는 것이었다. 힘이 다 빠졌다고 해도 아직 그 정도는 가능했다. 그러나 그 대신, 나는 편지를 다시 읽었다. 그것은 책이 출간되고 나서 받은 이상한 제안이 담긴 수많은 우편물 중에, 희망의 부활과는 상관없이 확실히 내 마음을 끌었다. 소설 같았기 때문이다. 그 편지는 희망적이었던 만큼 지어낸 이야기처럼 보이기도 했는데, 그것을 쓴 사람은 이런 말로 편지를 마무리했다. "제가 쓴 책을 읽어보신다면, 이런 표현은 죄송하지만, 제가 미친놈도 사기꾼도 아니라는 것을 알게 되실 겁니다."

샹디 박사는 즉시 말했다. "가세요." 그러나 부활절 휴가를 맞아 가족들과 함께 포크롤로 떠난 쥘은 내가 전화로 상의하자, 이 여행의 목적을 비난했다. 그가 말했다. "네가 카사블랑카에 가는 건 기분 전환이 될 거야. 그렇지만 그 남자를 만나러 거기에 간다고 말하는 건 정말 우스꽝스러운 짓이라고." 쥘은 내가 이 상태로 혼자 여행한다는 것에 불안해했고, 누군가를 데려가라고 부추겼다. 내가 함께 떠날 수 있다고 생각한 유일한 사람은 뱅상이었고, 나는 어느 일요일 오후에 전화로 그를 깨워서, 친절하게도 그에게서 새로 시작한 요리사 일 때문에 떠나는 것은 생각도 할 수 없다는 말을 들어야 했다. 카사블랑카는 아직도 불법 트랜스젠더 수술로 언급되는 곳이었고, 그러니까 나는 뱅상을 웃기기 위해 수술하러 떠나는 것이라고, 그 말을 듣고 싶어 했던 그에게 웃으며 말했다.

다비드는 늘 그렇듯 조심스럽게, 자신이 이해할 수 없는 결정에 대해 개인적 의견을 내지 않았다. 내 병이 악화되는 것에 대해서는 그만의 논리가 있었지만, 이 문제에 있어서만큼은 아무 생각도 없었다. 내가 카사블랑카로 떠나는 것은 잘된 일이고, 내가 떠나는 이유는 그가 관여할 바가 아니었다.

그 주 일요일에는 쉬잔 고모할머니가 내 말을 듣고 긴 혼수상태에서 깨어나 가차 없이 "과학적 근거가 전혀 없어"라고 말했다. 그녀의 여동생 루이즈 역시 회의적이었다. 그녀는 샹디 박사처럼 내가 받았던 편지에 대해 수많은 질문을 던졌다. 돈 문제가 아니라는 것을 분명히 밝혔다고 해도 깡패를 만날 수도 있는 일이니까. 점심을 먹는 내내, 생각에 잠겨 있던 그녀는 더 이상 그 이야기에 대해 아무 말도 하지 않았지만, 내가 그녀에게 작별 인사를 하자 고개를 숙이고 단호하게 속삭였다. "내가 생각해봤는데, 그곳에 가. 잘 되든 안 되든 그게 중요한 게 아니야. 너는 더 이상 글을 쓰지 않잖아. 내가 아는 너는 그런 이야기를 꿈꿨고, 나는 무슨 일이 있든 간에 그 경험이 네가 다시 글을 쓰게 해줄 것이라고 확신해." 알게 모르게, 여든네 살인 루이즈 고모할머니는 나를 너무 잘 알고 있었던 것이다.

자다가 깨다 하는 사이에도 눈길이 갔던 그 편지에는 카사블랑카로 연결되는 번호가 없었다. 나는 전화국에 전화를 걸었고, 안내원은 내게 다시 전화를 걸어 그 번호를 알려주겠다고 했다. 나는 기다렸지만 연락이 오지 않았다. 다시 전화를 걸었다. 안내원은 카사블랑카로 연결되는 전화선이 끊어졌다고 했다. 전화선이 끊어지다니, 우스운 신호다. 그 번호를 알아내지 못해 오히려 마음이 놓였을까, 아니면 이미 강박이 되어버렸을까? 나는 내게 편지를 쓴 남자의 목소리를 너무 듣고 싶었고, 그것이 내가 떠날지 말지 결정하는 데 결정적인 역할을 하리라고 생각했다.

나는 내가 받았던 모든 편지 중에서 유일하게 그 남자의 편지에만 응답할 수 있을 것이라고 생각했다. 그 편지가 내게 엄청난 여운을 주는 카사블랑카에서 왔고, 튀니지 사람이라 부르는 남자를 언급하고 있었기 때문인데, 그는 은퇴한 사업가로 오직 행위의 아름다움만을 생각하며 그만의 신비한 기술을 행사하는 활동을 이어가는 사람이었다. 나는 갑자기 수많은 편지를 받았지만 어떤 편지에도 답신을 보내지 않았다. 티브이 방송에 나간 후로 하루에 편지가 스물다섯 통씩 왔다. 관리인은 내가 일어났을 것 같은 시간을 기다렸다가 인터폰을 울려서 이렇게 말했다. "오늘 아침에도 우편함에 다 들어가질 않네요. 모두 엘리베이터 안에 넣어서 보낼게요." 나는 선물들, 카세트, 음반, 베이지색 캐시미어 카디건, 향수 한 병, 봉헌물, "계속 사랑하기 위한" 하트, "계속 글을 쓰기 위한" 책을 끄집어냈다. 출판사의 홍보 담당자는 점점 더 지쳐갔다. 그녀는 내게 전화를 걸어서 "겔랑에서 선물이 또 왔어요. 향수인 것 같은데, 어떡할까요? 소포로 보낼까요? 아니면 심부름꾼을 시킬까요? 어제 온 음반도 함께 보내요?" 안나는 지푸라기로 만든 황소 머리를 수집하는데, 홍보팀 책상을 그녀의 커다란 황소 머리들로 채워야 할지 고민했다. 나는 〈어포스트로프〉에 나가서 더는 글을 쓰지 않으며, 분명 앞으로도 글을 쓰지 않을 것이라고 말해서 큰 인기를 얻었다. 사람들은 다시 글을 쓰라고 나를 격려했다. 그토록 허무와 침울함을 느꼈던 내게 낯선 이들이 보내준 열정은 아름다웠다. 크게 두 종류의 편지가 있었다. 대부분의 편지는 이렇게 말했다. '당신은 죽지 않을 겁니다. 우리가 그것을 원하지 않으니까요. 당신도 죽음을 믿어서는 안 되고요. 당신은 이겨낼 겁니다. 제때 치료법을 찾아낼 거예요. 그날을 기다리며 다른 책을 쓰세요. 우리는 당신을 생각합니다. 우리는 당신을 사랑해요.' 또 다른 편지들은 말했다. '당신은 죽을 겁니다. 그건 확실해요. 그렇지만 그건 아름다운 일이죠. 당신이 쓴 책들을 생각하면 그 죽음은 놀랍도록 당연한 일이에요. 잊지 마세요. 죽음이 찾아오는 순간에도 내가 당신의 책을 내 주변에 계속 알릴 거라는 것을. 그것이 엄청난 효과를 일으키는 커다란 파도가 될 것입니다.' 어느 젊은 여성은 내가 그녀의 혈액과 골수를 받도록 설득하기 위해 편지 두 장을 썼다. 신부들은 나를 위해 기도하겠다고 말했다. 로슈포르 근처의 작은 집을 찍은 컬러 사진 두 장을 받기도 했는데, 그걸 보낸 여자가 설명하기로, 우연히 에이즈에 걸린 남자에게 그 집을 빌려줬는데, 바닷가에 있는 그 집이 그에게 매우 도움이 되어서 그의 몸무게가 다시 늘어났고, 시립병원의 어떤 교수가 그 사실을 증명해줄 수도 있다고 말하며, 안타깝게도 이제 그 남자는 죽었지만, 그 집을 에이즈 환자를 살리는 데 쓰기로 결심했고, 그래서 나를 생각했으며, 그의 남편과 그녀는 퇴직한 사람들이라서 수입이 적기 때문에 내게 그 집을 임대할 수밖에 없으며, 임대료는 월 2천 프랑을 생각한다고 했다. 2주 후, 내가 답장을 하지 않자 그 여자는 내게 거의 욕을 하듯 말했다. "너무하시는군요. 저는 이 집을 당신을 위해 비워뒀는데. 오겠다는 사람들이 줄을 섰어요. 그러니까 이제 결정을 내려주세요. 젊은 부부가 집을 빌리고 싶어 하거든요. 답변은 편지로 보내주세요." 한 남자는 내게 세심하게 타자로 친 편지를 보냈다. "나 역시 3개월 동안 에이즈에 걸린 적이 있습니다. 치과에서 스케일링을 하다가 걸렸지요. 저는 신속하게 소변에서 바이러스의 존재를 확인할 수 있었습니다. 그러나 제가 연구하고 발명하는 사람인지라 자가 치료를 했고, 성공했습니다. 3개월 후에는 제 소변에서 바이러스가 사라졌어요. 그래서 저의 치료법을 당신에게 제안하려 합니다. 우리 집에 와서 사세요. 미리 말씀드리지만 요리는 알아서 하셔야 합니다. 그렇지만 역으로 당신을 데리러 가겠습니다. 우리는 바로 제가 개발한 치료를 시작할 거예요. 매일 저녁, 바이러스가 점차 사라지는 것을 관찰하기 위해 소변검사를 할 겁니다."
또 다른 어느 상냥하고 미친 사람은 내게 바이러스를 냉각시키기 위해서 체온을 1도 내려가게 해주겠다고 제안했다. 배송되는 편지마다 크라이오테라피나 바르토프스키 교수 치료법 같은 대체 요법을 권했다. 누나도 소식을 듣고 독일 국경에 가서 바늘이 매우 길고, 고통스럽고, 값비싼 주사를 맞고 오라고 했는데, 암 환자 여러 명을 치료한 주사라고 했다. 어떤 여자는 내게 사진을 보내며 자신의 이야기를 했다. 그 여자는 20년 동안 사랑하는 남편과 행복하게 살았는데, 남편이 떠나고 이제 혼자 남게 됐으며, 다 자란 아이들도 집을 떠났다고 했다. 방황하던 그녀는 술집을 전전하며 술을 마시기 시작했고, 나이트클럽에서 묘한 느낌의, 매력적인 남자를 보게 됐다. 그녀는 그에게 말을 걸었고 결국 그들은 함께 밤을 보냈다. 다음 날, 남자는 그녀에게 자신이 양성애자이며, 에이즈가 이미 돌기 시작했던 시기에 남자들에게 몸을 판 적이 있다고 털어놓았다. 그는 그 고백을 하고 사라졌고, 여자는 깊은 고뇌에 빠져 검사를 받아야 할지 말아야 할지 몰라 괴로워하며 결정을 내리지 못하고 있었는데, 그 젊은 남자가 다시 나타나 그녀에게 검사를 받자고 말했고, 기적적으로 검사 결과가 음성이 나왔다. 그녀는 자신은 운이 좋았지만, 나는 운이 없으니 나를 돕고 싶다고 했다. 그녀는 내게 자신의 집에 와서 살라고 말하며, 그녀의 집 안에 있는 편의 시설 목록을 작성했다. 욕실 세 개, 오디오, 티브이 종류, 오븐, 모 브랜드의 차, 가장 가까이에 있는 도시의 이름은 이렇고, 내가 원한다면 그녀가 직접 그 도시 중 어딘가로 운전을 해줄 수 있으며, 마지막으로 내게 "신체장애가 있는 늙은 할머니가 아니라는 것을 증명하기 위해" 자신의 사진을 보냈다. 생각해보면, 카사블랑카에서 온 편지는 다소 광적인 다른 편지들과 공통된 부분이 있었지만, 나는 그 편지가 완전히 합리적이라고 생각하기 위해 읽고 또 읽는 훈련을 했다. 카사블랑카에서 내게 편지를 보낸 그는 먼저, 이렇게 말해도 되는지 모르겠지만, 그와 내가 같은 직업에 종사하고 있다고 했다. 그는 몇 권의 책을 이미 출간한 적이 있고, 그중 다섯 권이 내가 출간했던 출판사에서 나온 책이었다. 그는 내 책을 읽은 적이 없었지만 나를 티브이에서 봤고, 이토록 재능 있는 사람을 잃을 수는 없다고 생각했다. 그에게는 암처럼 심각한 병에 걸린 환자들을 여러 명 치료한 친구가 있는데, 직업이 아니라 돈을 요구하지 않고, 돈을 받는 것을 거부한다고 했다. 그 작가는 그 치료사에게 나에 대해 말하다가 그도 역시 티브이에서 나를 봤다는 사실을 알게 됐다. "저 남자를 위해 뭔가를 해줄 수 있다고 생각하세요?" 작가는 그에게 물었다. "네, 치료할 수 있을 것 같습니다." 튀니지 사람이 대답했다. "다만 카사블랑카에서 열흘 정도 머물러야 해요." 치료사의 유일한 조건은 자신의 익명성이 지켜지는 것이었다. 환자들이 달려드는 바람에 몇 번이나 이사를 다녀야 했으니까. 편지에는 집중해야만 가능하다는 타고난 재능에 대한 문장이 한 줄 나왔다. 그리고 그 작가는 이렇게 말을 이어갔다. "그러니까 당신은 여행비만 내시면 됩니다. 열흘 동안 머무를 호텔과 식비요."

나는 내게 편지를 쓴 남자에 대해 여러 사람에게 묻기 시작했다. 그가 말했던 출판사 홍보팀 직원은 그가 전혀 알려진 바 없는 사람이라고 말했다가, 미심쩍은 생각이 들어 다시 리스트를 확인한 후에 그 남자가 이 출판사에서 책을 출간한 것은 맞지만, 10년 전의 일이라고 말했다. 직원들이 바뀌었고, 아무도 그를 기억하는 사람이 없었다. 부서의 팀장과 이야기를 나눴던 다비드는 대화를 전했는데, '나쁜 작가'였다고 했다. 그는 "나라면 나쁜 작가를 믿진 않겠어"라고 덧붙였다.

반쯤 무기력했던 어느 오후, 나는 카사블랑카 번호를 알기 위해 다시 전화 교환원에게 전화를 걸었다. "통화 연결이 안 되거나 잘못된 번호인가요?" 그녀에게 물었다. 그녀는 어떤 번호를 누르면 내가 직접 전화를 걸 수 있다는 사실을 알려줬다. 수화기 너머로 가늘고 작은 목소리가 들렸다. 키가 작은 남자, 일하던 습관에서 벗어나지 못하는 퇴직한 교수의 목소리. 나는 그 목소리가 좋았다. 그 목소리는 나를 안심시켰고, 젊의 아버지 목소리를 떠올리게 했다. 매력적이고 수줍음 많은 그는 언젠가 내 전화를 받으며 말했다. "귀여운 녀석, 너구나?" 남자는 곧바로 내 전화를 기다렸다고 말하며, 그의 친구는 현재 카사블랑카에 없고 그의 아내와 아이들과 아틀라스 고원으로 휴가를 떠났지만, 다음 주에 돌아오니 내가 가능한 한 빨리 오는 게 좋을 것 같다고 말했다. 남자는 "잠시만 기다려봐요. 아내가 뭐라고 하네요…"라고 했는데, 그에게 가족이 있다는 게 나를 안심시켰다. 남자는 내게 바닷가에서 지내고 싶은지 도시에서 지내고 싶은지, 햇빛을 싫어하는지 물었고, 아내와 함께 예약할 방을 보러 다니겠다고 했다. 우리는 며칠 후에 다시 연락하기로 했다. 통화를 마친 후에는 이 전화를 걸기 전에 낙심했었던 것만큼이나 이상한 즐거움이 나를 사로잡았다. 나는 음반을 틀고, 가수보다 더 크게 소리를 지르며 노래를 불렀다. 내가 강하고 영원한 존재처럼 느껴졌다.

내가 그에게 도착하는 날짜와 비행기 번호를—그가 아내와 함께 나를 데리러 나오겠다고 했다—알려주기 위해서 다시 전화를 걸었을 때, 그는 여러 번 말했다. "제 아내를 바로 알아보실 수 있을 거예요. 머리카락이 암사자처럼 하얗고 덥수룩하거든요." 나는 그가 암사자와 덥수룩한 머리를 반복해서 말하는 방식에서 조금 염려스러운 부분을 감지했다. 나는 이참에 '그들의 친구'에 대해 추가로 몇 가지 질문을 던졌다. 그에게서 알게 된 것은, 그 남자가 체구가 좋고 권투선수처럼 생겼다는 것이었는데, 나는 그 디테일이 아주 마음에 들었다. 카사블랑카에서 기적을 일으키는 권투선수, 퇴직한 기업인, 점점 더 그를 만나고 싶어졌다. 나는 특별한 무언가를 예감했다.

출발은 목요일 오후로 정했고, 도착한 바로 다음 날인 금요일 오후 3시에 튀니지 사람을 처음 만나기로 했다. 교수는 내게 세관을 통과할 때 문제가 될 수도 있다고 예고했다. "이곳은 파리와는 달라요. 그들이 당신을 곤란하게 할 거예요." 카사블랑카 공항의 입국 심사대 앞에서 차례를 기다리며 착색 유리창 너머로 내가 제일 처음 본 얼굴은 침울한 사람, 거의 푸른색에 가까운 피부에 허약한 작은 남자였다. 나도 모르게 그가 내가 찾던 남자라는 생각에 금세 소름이 돋았다. 냉정히 말하자면 그의 친구라는 치료사의 기술이 그 사람에게는 썩 효과가 없었던 모양이다. 입국 심사대 뒤로 사람들이 줄을 서서 기다렸다. 나는 그쪽을 보지 않으려고 했다. 그가 나를 지켜보는 느낌이었다. 고개를 들자, 하얗고 덥수룩한 머리카락이 눈에 들어왔다. 그들이 내게 신호를 보냈다. 암사자 옆에는 상페*의 그림을 닮은 남자가 서 있었다. 여권을 보여줘야 하는 창구에서 세관 직원이 누가 슬그머니 쥐여준 목걸이를 자랑하려고 그것을 쓰다듬으며 다른 누군가에게 보여줬다. 누군가 내게 가방을 열어달라고 말하면서 그 위에 분필로 표시를 했다. 사람들은 내가 담보로 목걸이를 쥐여줬더라면, 나 역시 그 상황을 면할 수 있었을 것이라고 말했다.

이제 카사블랑카에서 내가 보낸 시간과 튀니지 사람과의 만남을 가능한 한 더욱 상세하게 이야기해야 할 필요가 있을 것이다. MRI자기공명영상 사진은 내 뇌의 하얀 물질 속 '흐린 부분' 밝

* 장자크 상페. 화가이자 그림책 작가. 대표작으로는《꼬마 니꼴라》《얼굴 빨개지는 아이》등이 있다.

혀냈다. 회상하는 일이 힘들다. 집중하는 것, 읽거나 기억을 되찾는 일이 힘들다. 어제는 피로와 몸을 노곤하게 하는 비바람 부는 날씨에도 불구하고 이 글을 썼는데, 깜빡이는 형광등 불빛이 내 눈과 종이 사이에서 반짝이며 집중력 유지를 방해했다. 나는 조금 전부터 비행기가 카사블랑카에 이륙하기 전에 거쳤던 도시 이름을 찾고 있다. D로 시작했던 것 같다. 모로코에서 가장 유명한 도시 중 하나고, 대서양, 탕헤르 남쪽에 있는 곳. 하지만 떠오르지 않는다. 물론 제르바는 아니다. 그렇지만 생각이 날 것도 같고, 그런데 D가 잘못된 힌트면 어쩌지?

나는 공항에서 나를 맞이해준 그 사람들이 착하고, 정말 친절하고, 조용하고, 사려 깊고, 섬세하다는 것을 금세 알 수 있었다. 부인이 주차장으로 차를 가지러 간 사이에 남자는 내 가방을 든다고 고집을 부렸다. 해가 지는 광장에서 부인을 기다리는 동안 남자는 튀니지 사람이 치료한 사례들을 이야기했다. 그는 신장 결석을 녹였고, 손짓 하나로 단번에 뇌막염을 없앴다. 어느 날, 교수의 누이가 그에게 빨리 와달라고, 어머니가 위중하시다고 전화를 했다, 병원의 의사들은 며칠밖에 남지 않았다고 말했다, 그러나 그 튀니지 사람은 멀리 떨어져서 그녀를 생각하는 것만으로, 그녀에게 구체적인 시간에 물을 한 컵 마시라고 하는 것만으로 그녀를 죽음에서 벗어나게 했다. "저는 남편의 운전기사이자 비서예요"라고 말하며 차를 운전하던 부인은 그 이야기에 살을 붙였다. "튀니지 사람은 순진한 사람이에요." 남편은 이렇게 덧붙였다. "보시면 아시겠지만, 그에게는 이런 역할을 하는 사람이 가지고 있을 수밖에 없는 약장수 같은 면이 있어요.” 튀니지 사람은 좋은 남자고, 너그럽고, 경전을 잘 알고 있었다. “그가 절대로 아무에게도 말하지 않는 게 있어요. 우스워 보일까 봐 겁이 나서죠. 당신에게도 절대 말하지 않을 거예요. 내가 당신에게 이 말을 했다는 걸 알면 화를 내겠지만, 당신에게는 말할게요. 그는 일곱 살에 천사를 봤어요.” 튀니지 사람은 프리메이슨 단원이었고, 교수와 그의 아내를 연결해줬지만, 교수는 그가 어떤 그룹에도 속하는 것을 원치 않는다고 말했다. 튀니지 사람은 늘 운이 없었다. 그는 닭을 공장에서 사육해서 많은 돈을 벌려고 했으나 닭이 모두 죽었고, 동업자가 상당한 액수의 돈을 가지고 사라져버렸다. 그 이후로 정확히는 알 수 없지만, 그는 모로코 곳곳에 소유하고 있는 집의 임대료로 살았다. 그러나 저주가 한 번 더 그를 따라왔다. 그는 내리막길에 집을 지으려고 땅을 샀고, 기초공사를 마치고 구조물을 올리기 시작했는데, 왕의 기술자들이 어떤 보상도 마련하지 않고, 그 자리에 고속도로를 뚫기로 결정했던 것이다. 교수는 옛 제자 중에 장관이 된 제자에게 편지를 보내고, 그와 연락을 하기 위해 애썼다. 나는 중심가에 가까워지는 것을 보면서 그 부부의 이야기를 들었다. “저기는 주택가예요.” 부인이 말을 꺼냈다. “수도꼭지를 열면 금이 흐르는 집들도 있죠. 들으셨죠. 금이 흘러나오는 수도꼭지요.”

바닷가에 이르자 부부가 예약해준 호텔이 나왔다. 그들이 말하길 나를 위해 바다와 태양이 잘 보이고 휴가를 보내기 좋은 방으로 정했다고 했다. 우리는 어느 사원 앞을 지나갔고, 그들은 그곳이 사우디 왕자가 세운 사원으로 뒤에는 룰렛 게임이 있는 그의 도박장과 사창가가 있으며, 그 거대한 건축물로 폐부를 찔린 왕이 성서에 나온 것처럼 바다 위에 세계에서 가장 큰 사원을 세우겠다고 공표했다고 설명했다.

부부는 내 방까지 데려다주겠다고 고집을 부렸다. 카렘(내 친구 헤디는 아랍어로 '연민'이라는 뜻이라고 했지만, 안내원이 말하기로 아무런 뜻도 없으며, 그저 의미 없는 이름일 뿐이라고 했다)은 바닷가에 이미 부식된 자재로 세운 호텔로, 파도가 부서지는 카사 해변과 수영장이라고 부르는 프라이빗 해변들 사이에 있었다. 교수의 아내는 리셉션 데스크를 향해 몸을 기울이고, 그곳에 있는 여자에게 심각한 얼굴로 나를 가리키며 내가 왕궁의 손님이라고 속삭였고, 여자는 그런 거짓말은 안중에도 없다는 듯이 무관심한 시선을 보냈다.

엘리베이터는 작동하지 않았다. 터키모자를 쓴 젊은 마부가 와서 고쳐줘야 했다. 내 방은 4층, 복도 끝, 아무도 없는 푸르스름한 해변이 보이는 창문 가까이에 있었다. 바다는 귀를 피곤하게 하는 굉음처럼 변화 없이, 끊이지 않고 철썩이는 소리를 냈다. 방의 작은 발코니에서 부부는 바로 아래에 펼쳐진 광장을 가리켰다. 그곳은 카사블랑카에서 제일 우아한 수영장인 르 콘티키라는 곳이었는데, 그들도 즐겨 찾던 수영장이었지만 해일이 휩쓸고 간 바람에 붕괴한 세라믹 다리와 고립된 탑들, 연한 파란색 혹은 황토색을 입힌 훼손된 수영장만 덩그러니 남아 있었다. 교수와 그의 아내는 한 시간 후에 저녁을 먹기 위해 나를 데리러 오겠다고 했다. 나는 바다와 그 하얗고 납작하고 거친, 거대한 파도에 취해버렸다. 뱅상이 서핑하고 싶어 할 만한 규칙적으로 부서지는 파도였다. 나는 그와 함께 있지 않다는 것이 아쉽진 않았지만, 다정히 그를 생각했다.

우리가 호텔에 도착했을 때는 바닷가 주변이 한산했는데 부부가 저녁을 먹기 위해 나를 데리러 왔을 때는 소란스러운 군중이 산책길을 오갔고, 신문 가두 판매점이 열려 있었으며, 카페의 테라스에는 사람들이 넘쳐났다. "하필 라마단 때 오셔서 유감이에요." 부인이 말했다. "저 사람들은 밤새 시끄러울 거예요. 해가 뜰 때부터 해가 질 때까지, 먹을 수도 없고, 물 한 방울도 마셔서는 안 되며, 섹스도 안 되죠. 7시에 종이 울리기를 기다리는데, 옛날에는 대포를 쐈어요. 밤이 되면 기가 막힐 정도로 흥청망청 놀면서 만회하는 거죠. 그렇지만 저녁 7시에는 거리에 아무도 없을 거예요. 모두 집에서 정신없이 밥을 먹거든요. 그래서 우리 클럽에 사람들이 많이 있을지 모르겠어요. 모로코 사람들은 이 시기에 식당에 가지 않으니까요. 게다가 유럽인들은 소란스러운 것을 꺼리잖아요."

카사블랑카의 클럽 중에 클럽, CCC가 적힌 상징기, 사실상 그곳은 텅 비어 있었다. 종업원과 요리사는 우리가 들어오는 것을 보고는 테이블에서 일어났다. 교수는 종업원들에게 친근하게 말을 걸었고, 그들의 이름을 부르며 반말을 했고, 자신이 좋아하는 직원이 아주 미인인데 그녀가 없어서 아쉽다고, 줄곧 차가운 태도로 경계하는 부인 앞에서 말했다. 교수는 미식가처럼 보였고 만족스러운 듯했으며, 손에 깍지를 끼고 자신의 만족감을 나타내기 위해 고개를 흔드는 것처럼 보였다. 부인은 실크 넥타이를 맨 회색 남자 정장 차림으로 그의 옆에서 뻣뻣하게, 납작한 가방을 골반 위에 움켜쥐고 있었다. 그녀의 사자 머리는 하얗고 푸석거렸다, 그녀에게서 예전에 어머니가 쓰셨던 립스틱 냄새가 났다. "튀니지 사람이 우리 딸에게 한 일을 절대 잊지 못할 거예요." 그녀가 다시 이야기를 꺼냈다. "그 애는 정말 볼 장 다 본 상태였죠. 사이비 종교와 어느 교주에게 완전히 빠져 있었거든요. 말을 한마디도 하지 않았고, 먹지도 않았고, 사지가 마비된 사람 같았어요. 튀니지 사람이 그 애를 보러 왔는데, 그냥 이렇게 말하더군요. '자, 일어나. 일어나서 걸어봐.' 그 애가 비틀거리면서 일어나더니 다시 걷기 시작했어요. 그가 말했죠. '아니, 그게 아니라 걸어봐. 제대로 걸어보라고.' 그렇게 딸이 회복됐어요."

우리는 '문학' 이야기를 조금 나눴다. 그 부부는 나를 알게 됐던 〈어퍼스트로프〉에서 내가 했던 말을 기억하고 있었다. 그들은 어떤 면에서는 그 세계를 경멸하면서도—"피보*의 스테이크와 감자튀김처럼 평범하다"라고 그의 아내가 말했다—그곳이 어떤 성공의 표식이기 때문에 다가가기를 열망하지만, 다

* 베르나르 피보. 〈어퍼스트로프〉 진행자.

가갈 수 없는 세계로 여기는 듯했다. 아내가 남편의 원고를 들고 파리에 갔다가 그곳에서 겪었던 불행한 일들을 이야기하기 시작했다. 탁자에 발을 올린 채로 그녀를 맞이했던 편집자의 천박함, 추가로 받아야 할 저작권료를 받지 못하고 끝난 결말에 대해서 말이다. 그 작은 남자는 아내처럼 자신의 굴욕을 이야기하는 데 힘을 쏟진 않았다. 그는 그것을 뛰어넘었고 철학적으로, 인내심으로 체념하며 받아들였다. 물론 그는 자신의 작품에 자부심이 있었고, 자기 글의 구조와 프루스트의 그것을 비교하며 살짝 빈정거리는 미소를 지었으나, 동시에 새 책을 시작하는 순간에는 교직이나 학생들과의 다정한 관계에 의지하지 않고 자신의 글을 끔찍하게 의심했다. 그는 학생들과 우정을 나눈 찬란했던 시기를 서글퍼하며 언급했다. 집에는 늘 누군가 있었고, 전화는 멈추지 않고 울렸으며, 어떤 학생은 그에게 이런 말을 했다. "선생님, 선생님 목소리를 듣는 게 너무 좋아요." 그렇지만 그의 아내는 남편이 너무 착했고, 선 그 자체여서 사람들이 늘 속이려 한다는 것을 은연중에 드러냈다. "정직하지 않아도 상관없어요. 내가 누군가를 좋아하면 그건 평생 가는 거죠." 그가 반박했다. 그것이 그들이 대립하는 유일한 이유였기 때문에, 그의 아내는 화제를 바꾸려고 지난 몇 년 동안 기자들이 자신의 남편에 관해 쓴 기사들을 열거하기 시작했다. 그 중 한 명은 그가 완벽한 노벨상감이라고 기사를 썼다, 그는 르노도 상 후보로도 오른 적이 있었는데, 어떤 뒷거래가 있었는지 모르겠지만 최종 수상의 기회를 놓쳤다고 했다. 교수는 실패의 언급에 일종의 쓴맛을 느꼈지만, 겸손한 미소 안에 자신을 가뒀고, 그러면서도 언젠가 자신의 가치를 대중들이 인정해줄 것이라고 확신했다. 내 앞에 어떤 형상이 그려졌다, 한 번도 가까이에서 본 적 없던, 그러니까 인정받지 못한 작가의 그것.

호텔 방에 들어오니 불을 켜놓고 갔는데도 사방에 커다랗고 붉은 바퀴벌레들이 우글거렸다. 그 벌레들은 누군가 자신들을 죽이려는 것을 깨닫는 순간까지 흩어져 있는 것 같았다. 그래서 그들은 고통스러운 경악 속에 꼼짝달싹 못 하다가 주저 없이 달려드는 신발에 죽사발이 되고 말았다. 그들은 아주 잠깐 사이에 인간의 잔인함을 모두 알아버렸고, 바퀴벌레 천국에서 그 일을 증언하게 됐다. 나는 침대 헤드 위에 있는 형광등을 켜두고, 눈꺼풀 위로 쏟아지는 빛을 손으로 가렸다.

다음 날 아침, 내가 교수와 부인에게 아랍 구도시를 구경하기 위해 연락을 하지 않으면, 그들은 2시 반에 나를 데리러 호텔로 오기로 했다. 나는 해변을 향해 걸었다. 하늘이 흐렸다. 해변에 이르러서 돌로 된 난간에 걸터앉았다. 내 바로 뒤에는 가시덤불 속 샘터가 있었고, 몸을 씻으러 온 젊은 남자들이 그곳에 앉아서 물줄기에 머리를 내밀며 흔들었다. 그들은 옷을 빨아서 가시나무 숲에 널기도 했다. 나는 그들의 마른 근육질 상체를 숨어서 훔쳐봤다. 터번을 쓴 노인이 와서 샘에서 물을 받고, 끝도 없이 발을 씻었다. 해변의 아래쪽, 부서지는 파도 근처에서 하얀 수영복을 입은 청년 두 명이 마치 둘 사이에 거울이 있는 것처럼 대칭을 이루고 운동에 열중했다. 그들은 머리를 마주하고 팔굽혀펴기를 하고 있었다. 나는 그들에게 다가가기로 결심했고, 그래서 최대한 눈에 띄지 않게 멀찍이 떨어져 주변을 돌았다. 이번에는 모래사장을 걷기 위해 신발을 벗지 않을 생각이었는데, 아마도 처음으로 모래사장에서 신발을 신고 있었을 것이다. 나는 썰물이 남긴, 너무 빛나는 흔적 또는 너무 물컹한 구역은 피하기 위해 조심했다. 결국은 두 청년을 피해서 아무도 없는 거대한 해변에서 계속 내 길을 걷게 됐다. 그러나 사구 주위에는 잠을 자는 사람들이 몇몇 있었다. 나는 깃발이 흔들리는 전망대를 향해 갔다. 해변에서 깃발을 볼 때마다 어린 시절, 위험한 곳에서 헤엄을 치다가 죽은 이들의 얼굴이 떠올랐다. 모래사장에는 말발굽 흔적이 있었다. 태양이 내리쬐기 시작했다. 전날, 교수의 아내가 말했었다. "어떤 작가의 말처럼 모로코는 뜨거운 태양 아래 있는 차가운 땅이에요." 나는 태양이 내 뒷덜미와 숱이 없는 정수리를 내리쬐는 것을 느꼈고, 그게 따갑게 느껴지기 시작했다. 나는 걸음을 되돌렸다. 흰 수영복을 입은 소년들은 누가 가져가지 못하게 감시하기 위해 파도가 치는 곳까지 가져온 스쿠터 위의 짐들을 정리했다. 태양이 제대로 자리를 잡자, 내가 묵던 호텔 발코니에서 보면 곧 세계의 흑인이 될, 10여 명의 젊은이가 해변 위를 달렸다.

나는 길을 되돌아왔다. 호텔을 지나서 수영장을 향해 갔다. 그 해변에서 기분이 좋았지만 피로가 나를 단념시켰다. 나는 오후의 약속을 생각했다. 그것이 내게 의미가 있는지 없는

지 고심했는데, 마치 그 튀니지 사람이 이미 나를 치료하기 시작한 것 같았다. 나는 다시 강해졌고, 다시 영원했다.

노동자들이 시즌을 준비하면서 겨울의 쓰레기로 뒤덮인 수영장을 쓸고 청소했다. 진홍색 천을 머리에 묶고 모래로 덮인 구멍에서 다시 수영할 수 있는 공간이 나타나도록 힘을 쓰는 노동자들과 윗옷을 벗은 흑인들은 야생의 고고학자 같았다. 첫 번째로 찾아온 백인 관광객들이 바람을 피해 텅 빈 수영장 안쪽에 숨어서 태닝을 했다. 하와이 비치는 태양에 타들어가는 회색 초가집과 함께 가장 황폐한 느낌을 자아냈다. 말라비틀어진 종려나무들이 어떻게 생기를 되찾을 수 있을까. 햇빛은 점점 더 강렬해졌다. 나는 이 산책길에 다시 와서 사진을 찍어야겠다고 생각했다. 호텔로 돌아가려면 다시 지나가야 하는 콘티키는 10년 전 고급 숙박 시설의 천막과 파라솔이 헌것이 되어가는 동안, 낯설고, 고독하고, 굶주린 모든 형상, 떠도는 개들, 털이 빠진 고양이들, 아이들, 운동하는 사람들, 빨래하러 온 노인들을 끌어당겼다. 그들은 모두 해일과 침식의 공조로 권리를 되찾은 유령 같았다.

"자클린이라고 불러주세요. 제 남편은 선생님이라고 부르지 마시고 이브라고 불러주시고요. 저도 에르베라고 부르겠습니다." 교수의 아내가 말했다. 차는 도심을 벗어나 외곽으로 들어갔고, 겹겹이 쌓인 층을 자른 단면처럼 점점 더 서민적인 동네를 지났다. 나는 교수의 아내가, 내가 혼자서 찾아가거나 누군가에게 운전을 부탁해서 갈 수 없도록 일부러 복잡하게 가는 것이 아닐까 생각했다. 나는 긴장했고 배가 아팠다. 냄새가 심했던 양꼬치를 조심성 없이 먹었던 탓이다. 우리는 작고 허름한 3, 4층짜리 건물 주변을 돌았고, 창문에서 떨어지는 물줄기를 피하기 위해 좁은 공간을 따라 걸었다. "욕실 물이 새는 거예요. 우리가 왔던 게 몇 달 전인데, 아직 고치질 않았네요." 교수의 아내가 말했다. 어머니의 치마 끝자락에 바짝 붙은 아이들이 어리둥절한 표정을 지으며 우리를 바라봤고, 우리는 분명 그런 집에 사는 사람들처럼 보이진 않았지만, 세입자들은 우리가 방문한 이유를 알고 있었다. 매일 우리 같은 사람들이 그곳에 모여들었으니까. 튀니지 사람은 각양각색의 사람들을 그곳으로 끌어당겼다.

문에는 핀으로 고정해놓은 종잇조각이 있었다. 손으로 쓴 "튀니지 사람—뤼미에르*"라는 쪽지. 튀니지 사람의 아내는 뤼미에르 부인이고, 그것은 그녀의 성이다. 그들은 튀니지 사람이 열다섯 살, 뤼미에르가 열 살 때 학교에서 만났다고 교수의 아내가 속삭이며 설명했다. 그러다 소식이 끊겼고 각자 결혼해서 이른바, 불행한 결혼 생활을 했는데, 서른 살이 되어서 다시 만나게 됐다. 그 이후로 그들은 학교에서 쓰던 호칭대로 그녀는 성으로, 그는 별명으로, 서로를 뤼미에르와 튀니지 사람이라고 불렀다.

* 뤼미에르는 프랑스어로 '빛'이라는 뜻이다.

나는 튀니지 사람이 주름이 자글자글한, 노인일 것이라고 상상했었다. 가죽 신발을 신고 아주 천천히 미끄러지듯 걷거나 자신의 왕좌에서 이미 불구가 된, 내 손을 잡는 손은 부드럽고 쭈글쭈글하며, 작은 눈은 장난꾸러기 같으면서도 깊고, 모든 것을 초월한 깊은 눈동자를 반짝이며 나를 바라보는 사람. 그러나 문이 열리자 웬 오페라 가수가 나타났다. 가장 화려했던 시절의 루이 마리아노, 조르주 게타리, 루디 히리고엔 같은. 머리끝에서 발끝까지 하얀색으로 치장한 남자였다. 흰 모카신, 하얀색 양말, 딱 붙는 하얀색 바지, 하얀색 셔츠, 큰 코로 짠 하얀 니트, 유일하게 넥타이만 파란색, 손가락에는 다이아몬드와 체인, 금색 팔찌를 하고, 눈부시게 하얀 치아가 보이도록 미소를 지으며, 이마 위로는 목덜미 위에서 앞으로 빗질해 끌어온, 왁스를 바른 긴 갈색 머리 한 가닥이 비스듬하게 내려왔다. 나는 속으로 생각했다. 당신이 암을 고칠 수 있는지 모르겠지만, 머리카락이 나는 마법의 주문은 모르는 모양이라고.

우리는 건물의 초라함과 대조를 이루는 부르주아식 거실에 들어갔다. 나일론 커튼 사이로 넓은 공터가 보였다. 서랍장 위에는 인정을 받고자 하는 마음의 산물인 듯한 사물들이 넘쳤다. 구리로 된 접시, 불필요한 수연통, 작은 양탄자들, 색을 칠한 자기로 된 찻잔 세트, 채색 유리로 된 샴페인 잔. "자, 제 옆에 앉으세요." 오페라 가수가 나를 소파로 밀치며 말했다. 교수와 그의 아내는 비디오테이프 녹화기 근처에 있는 작고 긴 의자에 웅크리고 앉았고, 튀니지 사람은 "우리를 기다리면서 영화를 보시면 되겠어요"라고 했다.

"네, 그런데 먼저 배 아픈 것부터 치료해주세요. 상한 걸 드신 것 같아요. 그냥 두면 안 될 거예요."

교수의 아내가 약간 히스테리를 부리며 말했다.

"그보다 더 심각한 게 있어요. 미리 말하겠지만, 나는 그 바이러스에 대해 아무것도 모릅니다, 알 필요도 없고요. 당신을 보니 이미 지독하게 걸린 것 같으니까요. 그렇지만 당신이 그 병을 털어버리고 이겨낼 수 있도록 해봅시다."

튀니지 사람은 나를 바라보며 말했다.

"난 죽어가고 있습니다. 그래서 이곳에 온 거죠. 힘을 다 썼어요. 근육을 다 잃었고요. 노인이나 다를 게 없죠. 먹을 수도 없고, 음식이 넘어가질 않아요, 아무것도 넘어가질 않는다고요. 시간도, 그 어떤 것도…."

"이미 다 알고 있어요." 튀니지 사람은 이번에는 눈을 찡그리며, 마치 꿰뚫어 보는 것처럼 나를 응시했다. "그렇지만 어쨌든 당신은 아프기 전에도 그저 고통뿐이었어요. 당신은 늘 고통뿐이었죠…. 자, 이리 와요, 나의 아들." 그가 내 허벅지를 때리며 말했다. 그리고 교수와 그의 아내를 돌아보며 "이 사람을 잠시 데려갈게요. 비디오를 보고 계세요. 이 사람과 잠시 시간을 보내겠습니다"라고 말했다.

"얼마든지요. 필요하신 만큼 천천히 보세요. 그렇지만 먼저 이 사람이 먹은 그 빌어먹을 것부터 없애주세요." 교수의 아내가 울먹였다.

튀니지 사람은 나를 좁은 서재로 데려갔다. 마호가니 옷장과 나일론 커튼, 페이퍼 나이프와 봉투가 놓인 빈 책상이 있었다. 벽에는 작은 그림들이 있었던 것 같았는데 자세히 보진 않았고, 옷장 열쇠 위로 단추가 떨어진 셔츠가 옷걸이에 걸려 있었다. 튀니지 사람은 갑작스러운 몸짓으로 내 가슴을 눌러 나를 2인용 소파로 밀치더니 내 왼쪽에 앉으며 말했다 "재킷을 벗으세요." 나는 재킷을 대충 구겨서 오른쪽에 놓고, 미소를 지으면서 속으로는 이것이 손님들을 공중 부양시킨 후에 주머니를 터는, 치료사의 수법이라고 생각했다. 나는 눈을 뜬 채로 소파 가장자리로 고개를 젖혔다. 나는 튀니지 남자가 내 목과 목젖을 향해 손을 뻗는 것을 느꼈으나 접촉은 없었다. "갑상선부터 치료해봅시다." 그가 말했다. 나는 튀니지 사람의 손이 느껴졌다. 나를 만지지도 않았는데, 따뜻한 기운만으로. 나는 그에게 "이 치료를 미리 준비하신 건가요? 내가 오기 전에 미리 생각하신 거예요?"라고 물었다.

"무슨 말인가? 반말해도 이해해주게. 내 아들 같아서. 게다가 자네와 내 아들은 나이도 같다네. 서른넷, 맞지?"

"제 말은 그러니까, 무엇을 하실지 미리 생각하셨던 건가요?"

"전혀 아니네. 솔직히 말하겠네. 낮잠을 자고 있었어. 아이들이 떠나서 아내가 슬퍼했고, 달래줘야 했거든. 그래서 시장에 함께 갔지. 그리고 낮잠을 잤어. 그랬더니 약속한 시각이더라고. 숨을 쉬어봐!"

"부인은 여기 안 계시나요?"

"응, 나갔어. 숨 쉴 줄을 모르시는군. 난 이 바이러스에 대해 전혀 몰라. 한 번도 본 적이 없어. 안 먹혀. 자네가 암에 걸린 사람처럼 느껴지지만, 동시에 모든 게 그 반대야. 암에 걸린 사람과 정반대 같다고. 뭔가 느껴져?"

"아니요."

"머리가 어지럽진 않아?"

"아니요, 따뜻함 느껴져요. 당신의 손에서 열이 나와요."

"열이 아니야. 이건 자성磁性이야."

튀니지 사람은 일어나서 내 앞에 섰고, 나는 내 머리카락 위에 그의 손이 있는 것을 느꼈는데, 때로는 손이 살짝 스치기도 했다가 이어서 관자놀이로 향했다. 몸에 붙는 하얀 바지 속에 있는 그의 성기가 내 입 가까이에 있었고, 나는 소매 없는 하얀 니트 중앙에 묻은 얼룩을 긁은 흔적을 바라봤다. 그 순간 튀니지 사람의 얼굴을 보고 싶었다. 그는 소파 뒤로, 벽을 향해 고개를 돌리고 있었는데, 그가 눈을 뜨고 있는지 감고 있는지, 웃는지 아니면 다른 생각을 하는지, 지루한지 행복한지 알고 싶었다.

"아, 이 바이러스, 지독하네! 무릎 위로 무엇인가 떨어지는 느낌이 드나?"

"아니요, 열기만 느껴져요."

"그 열기가 고환까지 내려갔어?"

"아니요."

"내려갈 거야. 말은 이렇게 하지만, 나 역시 아무것도 몰라. 그렇지만 고환에서 양어지 같은 게 느껴졌어. 그리고 뇌 속에, 저기 뒤에 있는 저 갑상선에서도. 그렇지만 뇌 속에 있는 것은 그저 바이러스의 그림자가 반사된 것 같아. 어쨌든 이 바이러스는 산소를 좋아하지 않네. 깊게 숨을 쉬라고. 한 번 더. 한 번 더 크게. 자네는 숨을 쉴 줄 몰라. 혈액에 산소를 공급하고 있지 않다고. 자네의 폐에는 산소가 부족해. 자네의 뇌도 산소가 부족하고. 그래서 바이러스가 먹어 치우고 있는 거야. 이렇게 깊이 호흡해야 해. 계속은 아니고. 숨이 막힐 테니까. 그렇지만 생각날 때마다, 시간 날 때마다 하루에 30분씩이라도 해야 해. 내려가는 게 느껴지나? 발까지 내려가야 해. 발까지 내려오면 말해주게. 머리가 어지럽진 않고?"

"조금 어지러워요."

"말했잖아. 내가 의사에게 이 바이러스에 대해 말한다면, 산소를 싫어한다고 말할 거야. 이건 직감이야. 이유는 알 수 없지만, 만약 의사가 그게 하나의 발견이라고 받아들일 만큼 멍청하다면, 환자들의 혈액에 산소를 주입하겠지. 나는 그 의사가 환자들을 짐승처럼 죽게 만들 것이라고 거의 확신해."

나는 계속해서 하얀 니트 중앙에 있는 얼룩을 바라봤다. 튀니지 사람의 손바닥에서 나온 열기가 내 몸에 퍼지는 게 느껴졌다. 그는 더 이상 아무 말도 하지 않았다. 눈을 감고 있는 것 같았다. 그러다가 갑자기 속삭이는 소리가 들렸다.

"신이시여, 저를 도우소서. 도와주소서, 신이시여."

나는 그의 표정을 보기 위해 고개를 들고 싶었지만, 그렇게 할 수 없었다. 그는 몸을 일으켜 세우고 나를 소파에 밀어붙였다. 나는 나지막한 목소리로 물었다.

"신을 믿으세요?"

"내가 자네에게 '산타 할아버지, 도와주세요'라고 말하진 않을 거네. 그건 진지하지 못하니까. 그러면 자네는 나를 믿지 못할 거고. 그렇지만 나는 산타 할아버지를 믿어. 그건 달라지지 않지. 살면서 산타를 믿지 않는다면, 우리는 끝장이야. 그렇지만 자네에게 믿으라고 하진 않겠네. 내가 두 사람 몫으로 믿으면 되니까. 특히 쿠에 방식은 안 돼!

"쿠에 방식이 뭔가요?"

"걸핏하면 했던 말을 반복하는 거야. 예를 들면 나는 나을 거야, 나는 나을 거야 같은 거. 그건 스스로 독을 먹는 것이나 다름없지. 시간 낭비야. 숨을 쉬어봐. 이제 내려가나?"

"네, 다리에서 느껴져요."

"발까지 내려가야 해. 몸 구석구석까지 가야 한다고. 이제 이 바이러스를 조금 이해하기 시작했네. 이게 어떻게 움직이는지도 알겠어. 처음에는 길을 잃었어. 망했다고 생각했거든. 우리가 같이 자체 백신을 만들어보자고. 현재는 바이러스가 자네의 모든 분비샘을 장악해서 공격하고 있어. 이 바이러스의 힘을 약하게 해서 자네를 위해 일하도록, 항체를 만들어내는 리듬을 되찾을 수 있게 하는 거야. 프로세스를 뒤집는 거지. 해보자고. 잘된다는 보장은 없지만, 어쨌든 자네는 이겨낼 거야. 느껴져. 자체 백신이 성공하지 못한다고 해도, 효과가 있는 뭔가를 찾아낼 때까지 버틸 수 있도록 내가 자네를 재충전시켜줄 거야. 이 바이러스에 대해 말이 많지만, 아직도 제대로 밝혀진 것은 없어. 처음 이야기를 들었던 게 80년 혹은 81년도였을 거야. 목사인 친구가 신이 내리는 벌이라고 말했지. 나는 그에게 '당신은 멍청하군요'라고 말했네. 다시는 그를 보지 못했어. 숨을 깊게 쉬어봐. 나는 자네의 책을 읽어보지 못했어. 자네의 이름이 뭔지도 모르고. 그렇지만 자네를 티브이에서 봤으니 이제 자네는 나의 아들이네."

"아드님은 어디서 사세요?"

"미국. 내 아들은 괜찮아. 건강하네."

그는 다시 입을 다물었다. 그러다가 여전히 내 위에 서 있던 그의 속삭임이 들렸다.

"자, 꺼지라고. 이 더러운 바이러스야, 저리 가! 신이시여, 우리를 도우소서."

다시 침묵이 찾아온 후에 그가 말했다.

"뇌막염은 5분이면 됐는데, 자네는 더 오래 했어. 뇌막염이 걸린 아이를 데려왔을 때는 5분 만에 떠났지. 병이 다 나았어. 암도 결석도 잦은 폐렴도 치료했는데…." "아이들을 치료하는 것을 좋아하세요?" "아니, 노인이나 똑같지. 노인도 한때는 어린아이였었으니까." "언제부터 치료사가 됐어요?" "아주 어릴 때부터. 이 말은 누구에게도 한 적 없는데, 내가 일곱 살 때 성모를 봤어." "성모는 어땠나요?" "아름다운 아랍 여인이었지.

학교에서 돌아와서 욕실에서 손을 씻으려고 했는데, 아랍 여자가 거기 있었어. 벽에서 나와서 내게 말을 걸었어. 나는 대답했고. 엄마가 욕실에 들어오시다가 내가 벽과 대화를 나누는 것을 보고 실신하셨어." "성모를 다시 보셨어요?" "응. 두 번. 그러고 나서는 다시 못 봤어. 열두 살이 될 때까지는. 그런데 이번에는 내가 몸이 굳어버렸어. 마비가 왔지. 몇 주 동안 말을 하지 않았고…." 튀니지 사람은 다시 내 왼쪽에 앉아서 한쪽 손은 내 고환에, 다른 손은 내 목 가까이에 대고, 내 턱을 당겨 뒤로 밀었다. "숨을 깊게 쉬어야 해. 들어간 게 느껴져. 배터리가 완전히 방전됐던 거야. 내가 다시 충전하고 있네. 자체 백신으로 바이러스가 자기 자신을 먹어 치우게 해볼 거야. 하나의 이미지일 뿐이지만, 마치 약간 전갈이 자신의 꼬리를 공격하는 것처럼…. 마그네슘을 먹어봐. 숨을 쉬고, 우리가 시간을 정해서, 예를 들면 일주일에 한 번씩, 자네가 원하는 시간에 내 생각을 하면서 물 한 잔을 마시는 거야. 나는 자네에게 집중하고…. 어느 날 자네가 나를 가까이에서 본다고 해도 무서워하지 말게. 자주 있는 일이니까. 자네가 나를 가까이에 있는 것처럼 본다면 그것은 자네가 완전히 나았다는 신호일세. 다시 깊게 숨을 쉬어봐. 자네를 여기서 구해줄 거야." "이브와 자클린은 당신이 보통 물을 마시게 한다고 했어요." "응, 아주 어렸을 때, 열네 살쯤에 동료들을 치료하기 시작했을 때는 물을 마시게 했지. 이유는 모르겠어. 그러다가 신약을 읽으면서 깨달았는데, 거기에 치료사가 나오거든. 어떤 복음서에는 '병을 고치는 사람이었다'라고 적혀 있고, 다른 복음서에는 똑같은 사람을 두고 '물을 마시게 하는 사람이었다'라고 적혀 있어. 느낌이 어떤가?" "좋아요. 아주 좋습니다." "자네는 이겨낼 거야. 두고 보게. 내가 늘 이런 말을 하는 것은 아니야. 실패도 하지. 얼마 전에도 실패했어. 만성 폐렴으로 죽어가는 여자였는데, 내가 치료를 했어. 몇 달 걸렸지만 회복됐어. 내가 좋아했던 여자였지. 부활절에 함께 예배를 드리러 갔어. 그녀가 내 옆에 있었고, 교회에서 나오면서 그녀가 '승리의 날이네'라고 말했지. 그리고 갑자기 쓰러져서 뻣뻣하게 죽었어. 심장마비였거든. 그건 상상도 못했어." "마그네슘은요?" "그건 늘 좋아. 환자마다 상황이 다르긴 하지만, 마그네슘을 복용하게 하지. 어떤 것이든 상관없이, 가난하면 감자라도 먹게 하고. 바나나도. 바나나는 참 좋아. 자, 자네의 얼굴을 보게. 자네가 왔을 때와는 다른 얼굴을 하고 있네. 보고 있자니 기쁘군. 느낌이 어때?" "머리서 발끝까지 구석구석 퍼지는 느낌이에요. 너무 세진 않고, 살짝 퍼지는 느낌이요." "이리 오게. 자네 얼굴을 보여주지." 그는 나를 욕실로 데려가서 거울을 들이밀었다. 나는 그에게 몇 달째 나 자신을 볼 수 없었으며 육체적으로 받아들일 수 없었다고 말했다. 그러자 그가 내게 말했다. "자네 자신을 새롭게 볼 수 있을 거야."

나는 거울 속에서 환각제에 중독된 것처럼 완전히 망가진 얼굴을 하고서 만족해하는 사람을 희미하게 알아봤다.

튀니지 사람은 부부가 있는 곳으로 나를 데려갔다. 그들은 한 시간 동안 추위를 타는 참새처럼 소파에 나란히 붙어 앉아 꼼짝도 하지 않고 있었다. 그들은 비디오를 보지 않았고, 신을 믿진 않지만 기도했다.

"우리 아들을 보세요. 보기 좋지 않습니까? 그렇게 생각하지 않아요?"

튀니지 사람이 말을 걸었다.

나는 비틀거리며 걸었고, 휘청거리면서 바보 같은 미소를 지었을 것이다.

"어땠어요?" 교수가 물었다.

"치료할 거예요. 그는 이겨낼 겁니다." 튀니지 남자가 말했다.

"장은 어때요? 어떻게 좀 해보셨어요?" 교수의 아내가 물었다.

"이 친구의 상태에 비하면 그건 아무것도 아니에요. 나를 믿어요. 이 바이러스는 고약합니다. 이런 건 한 번도 본 적이 없어요. 악랄하죠."

"부인은 안 계시나요?"

"네. 나갔어요…. 아니, 사실은 나가지 않았어요. 사실대로 말할게요. 여기 있는데, 이 사람을 보고 싶어 하질 않네요. 티브이에서 봤거든요. 베르나르를 닮았다고 했죠. 아내가 그를 보면 집착하게 될 거예요. 떠나게 두지 않을 겁니다. 아내는 방에 숨어 있어요. 당신들이 오기 직전에 아내가 이 사람을 치료하지 못하면 절대 용서하지 않을 거라고 말했어요. 이해가 되나요? 30년째 함께 산 여자가, 티브이에서 본 낯선 남자 때문에 협박한다는 게. 그렇지만 난 실패하지 않을 거예요." 그는 웃으며 말했다. "게다가 당신은 베르나르를 닮지 않았어요. 그렇지만 아내가 그렇다고 생각하기 시작하면…."

그는 찬장 위에 있는 사진을 가져와 내게 보여주며 말했다.

"내 말에 맞죠. 닮은 곳이 하나도 없잖아요."

나는 결혼식에서 하얀 드레스를 입은 젊은 여자와 그 옆에 스리피스 정장을 입은 금발의 남자아이를 발견했다.

"이분을 다시 보셔야 하나요?" 교수의 아내가 긴장하며 말했다.

"아니요, 그럴 필요 없어요. 충분합니다. 물론 다시 보고 싶긴 하죠. 이곳에 매일 오셔도 좋아요. 언제나 환영입니다. 이제 이 사람은 내 아들이거든요."

"저는 내일 탕헤르로 떠납니다."

나는 말했다.

"탕헤르에 가도 괜찮을까요?"

교수의 아내가 더욱 불안해하며 물었다.

"물론이죠. 기분 전환이 될 거예요. 정 불안하시다면 떠나기 전에 한 번 더 보기로 하죠. 언제가 좋아요?"

"월요일이요."

나는 가장 근접한 날을 제안했다.

"좋아요. 월요일 오후 3시. 이번에는 내가 당신 집으로 가겠습니다. 괜찮은가요?"

튀니지 남자가 물었다.

"내무부 장관이 됐다는 제자와는 연락이 됐고요?"

교수는 난처한 표정으로 횡설수설 주절거렸다.

"그의 아내와 직접 통화를 했는데, 마치 제가 방해하는 것처럼 말하더군요."

"그런 사람들은 언제나 그렇죠."

튀니지 사람은 그런 방식에 희망을 거는 일을 포기했다는 듯이 무심하게 말했다.

우리는 튀니지 사람과 헤어졌다. 나는 그가 정말 좋았다. 나는 뤼미에르 부인이 어둠 속에서 침대에 누워 베개를 베고 있는 모습과 닫힌 문의 문고리를 상상했다.

그러니까 나는 다음 날 탕헤르로 떠나겠다고 말했다. "토요일에 탕헤르로 가는 비행기가 없을까 봐 걱정이에요." 교수의 아내가 말했다. "어머니가 언니를 만나러 자주 가셔서 잘 알거든요. 그렇지만 집으로 오셔서 점심을 드시면 되잖아요. 맛있는 전통 요리를 준비시켜놓을게요. 모로코 요리를 좋아하세요? 평소처럼 오후 12시 반에 당신을 데리고 우리 집으로 오려고요…."

리셉션을 지나면서 내일 탕헤르로 가는 비행기가 있느냐고 물었고, 매일 세 대가 있다는 답변을 받았다. 나는 바퀴벌레를 꽤 많이 죽였고, 덧창은 닫히지 않았으며, 밤은 끔찍할 정도로 습하고 추웠고, 청소부는 내가 가장 필요한 순간에 욕실에 있는 수건을 모두 가져가버렸으며, 침대 커버를 접어 매트리스 밑으로 집어넣는 바람에 몸의 반이 담요의 까칠까칠한 부분에 닿았다. 아침에는 잼 없이 식사를 가져다줘서 항의를 했더니, 잼이 없다는 대답을 들었고, 전날 저녁에도 생수 한 병을 구하는 게 불가능했다. 나는 이 호텔을, 아무것도 이해 못 하는 직원들을, 밤에 바퀴벌레들이 돌아다니지 않게 내 얼굴을 정면으로 비추는 저 등을 더는 견딜 수 없었다. 달아나야 했다. 다음 날 아침, 탕헤르로 떠난다고 확실히 말하기 위해 교수의 아내에게 전화를 걸어서 점심을 다음 날로 미룰 수 있겠냐고 물었다. 떨어져 있지만 불만 가득한 찡그린 얼굴이 느껴졌다. "떠나시지 못할 거예요. 지금 여행사와 통화를 하고 있었는데, 비행기가 모두 만석이라고 하더군요." 그녀가 말했다.

"저는 떠날 겁니다. 공항에 갈 거예요. 비행기 세 대 중에 자리 하나는 찾을 수 있겠죠."

"편하실 대로 하세요."

그녀는 냉담하게 전화를 끊었다.

그리고 5분 후에 다시 전화를 걸어 아주 다정하게 말했다.

"여행사와 합의를 봤어요. 잠시 후 떠나실 수 있대요. 좌석 하나를 예약했어요. 공항으로 모셔다드릴게요. 모르는 일이잖아요. 라마단 기간에는 사람들이 광기를 부릴 수도 있어요. 이브는 같이 못 가고요. 어제 아침에 새 책 작업을 시작했거든요. 일을 조금 더 하고 싶다고 해서…."

공항에서 교수의 아내는 나와 함께 내 짐을 들고 창구를 돌며 불확실한 정보를 확인하고 마지막 게이트까지 나를 데려다줬다. 그 여자는 매력적이었지만, 나는 그 여자와 헤어질 수 있어서 마음이 놓였다.

"내일 저녁에는 모시러 올 수 없을 것 같아요. 엄마를 돌봐야 하거든요. 비행기 도착 시각이 식사를 챙겨드려야 하는 시간이라서."

그녀가 말했다.

테오는 내게 탕헤르로 떠나고 싶은 욕구를 줬고, 그 호기심이 치료사를 만나러 카사블랑카에 간다는 결정을 하는 데 이바지했음을 인정해야 할 것이다. 내 책은 한동안 내가 보지 못했던 많은 친구를 다시 만나게 해줬다. 나는 테오와 점심을 먹었고, 이유는 모르겠지만 그가 내게 탕헤르에 관해 이야기했다. 그는 내게 말했다. "매우 신비하고 아름다운 도시야. 세기 초에 설립된 진짜 유럽 도시지. 스페인을 마주하고 있고, 지브롤터 협곡도 보여. 관광객들을 위한 예쁘고 인공적인 보물인 숨 막히는 다른 모로코 도시들과는 달라." 그는 탕헤르의 유일한 문제는, 어디에나 있는 폴 볼스*를 마주치지 않기 위해 카페 사이로 요리조리 피해 다녀야 한다는 것뿐이라고, 웃으며 말을 이어갔다.

"좋은 호텔을 알고 있나?"

"응. 민자Minzah라고, 오래된 호텔이야."

오랫동안 더는 누구도 내게 다시 여행을 떠나고 싶은 욕구

* 미국의 소설가 겸 작곡가. 아프리카에서 사는 서양인의 모습을 그린 소설을 썼다. 대표작으로는《마지막 사랑》《거미의 집》《퍼부어라》가 있다.

를 일으키진 못했었다. 귀스타브와 로뱅이 그들과 함께 태국에 가자고 했을 때도, 안나의 스페인도, 다비드의 브라질도 마찬가지였다. 여전히 나를 조금은 꿈꾸게 하는 유일한 풍경은 끝없이 펼쳐진 푸른빛의 가시덤불이 있던, 몹시 추웠던 장밋빛 고장, 일본에 가는 길에 북극의 그 고장 앵커리지에 비행기가 잠시 착륙했었는데…. 낮이 없고, 아침부터 저녁까지 네온이 반짝이며, 안개로 뒤덮인 밤의 도시. 나는 여행을 떠나고 싶어 죽을 지경이었다. 그러나 테오의 짧은 이야기에 아주 매력적이라고 할 만한 것은 아무것도 없었다. 아마도 그 때문이었을 것이다. 그 뒤에 교수에게서 편지가 와서 지도에서 카사블랑카와 탕헤르의 거리를 찾아보기 시작했었는지도, 어쩌면 그것만을 기다리고 있었기 때문에 다시 여행하고 싶은 마음이 들었던 것인지도.

탕헤르 공항에서 운 좋게도 매우 부지런한 젊은 택시 기사를 만났다. 탕헤르 주변의 시골은 석양이 눈부시게 아름다웠고, 매우 푸르렀고, 상쾌했고, 달콤했으며, 눈을 편안하게 했고, 노란 들판은 배를 쓰다듬어달라고 내미는 어린 동물의 털 같았다. 택시 기사는 내가 방을 예약한 민자 호텔 앞에 나를 내려놓았다. 나는 그에게 다음 날 5시에 나를 공항까지 데려다달라고 부탁했다. 내 예약을 받은 문지기 카루프는 내게 스위트룸을 제안했고, 나는 그 방을 본 후, 종려나무 뒤, 지브롤터 해협 방향으로 커다란 기중기선이 보이는, 더 작은 방을 선호한다고 말했다. 밑에서는 투숙객들이 수영장을 에워싸고, 마지막 햇빛을 받기 위해 긴 의자를 옮겼는데, 누구 하나 예외 없이 못생겼다. 나는 짐을 내려놓자마자 신도시로 올라갔다. 키가 크고 마른 남자가 성큼 걸어와 내게 무례하게 접근했고, 내가 그에게 '슈크란*'이라고 말하자, 그는 낄낄거리며 "슈크란이란 말을 할 줄 아는군. 아랍인은 싫어?"라고 했다. 나는 조금 거칠게 그의 팔을 치웠던 것 같다, 그는 여러 번 나를 붙잡았다. 메디나**로 내려오자, 늘 그렇듯 놀랄 정도로 강렬한 냄새와 색, 가벼운 스침, 시체, 아름다움, 부패가 있었다. 아주 어린 아이들이 군중들 사이로 슬며시 들어와서 어느 구멍가게에서나 물건을 담으라고 주는 검은 봉지를 팔았다. 나는 도시를 지나다니는 모든 아랍인들의 손에 봉투가 들려 있는 것을 봤고, 그 이후로는 나 역시 호텔을 나설 때마다 그 검은 봉투를, 텅 비어 있을 때도 비밀번호처럼 들고 다녔고, 그러자 더 이상 아무도 내게 갑자기 다가와 말을 걸거나 팔을 붙잡지 않았다, 나는 어디든 갈 수 있었다.

민자 호텔의 무어 식당에서 혼자 밥을 먹었다. 미국인 커플, 가족들이 있었고, 쿠스쿠스는 잘 넘어가지 않아서 불라우안느 로제 와인을 조금 홀짝이며 억지로 삼켰다.

티브이에서는 한 스페인 채널에서 지구의 환경 파괴로 일어나는 일들을 보여줬다. 오존층, 점점 더 뜨거워지는 태양, 사

* 아랍어로 '감사합니다'라는 뜻이다.

** 회교도 거주지.

라지는 물, 나무의 죽음. 그리고 화면에 '혈관 속 죽음'이라는 글자가 나타났는데, 헤로인의 심각한 폐해를 다룬 르포르타주로, 트럭에 숨긴 카메라가 딜러 혹은 딜러를 연기하는 배우들이 돌아다니는 거리를 찍었는데, 그들은 카메라를 발견하는 즉시 고개를 돌리는 척했다. 오후에는 탕헤르 극장에서 영화 〈결사대〉를 상영하는 것을 봤다. 마침내 편안한 침대, 으깨진 바퀴벌레 없는 깨끗한 이불 속에서 더는 어둠을 무서워하지 않아도 됐다.

다음 날 아침, 손에 텅 빈 검은색 비닐봉지를 들고 아랍 도시로 되돌아갔다. 나는 지브롤터 협곡 위로 우뚝 솟은 작은 노대까지 갔고, 그곳에서 정박지에 하얀색 여객선들이 들어오는 것을 봤다. 배들이 사이렌을 울렸다. 노대에는 두건이 달린 외투를 입고, 그늘 혹은 햇빛에서 졸고 있는 노인들밖에 없었는데, 그들은 그곳에서 그저 시간이 흐르기를, 집 뒤로 해가 넘어가기만을 기다렸다. 아주 어린 아이들은 공을 가지고 달리고, 소리치고, 난간에서 뛰고, 부동의 자세로 있는 노인들 앞에서 욕설을 내뱉으며 거칠게 놀았다.

나는 익숙한 공간처럼 단번에 알아본 그 노대에서 내 존재를 알아차리지 못한 사람들 사이에 앉았다. 죽음을 앞둔 생명처럼 때로는 움직임이 없고, 팽창했다가 빠르게 변하는 이 신비로운 날씨와 완벽한 조화를 이루는 장소였다. 나는 내가 있는 노대에 괴물들과 절름발이, 다리가 하나밖에 없는 사람들, 레이스가 달린 하얀 양말에 몸에 꼭 끼는 옷을 입고 몸을 흔드는 어린 시녀들이 다닌다는 것을 알게 됐고, 내가 그들 사이에 있다는 게 어울린다고 생각했다. 나 역시 괴물이었으니까. 오후에는 내게 혐오감을 일으키는 사람들이 있는 수영장 부근에서 쉬는 대신에, 다른 노인들처럼 몇 시간 동안 음지에서 양지로 다시 양지에서 음지를 통과해 노대로 되돌아갔다. 나는 매우 특별한 우아함을 지닌 네다섯 살쯤 된 소년을 응시했다. 잠수 인형 같은, 엄청나게 쾌활하다가 누구에게도 비할 수 없을 만큼 우울해지는 아이, 어쩌면 광대의 거짓 꾸밈이었는지도 모르겠다, 아이는 지난해 달력과 올리브 나뭇가지가 삐져나와 있던 속이 빈 나뭇조각을 가지고 놀고 있었다.

호텔 문지기가 내게 메시지를 전달했다. 교수의 아내가 지난번 말했던 것과는 다르게 공항으로 나를 데리러 오겠다고 알렸다. 자, 부모님을 대신하려는 사람들과 함께 하는 우울한 저녁 식사를 위해, 악랄한 인간 때문에 절망한 바퀴벌레를 위해, 대서양의 멈춤 없는 소란을 위해 나는 다시 떠났다. 치료사를 다시 보고 싶지 않았다.

택시 운전사는 약속한 시각에 나를 기다리고 있었고, 탕헤르와 공항 사이의 시골 풍경은 올 때만큼이나 아름다웠다. 그 택시 운전사는 자신의 이름을 말해주면서, 언제든 탕헤르에 오는 것을 환영한다고 덧붙였다. 나는 너무 일찍 도착해서 이륙장에 솟아오른 노대 위에 올랐지만, 작은 사람도 뚱뚱한 사람도 아무도 보이지 않았다. 태양 아래, 벽에 등을 기대고, 종려나무

사이로 해가 사라지는 것을 기다렸다. 태양은 부드럽고 따뜻했고 불그스름했으며, 나는 튀니지 사람이 시킨 대로 숨을 깊게 들이마셨다. 나는 내가 살 것이라고 확신했다.

4월 23일 월요일, 점심시간에 교수와 그의 아내가 내게 집을 구경시켜줬다. 그들은 문을 여닫으면서 이미 점심을 챙겨드린, 모습을 드러내길 원하지 않던 자클린의 어머니와 마주치지 않게 조심했다. 교수와 그의 아내는 50년대에 지은 타워형 아파트의 꼭대기 층에 살았는데, 카사노바의 전경이 한눈에 들어오는 옥상도 딸려 있었다. 그 집은 내가 한 번도 본 적 없던 가장 괴상하고, 가장 미친 장소 중 하나였는데, 루이 13세 혹은 총재 정부 시절의 클래식한 가구들이 뒤섞여 있고, 붉은 벨벳 소파, 크리스털 샹들리에, 은촛대, 긴 의자, 인조 표범 가죽을 덮은 닫집 침대, 밀림을 그린 벽화와 베르베르 가구, 복도에 재현한 작은 알람브라 궁전이 있었다. 교수의 아내는 노년을 생각해야 하는데 싸구려 물건에 돈을 너무 많이 썼다고 걱정했지만, 교수는 그가 직접 꾸민 실내 장식을 매우 자랑스러워했다. 발코니에는 금붕어가 사는 수족관과 10년째 늙은 정원사가 가꾸고 있는 여러 식물이 있었다. 부부가 고용한 정원사는 부부에게 줄곧 말했다. "당신 유럽인들은 인생을 몰라요. 늘 일만 하고, 뭔가에 바쁘고 여기저기 뛰어다니죠. 그럴 바에는 낮잠을 자는 게 나을 겁니다. 인간은 일하려고 태어난 게 아니라 쉬려고 태어난 거예요. 나를 봐요. 이 나이에도 건강하잖아요. 두 사람 모두 당신들의 일 때문에 나보다 일찍 죽을 거라고요." 발코니부터 교수를 따라 아파트를 구경하는데, 그가 내게 커튼이 드리워진 방 두 개를 가리키며 말했다. "딸이 이 집에 드나들 때만 해도 저 방은 딸 방이었죠. 이제는 딸이 우리를 보러 와도 호텔에서 자길 원해요…. 그리고 저기는, 장모님 방이에요." 그가 속삭이며 말했다. "끔찍한 양반이죠. 예전에는 멋진 여자였는데, 이제는 우리를 학대해요. 자살할 거라고 협박하죠. 저기 계시네요. 가운 차림이라서 당신을 보고 싶어 하지 않아요. 아주 우아하고, 멋을 부릴 줄 알았던 여자였는데, 이제는 꾸미지 않으세요. 간호사가 주사를 놓아주기만을 기다리죠. 주사를 맞기 전에는 늘 지나치게 예민해요…." 우리는 식탁에 앉았고, 교수는 다양한 재료를 듬뿍 넣은 샐러드를 준비했는데, 오전 내내 장모의 불평을 들으며 요리하느라 원고를 쓸 수 없었다고 했다. 그의 아내는 종을 울려서 모로코 하인을 불렀다. 부부는 고기가 맛없다고, 분명 신선하기는 하나 너무 질기다고 말했고, 교수가 장을 봤는데, 다음번에 정육점 주인에게 말해야겠다고 했다. 점심을 먹은 후, 부부는 내게 튀니지 사람이 올 때까지 닫집 침대에 누워 있기를 권했고, 나는 거절했다. 교수는 안경을 쓰고, 그의 서재에서 나를 위해 자신의 책 중에서 가장 아끼는 책을 골라 사인하는 데 열중했다. 그는 문 뒤에서 들리는 엘리베이터 소리에 귀를 기울이고, 자주 시계를 보며 걱정스러운 말투로 말했다. "약속을 잊지 않으셨겠죠. 그럴 리는 없겠지만, 마지막 순간에 환자들에게 붙들려서 늦으실 때가 있어요. 걱정하지 마세요." 3시 정각에 뒤니지 사람이 문을 두드렸다. 이번에는 뤼미에르 부인과 함께였는데, 그녀는 매우 아름답고, 빛이 났으며, 광대뼈가 솟았고, 살짝 은빛이 도는 머리카락에 햇볕에 그을린 팔은 통통했으며, 싸구려 물건으로 꾸미거나 화장하지 않아도 젊어 보였다. 즐거운, 사랑받는, 행복한 여자였다. 나는 뒤니지 사람과 뤼미에르만큼 그토록 커다란 사랑을 외설적이지 않게 발산하는 커플을 본 적이 없었다. 정말 아름다웠다. 그들은 거의 초자연적인 한결같음으로 가식과 배덕 없이 그들의 자녀들을 함께 돌봤다. 그들은 그녀가 열 살 때, 그가 열다섯 살 때 그랬던 것처럼 계속 서로를 바라봤고, 그 변함없는 시선에는 거짓이 없었다. 뒤니지 사람은 이번에는 여러 색깔이 섞인 나일론 소재의 스포츠 점퍼를 입고 단추를 반쯤 푼 셔츠에 늘 그렇듯 딱 붙는 바지를 입고 있었다. "지난번보다 나아졌나?" 그가 내게 물었다. 그리고 사람들을 향해 고개를 돌리며 말했다. "자, 이 사람을 데려갈게요. 지난번처럼 다시 기운을 불어넣어 줄 거예요. 제 아내와 대화를 나누고 계세요." 우리는 다시 서재로 왔다. 뒤니지 사람은 나를 소파로 밀쳤고, 내 왼편에 앉아서 한 손은 내 목 근처에 대고, 다른 한쪽 손은 목덜미에 가져다 대면서 말을 걸었다.

"탕헤르는 좋았어?"

나는 딱 한 번을 제외하고는 검은 봉투 덕분에 불편하지 않았다고 이야기했다.

"가난이 수치스러운 짓을 하도록 몰아가는 거야. 그렇지만 모로코는 약간의 온기와 생기가 남아 있는 마지막 나라지. 가난하기 때문이야. 가난 때문에 서로를 돕지. 프랑스는 구두쇠처럼 아끼는 국가가 됐고, 저금밖에 말할 줄 몰라. 자몽을 낱개로 팔고 말이야…." 그가 말했다.

"이탈리아는 여전히 조금은 따듯해요."

"아니, 이탈리아도 끝났어."

이번에는 시선을 고정할 옷걸이에 걸어둔 셔츠도, 흰 니트의 얼룩도 없었다. 나는 시선을 둘 곳이 없어 눈을 감았다. 튀니지 사람은 자리에서 일어나 내 앞에 서서 내 머리 위로 손을 올렸다. 그가 속삭이는 소리가 들렸다.

"나의 아들아, 내가 네 안으로 들어가니… 우리의 주, 예수 그리스도의 이름으로, 내가 너를 낫게 하노라."

우리는 이번에도 한 시간 동안 함께 있었다. 나는 그에게 프리메이슨이 어떤 의미인지 물었고, 그는 이렇게 대답했다. "광장, 모임. 모든 다양한 형태의 숭배. 네가 백인이든, 흑인이든, 유대인이든, 아랍인이든, 황인이든, 늙은이든, 가난하든, 부자든, 네가 싸움을 걸지 않는다면 너는 내 형제고, 그래서 나는 내 길을 가고, 너와 어떤 일로 엮이는 것을 원하지 않고. 그렇지만 어린 시절의 친구들이 모이는 것처럼, 우리도 해마다 모이는 거지. 계속 보고 지내는데, 그게 나한테는 프리메이슨 그 자체보다 더 중요해. 물론 조금 슬프기는 하지. 늙어가는 것을 보고, 다른 사람의 주름을, 배가 나온 것을 보면 나는 그렇게 보이면 않으면 좋겠다고 생각하고…."

그는 말했다. "모로코에서는 치료사를 좋아하지 않아. 그렇지만 내가 정부와 잘 지낼 수 있다면, 언젠가 치료 타운을 만들고 싶어. 병원을 말하는 게 아니라, 사람들이 치료하러 오는 진짜 마을 말이야…."

"아침부터 저녁까지 방마다 뛰어다니셔야겠네요…."

"그럴 필요 없어."

그가 말했다.

"그러니까 커다란 치유의 공간이라…."

"그래, 자네는 다 이해했군…." 그가 말했다.

나는 그에게 다른 치료사를 만나는지 물었다.

"아니, 피하지. 난 그들이 싫어. 그 사람들은 돈만 생각하거든. 모두 무능해. 그들 중 한 명을 만나면, 동업을 제안하지. 내게 이렇게 말해. '우리 둘이면 하루에 5백만은 벌 수 있을 겁니다' 그들이 관심 있는 건 그것뿐이야. 돈, 돈. 아니, 내가 좋아하는 건, 1년에 한 번 아내의 가족을 보러 알자스에 갈 때지. 내가 마치 신이라도 된 것처럼 사람들이 나를 보러 와. 1년 내내 나를 기다리지. 도처에서 오고. 그래서 너무 즐거워. 있는 힘을 다해 아침부터 저녁까지 치료해줘. 나는 그게 좋아. 거기 사람들은 술, 화주를 만드는데, 치료를 해줘서 고맙다고 술을 들고 오는데, 너무 많아서 어디에 둬야 할지 모를 정도라고. 나는 한 번도 돈을 받은 적이 없거든…."

튀니지 사람은 나를 데리고 다시 거실로 갔다. 머리서부터 발끝까지 몸에 열이 퍼진, 이전과 같은 느낌이 들었다. 나는 뭐미에르 부인에게 물었다.

"저분은 열다섯 살에도 치료를 했나요?"

"그런 말을 한 적은 없었어요. 저도 몰랐고요. 그렇지만 그의 옆에 있으면 편안한 느낌이 들었죠. 그와 함께하고 싶었어요. 뭔가 안심이 됐거든요. 이유는 알 수 없었지만…."

나는 그들에게 가장 아름다운 성경 구절이 무엇이냐고 물었다.

"십계명이요."

튀니지 사람이 대답했다. 그리고 그의 아내는 "아가서요"라고 했다.

교수의 아내는 가장 절친한 친구의 배신을 이야기하던 중이었다. 극적인 면도 특별한 사건도 없는 배신이었다. 어느 날 갑자기 설명 없이 사라지는 순수하고 단순한 버림, 나는 내 옆에 앉아서 공손하게 귀를 기울이던 튀니지 사람이 그 이야기를 지겨워한다는 것을 느꼈다. 그것은 그가 대화하는 방식이 아니다. 그는 간절히 소통하길 원하고, 대화를 하고 싶은 마음에 안절부절못했다. 그래서 그는 다른 사람들 앞에서 옆으로 팔을 벌려 내게 온기를 옮겨줬다. 놀라운 광경이었는데, 사람들은 아무것도 보지 못한 척했다. 내가 일주일 전에 이 잡다한 가구들이 있는 거실에서 이 사람들과 함께 스포츠 점퍼를 입은 낯선 남자가 목을 만지도록 허락하고 있는 내 모습을 봤다면, 나는 아마 미치광이들의 집에 걸려든 것으로 생각했을 것이다.

"그렇지만 우리는 미치광이들이에요."

내가 그 말을 하자 교수가 살짝 웃으며 말했다. “튀니지 사람의 어머니는 자신이 마리 앙투아네트의 환생이라고 생각해요. 어쩌면 루이 17세가 당신을 치료한 것인지도 몰라요….” 튀니지 사람과 뤼미에르는 떠나면서 매우 따뜻하게 내 볼에 키스를 해줬다. 뤼미에르는 내게 말했다. “신이 당신을 지켜주기를.” 살면서 처음 들어본 말은 아니지만, 지금껏 그 말이 그토록 의미 있게 다가온 일은 한 번도 없었다. 나는 처음으로 그 말을 이해할 수 있었다.

나는 해변을 다시 찾았고, 그곳에는 운동하던 몇몇 남자들을 제외하면 여전히 아무도 없었다. 어떤 남자가 와서 옛 콘티키호에서 허물어진 포석 위에서 혼자 운동을 했다. 그는 바다를 마주하고 허공에 주먹을 날렸다. 부리가 길고 작고 반짝이는 하얀 새들이 무리 지어 파도에 닿을 듯 말 듯 날거나 눈부신 햇살처럼 물가를 종종 걷더니, 하늘로 날아올라 빙빙 도는 바둑판처럼 동시에 몸을 회전하더니 시야에서 사라졌다. 나는 발바닥의 오목한 부분에 모래가 닿았으면 싶어서 바닥에 앉아 신발과 양말을 벗었다. 나는 내가 일어날 수 없다는 사실을 깨달았다. 잡을 손잡이가 없었고, 힘이 없는 내 두 다리로 일어서기 위해 매달릴 만한 것이 아무것도 없었다. 바다를 마주한 그 거대한 공간의 공허함 그리고 자리에서 일어나기 위해 꽃게처럼 움직이는 나, 균형 잡기 까다로운 자세로 버티던 젊은 남자들은 왜 서른 넘은 남자가 저런 식으로, 저렇게 늙은이처럼 꼼짝 못하는지를 이해하지 못했고, 궁금해했다. 나는 뤼미에르 부인의 표현을 빌려 모래 위에 '신이 우리를 지켜주기를'이라고 적었다. 그렇지만 그 표현을 이해했는지 더는 확신할 수 없었다. 그사이에 의미를 놓쳐버린 것이다. 다시 양말을 신으려고 했을 때는 내 발이 중유로 뒤덮여 있는 것을 깨달았다.

"오늘 저녁을 운명의 밤이라고 부르죠." 교수는 발코니에서 그림자도 보이지 않는 텅 빈 도시를 가리키며 내게 말했다. "라마단이 끝나기 전날에는 사람들이 집에 가서 허기를 달래고, 밤새워 기도하기 위해 사원으로 다시 나가요." 카사블랑카는 저녁이 되면 처음 불을 밝히는 조명들로 푸르스름한 빛이 돌았고, 텅스텐 가로등의 노란 불빛에서 아지랑이가 새어 나왔다. 아무리 멀리 봐도 도심에서 바다를 향해 별 모양으로 뻗어나가는 대로에는 자동차도, 오토바이도, 행인 한 명도 보이지 않았다. 도시는 마치 원자폭탄이 터진 후에 고혈을 짜낸 모습 같았다. 밤이 됐다. 집에서는 노파와 마주치지 않도록 신경 써서 방문을 닫아야 했다. "나는 그 노인네를 미워합니다." 교수가 신경과민으로 땀을 흘리며 내게 속삭였다. 부부는 생선 요리 전문 식당인 라메르에 나를 데려가고 싶어 했다. 그곳은 등대 아래 넓게 펼쳐진 황무지에, 사우디 왕자의 사원 그리고 신축 중인 왕의 사원과 비슷한 거리에 있었다. 식당은 라마단을 위해 문을 닫아서 다른 곳을 찾아야 했다. 나는 자동차 뒷좌석에 앉아서 창문으로 캄캄한 밤을 바라봤다. 느닷없이 차가 신축 중인 사원의 공사장 뒤쪽으로 빠졌다. 숨 막힐 정도로 아름다운 광경이었다. 조명이 켜진 가느다란 기중기가 어두운 첨탑 옆에서 아주 희미한 노란 불빛을 밝혔고, 동시에 하얀 빛줄기들이 공사장 위로 쏟아져 내리며 부서졌다. 커다란 표시판에는 B 공사장이라고 적혀 있었다. 프랑스에 돌아가자, 영화계에 있는 친구가 내 책을 출간하는 출판사를 매입한 기업인이 암에 걸렸다는 소식을 전해줬다. 그는 죽기 전에 자신의 이름을 영화에 남기기로 했고, 자신만의 〈시민 케인〉과 〈밤의 사냥꾼〉을 만들어 줄 감독들을 만나러 칸 영화제에 방문했다.

엘바섬에서 파리로. 오늘 아침, 간과 췌장에서 아무것도 발견하지 못한 복부 초음파를 마친 후에, 간호사가 어느 건장한 팔뚝의 혈관에 바늘을 꽂으려는 순간, 채혈실의 문을 열고 들어갔다. 나는 잘생긴 남자의 팔에 바늘이 꽂힌 도드라진 혈관을 보는 것을 점점 더 좋아하게 됐지만 눈을 돌리고 말았다. 사실 내가 직접 내 피를 뽑을 수 있으면 좋겠다. 남자의 머리카락에는 까치집이 있었고, 그걸 보니 클로데트 뒤무셸의 머리카락이 떠올랐다. 나는 그 남자가 좋았다. 게이보다는 마약 중독자일 것이다. 그는 채혈을 하면서 간호사가 묻는 물음에 낮은 목소리로 하루에 두세 번 설사를 한다고 대답했다. 클로데트 뒤무셸이 휙 스쳐 지나갔고, 우리는 이른바, 환한 미소만 주고받았다. 나는 안타깝게도 금세 풀이 죽었다. 그녀가 채혈하던 남자에게 더 큰 친밀감을 표시했기 때문이다. 그리고 그는 그녀에게 제대로 응답했는데, 그녀가 그 앞을 다시 지나갈 때 가만히 발을 걸었고, 그녀는 의미심장한 미소를 지으며 피했다. 내가 그런 짓을 했다면 뺨을 맞았을 것이다. 검사를 모두 마친 후에, 나는 '환자들이 발을 걸어도 가만히 있는 건 지나친 친절이 아닌가요!'라고 말할 뻔했지만, 다행히 입 밖으로 내뱉진 않았다. 나는 엉큼하게 그 남자에게 말을 걸까 망설였다. 그가 클로데트와 친한 사이임을 드러낸 이후로, 나는 그가 마음에 들지 않았다. 그에게 '클로데트 뒤무셸의 환자이신가요?'라고 묻고 싶었다, 아니면 더 엉큼하게 '당신은 클로데트 뒤무셸의 친구인가요?'라고 묻거나. 일거양득. 그러니까 머리카락이 헝클어진 남자와 교류를 맺으면서 그를 꾸짖는 것. 나는 클로데트 뒤무셸의 사적인 영역에 들어간다, 그녀는 마침 검진하는 동안 개인적인 연락을 받았다. 물론 나는 한 마디도 놓치지 않았는데, 그녀는 "오늘 저녁에 우리 집에 와. 오늘 저녁에 나 혼자야"라고 말했다. 나는 몇 가지 일치하는 정보를 통해 그의 친구 혹은 애인이 정골 의사라는 사실을 알게 됐다. 어쩌면 그저 동료일 수도 있을 것이다. 그렇지만 그녀가 너무 상냥했고, '쪽쪽'이라고 키스를 보내며 전화를 끊었으며, 전화를 끊은 후에는 자신도 모르게 만족의 웃음을 살짝 흘렸다. 클로데트 뒤무셸은 전화기를 향해 고개를 기울이고 브루새 병원에서 나의 T4 호르몬 수치를 보내주기를 기다렸다, 나는 살짝 붉은색이 도는 그녀의 헝클어진 머리카락을 관찰하다가 두려움에 떨며 몸을 웅크렸던 고슴도치의 가시를 만졌던 일을 떠올렸고, 그녀에게 말을 할까 말까 망설이다가 과감하게 고슴도치 이야기를 꺼냈다. "찔리지 않아서 놀랐어요." "나도 그래요. 찌르지 않아요. 오늘 아침에도 왁스를 너무 많이 발라서 그래요." 그녀가 대답했다. 그러니까 포마드가 아니다. 그래서 나는 '우리가 결혼을 약속한 사이라면, 나는 당신을 나의 고슴도치라고 부르겠어요'라는 문장을 떠올렸다. 그렇지만 말로 꺼내진 않았다. 안타깝게도. 브루세 병원에서 일어난 T4 호르몬에 관한 최고의 사건은, 그들이 15일 전에 채혈한 혈액을 분실해서 내일 아침 피검사를 다시 받으러 가야 한다는 것이다. 오늘 아침, 뚱뚱하고 서툰 간호사의 바늘에 찔려 피가 철철 흘러서 붙인 반창고를 아직 떼지도 않았는데 말이다. 그렇지만 클로데트 뒤무셀에게는 아무것도 거절할 수 없다. 나는 그녀에게 물었다. "이렇게 피를 뽑으면 몸도 힘들지 않을까요? 어떤 때는 뱀파이어 무리를 상대하는 느낌이에요…." 그녀는 "제가 장담하는데, 순대를 만들 정도는 아니에요"라고 대답했다. 클로데트 뒤무셀과는 고등학교 때처럼 농담이 통한다. 어떤 때는 학창 시절 여자친구와 재회한 기분이다. 그녀는 진찰대 끝에서 몸을 웅크리고 내 아버지가 그랬듯이 내 양말을 벗겼다, 일부러 내가 직접 벗지 않은 게 아니라 상처 때문이었다, 대신에 다음번에는 일부러 벗지 않을 생각인데, 그녀가 내게 지적을 할지, 아닐지는 지켜보면 알 것이다. 내 옷을 벗기는 게 그녀의 임무는 아니니까. 그녀는 보기 흉한 상처에 붙인 반창고를 매우 조심스럽게 뗐다. 그녀가 상처를 살폈다. 여전히 내 발 옆에 무릎을 꿇고, 발을 만지더니 한쪽이 다른 쪽보다 더 뜨거운 이유가 분명 감염 때문인 것 같다고 말했다. 나는 그녀에게 3일 전에 엘바섬에서 꿨던, 그녀가 나온 꿈 이야기를 들려줬다. 그러니까 오늘, 검사하는 날이었고, 모든 것이 예전대로 진행되고 있었는데, 갑자기 30분 후에 진료실 밖에서 누군가 그녀를 호출했고, 30분을 기다려도 그녀가 다시 오지 않았다. 그녀는 나를 그 자리에 버리고 갔고, 나는 진료실을 나와 그녀를 찾아다니다가, 이 간호사, 저 간호사에게 그녀를 봤냐고 물었고, 결국 누군가 그녀가 나를 등지고 선 채로 전화를 받고 있던 사무실을 손가락으로 가리켰다. 그녀가 전화를 끊었을 때, 나는 그녀에게 "무슨 일입니까?"라고 물었다. 기진맥진해진 그녀는 내게 말했다. "기베르 씨, 세상에는 당신만 있는 게 아니에요!" 나는 이렇게 대답했다. "뒤무셸 씨, 당신이 이렇게 나를 버려두고 간 것이 전문가로서 해서는 안 되는 실수가 아닐까 싶습니다." 그러자 그녀는 분노의 절정에 이르러 "기베르 씨, 다른 의사를 찾아보세요"라고 말했다. 끔찍한 악몽이었다. 내가 클로데트에게 꿈 이야기를 하는 동안 그녀는 웃으면서 듣다가 결말에 이르자 조금 조급해하며 내 파란색 티셔츠의 소매를 만지작거렸는데, 내가 멍청하게 부주의로 세탁소에서 옷에 붙인 가격표를 남겨둔 탓에 클로데트가 그것을 떼어내다가 아예 구멍을 내버렸고, 그녀가 내게 사과했다, 나는 그녀에게 말했다. "엘바섬에는 야만인들이 살죠." 찌르고, 만지고, 입으로 숨을 크게 내쉬고, 지금이 몇 년도죠? 늘 반복되는 일. 나는 틀리지 않고 장뒤푸르 선생님의 주소, 보르도의 뷰마르셰 길을 다시 말했는데, 이번에는 주의를 기울였기 때문이었다. 이상했다, 진료실을 바꿨고, 우리는 샹디 박사가 나를 진찰하던 방에 있었다, 나는 그곳에 들어가면서 "샹디 박사의 진료실인데요!"라고 말했다. 클로데트 뒤무셸은 "그보다는 모두의 진료실이라는 말이 맞겠죠!"라고 대답했다. 그곳에는 예쁜 조명이 있었고, 나는 그걸 찍고 싶었다. 나는 처음으로 그녀의 손을 제대로 봤다. 거친 촉진 때문에 상상할 수 없었던 아주 예쁘고 가늘고 긴, 정갈한 하얀 손, 사냥용 장갑을 끼고 먹이로 길든 새의 발톱을 떼어내기에 적합한, 그 옛날 중세 시대의 우아한 여성의 손이었다.

샹디 박사와 저녁을 먹기 위해 로뱅의 집으로 가는 길에 잡아탄 택시에서, 갑자기 택시 기사가 라디오를 틀었다. 프랑스 대통령의 목소리가 들렸다. 그는 전쟁을 선포했다. 내 기억이 틀리지 않다면, 우리나라가 선포한 첫 전쟁이었다. 대통령은 이라크의 재외 자국민 중 소집된 프랑스인들의 가족들을 진정시키려 했다. 나는 집에 티브이도 없고 정치 관련된 기사는 절대 읽지 않기 때문에, 언제나 택시 안에서 라디오를 통해 우연히 거대한 역사를 마주하고 혼란에 빠진다. 샹디 박사는 오토바이로 왔다. 귀스타브는 밤이 되기 전에 오토바이에 매달려 있는 샹디 박사와 함께 길에서 다 같이 사진을 찍길 원했다. 우리는 모두 동의했다. 지금 내 상태에도 불구하고 샹디 박사와 함께 찍은 사진 한 장이 있다는 게 행복했고, 그도 나와 함께 찍은 사진이 존재하리라는 것을 알고 기뻐한다는 것을 느낄 수 있었다. 그는 내게 말했다. "가까이 오세요, 에르베." 그리고 손을 내 어깨 위에 올렸다. 그 순간에는 누구의 손이든 불편했겠지만, 그의 손만큼은 예외였다. 그 몸짓에는 전혀 과함이 없었고, 소유 또는 친밀감의 무게도 전혀 없었으며, 그저 영원한 우정을 나타내는 형제애의 몸짓, 어쩌면 작별의 몸짓일 뿐이었다. 나는 전쟁 선포를 알렸는데, 그 소식을 알고 있던 사람이 아무도 없었다. 그들은 라디오를 향해 달려갔다. 잠시 후, 저녁 무렵에 나는 샹디 박사와 단둘이 남게 됐고, 입술이 근질거리게 묻고 싶었던, 그가 거부 반응을 보일 것으로 생각했던 질문을 던졌다. "클로데트 뒤무셸의 성생활에 대해 아시는 게 있으신가요?" "아니요, 전혀요. 그런데 그건 왜요?" 그가 내게 대꾸했다. "혹시 그녀가…." "레즈비언이냐고요? 아니요, 그건 아닌 것 같아요. 그렇지만 그런 생각을 해보긴 했죠. 가끔 조금 거칠 때가 있어서…, 조금 마초 같죠." 샹디 박사가 말하자, 나는 "어쨌든 전혀 남자 같진 않아요, 그 가늘고 섬세한 손을 보셨는지 모르겠지만…." 샹디 박사가 놀란 얼굴로 나를 보며 덧붙였다. "내가 아는 전부는, 가끔 그녀의 집에 전화하면 자동응답기로 넘어갈 때가 있는데, 자동 응답기가 '우리는 지금 집에 없습니다'라고 말한다는 거예요. 하긴 '우리' 안에는 여성도 포함되긴 하니까…." 내게 기관지 폐포 세척을 해줬던 마라쉬 박사는 아주 아름다운 여자였고, 복부 초음파를 해줬던 시비농 박사 역시 무척 아름다운 여자였다. 안저 검사를 해줬던 자준 의사도 마찬가지였다. 모두 아주 우아한 사람들로, 단정한 포니테일에 검은 벨벳 리본을 하고, 플랫슈즈를 신은, 16세기 내각 스타일을 선보이는 사람들. 그녀들과 비교하면 나의 클로데트는 상스러운 펑크족 같다.

클로데트가 나를 데려가길 기다리는 동안, 전염병 병동을 오가는 사람들을 놓치지 않고 살피며 신문을 뒤적였다. 보름달이 뜨는 밤에 지방의 동물원에서 하이에나 한 마리가 참수형을 당했다. 아프리카 마녀들을 의심 중이다. 목이 잘린 수컷의 짝은 그 장면에 충격을 받아서 아무것도 먹지 않는다고 한다. 기자는 소플리니우스의 명언을 다시 꺼냈다. "목에 건 하이에나 이빨이 그림자가 일으키는 공포심을 막아준다." 나는 프낙 가방에 비디오카메라를 숨긴다. 밤새 배터리를 충전했고, 새 테이프를 넣었다. 클로데트가 거절할 것을 알고 있지만, 그녀에게 강요할 전략을 상상한다. 어제는 쉬잔 고모할머니와 두 번째 촬영을 했는데, 첫 번째는 우연히도 녹화가 되지 않았다. 끔찍하게 더운 날이었다. 가사 도우미가 쉬잔에게 까치밥나무 열매로 만든 아이스크림을 스푼으로 떠먹여주며 끝없이 말했다. "더워요. 피곤하세요. 너무 더워요. 부인은 매우 피곤해요." 쉬잔은

20세기의 모든 일을 겪었다. 두 번의 세계대전, 결핵, 매독, 페니실린의 발견. 나는 영상을 찍으면서 그녀의 95세 생일인 9월 8일에 어떻게 보내길 원하는지 물었다. 폴란드인 가사 도우미가 까치밥나무 열매 색깔이 된 그녀의 입술을 행주로 닦아줬다. 쉬잔은 오래 생각하더니 마침내 입을 열었다. "내가 가장 원하는 건, 내가 죽는 날까지 네가 나를 사랑하는 거야." 나는 전염병 병동 홀에 앉아서 신문의 타이틀 기사들을 계속 읽는다. 오늘 아침, 〈리베라시옹〉 속보에는 이상한 정보 기사가 두 개 있다. "미국 식약청이 에이즈 환자와 에이즈균 보균자의 생명 연장의 가능성을 두고 논쟁 중인 약물의 실험을 승인했다. 미국 식약청은 다음 달부터 8개 도시의 약 135명의 환자가 의사도 환자 본인도 약의 성분을 모르는 상태로, 앰프리젠Ampligen*과 항바이러스 약품으로 치료받게 될 것이라고 알렸다." 그리고 또 다른 기사 "어제 여덟 살 소년이 아버지가 운전하는 시속 80킬로미터 차량의 지붕에 매달려 불이 붙은 벽을 통과하는, 첫 오토바이 묘기에 성공했다." 클로데트는 내가 그녀를 찍는 것을 거절했다, 그것은 분명하고 깔끔한 거절이었으며, 그녀는 그런 것을 몹시 싫어했고, 사진조차 기피했는데, 마음의 준비된다면, 어쩌면 다음번에는 가능할지도 모른다고 했다. 나는 마지막 카드를 꺼냈다. "당신은 그래도 내가 나를 찍는 것까지 방해할 수는 없을 겁니다. 이건 내 몸이니까요, 당신의 것이 아니라." "네, 그렇지만 당

* 항바이러스 및 면역 조절 효과가 있는 약물.

신을 검사하기 위해서는 내 몸이 화면에 들어갈 수밖에 없잖아요." 클로데트가 대답했다. 교활한 사람. "일단 왜 이 검사를 찍고 싶은 건가요?" "흔적을 남길 만한 일들은 아주 드물기 때문이죠. 당신이 나오지 않게 하려면, 그건 화면 구도 문제니까…." 15일 전에는 빛도 환상적이었고, 내게는 정말 그 장면이 필요했다. 나는 세면대 위에 카메라를 올려놓으려고 했다. "미끄러질 거예요." 클로데트가 말했다. 그녀가 옳았다. 나는 그녀에게 책상을 조금 정리해도 되냐고 묻고, 바로 원래대로 돌려놓겠다고 약속한 후에 의자 위에 달력과 혀누르개 묶음, 감각 검사에 사용하는 진공 포장된 바늘 묶음을 정리했다. 책상 위에 카메라가 진찰대를 향하도록 놓고 옷을 벗었다. 화면 안에 내가 들어왔고, 클로데트가 합류했다. 그녀는 말했다. "제 남자친구가 당신의 책을 읽고 있는데, 아주 좋아해요. 저는 논문 때문에 읽어야 할 자료들이 많아서 시간이 없다 보니…." 그러니까 여자가 아니라 남자다. 그녀에게 발을 걸었던 그 약쟁이일까, 정골 의사일까? 아니면 또 다른 누군가일까? 그녀는 계속 탐문을 이어간다. "기억 장애는요? 집중력 문제는요?" 클로데트가 내 신발을 벗기 위해 몸을 숙였는데, 화면에 나오는지 아닌지 알 수 없다. 크리스토프의 노래 〈난 여자들에게 인기가 끝내주지〉를 삽입할 것이다. 클로데트는 내게 먹고 삼키는 게 여전히 어려운지 물었다. 나는 그녀에게 그렇다고 대답했고, 지난번에 정신과 의사인 친구와 저녁을 먹었는데, 그가 내가 밥을 먹는 동안 관찰하더니, 나를 거식증이라고 생각했으며, 내가 그 증세를 받아들이고, 최면 요법으로 없애야 하는데, 그는 나를 데리고 시도할 엄두를 내지 못한다고 말했다. 클로데트가 눈을 크게 뜨고 나를 봤다. 나는 계속해서 이야기를 이어갔다. "우리는 그 이야기를 조금 더 나누다가 다른 것을 이야기하게 됐는데, 그 다른 것에는 아주 결정적인 뭔가가 겹치는 부분이 있었어요…. 나는 그에게 더는 사람을 견디지 못하겠고, 일단 성적으로도 그렇다고 말했어요. 그게 게이한테는 큰 문제거든요. 그 정신과 의사는 내게 마치 성폭행을 당한 사람 같다고, 첫 번째 내시경 검사를 마치 성폭행을 당한 것처럼 여기는 것 같다고 했죠. 그리고 그가 덧붙였죠. '기베르가 변했네'라고요." 나는 막 간호사와 혈액을 담을 시험관 개수를 흥정하고 오는 길이었는데, 열한 개 대신에 열 개를 하기로 했다. 카메라에 넣을 카세트테이프를 사러 갔던 프낙에서도 흥정을 해서 열 개 값으로 열한 개의 카세트를 사서 나왔다. 나는 흥정이 좋다. 그게 인생이니까. 삶의 모든 것은 흥정할 수 있다, 죽음은 화해다. 이 문장을 끝으로 글을 마치고 싶지만, 그럴 수 없을 것 같다.

나는 그녀에게 아무것도 묻지 않고 촬영 각도를 바꿔서 클로데트 뒤무셸을 찍었다. 그녀는 아름다웠다. 나는 컴퓨터 자판을 두드리는 그녀의 하얗고 기다란 손가락을 찍었고, 아름다운 빛 속에서 그녀의 얼굴을 찍었다. 나는 행복했다. 뷰파인더를 통해 내 호흡에 따라, 내 심장 박동에 따라 미세하게 떨리는 장면을 봤다. 카메라 화면에 'End' 글자가 깜빡이기 시작했다. 카세트테이프가 끝났다.

1990년 8월 13일, 오늘 나는 탈고했다. 숫자 13은 행운을 가져다준다. 검사 결과에 뚜렷한 호전이 있다, 클로데트가 미소 짓는다(그녀가 내게 거짓말을 하는 것일까?). 나는 영화를 찍기 시작했다. 내 첫 번째 영화다.

옮긴이의 말

에르베 기베르의 길

✦

파리가 공동묘지 위에 세워진 도시 같다고 생각한 적이 있었다. 길의 입구마다 적힌 망자들의 이름 때문이었다. 에밀졸라 길 45번지, 볼테르 대로 76번지…, 사람들은 죽은 이들의 이름을 붙인 주소로 길을 찾았고, 누군가 그 주소를 천천히 불러주는 것을 들을 때면 사라진 육체가 장소로 환원되어 우리 곁에 영속하는 묘한 기분을 느끼곤 했다.

번역을 마치고 호기심에 '에르베기베르 길'을 검색해 봤다. 나는 지난 한 해 동안 에르베 기베르의 이름을 도착해야 할 주소처럼 품고 다녔고, 할 수만 있다면 간절히 그곳에 도달하고 싶었으니까.

'Rue Hervé Guibert에르베기베르 길', 파리 14구, 생 조세프Saint Joseph 병원과 특징 없는 건물 사이에 난 작은 길이 컴퓨터 화면에 덩그러니 나왔다. 여름에 찍힌 사진인데도 푸른 것 하나 없는 좁고 작은 길이었다. 언젠가 내가 이 길을 걸었던 적이 있었을까, 기억이 없다. 일부러 찾지 않으면 비켜갈 수밖에 없는 헐벗은 길이다. 하필이면 병원의 담을 따라 이어지는 그곳은 서른여섯 걸음이면 끝에서 끝까지 단숨에 통과할 수 있을 것 같았다. 서른여섯 걸음이라니, 너무 짧지 않은가. 음독으로 서른여섯에 생을 마친 에르베 기베르의 삶처럼.

〈르몽드〉 최초의 사진 칼럼니스트이자 포토그래퍼, 오토픽션(자전적 소설)을 대표하는 작가로 알려진 에르베 기베르는 1990년 3월, 문학 토크쇼 〈어퍼스트로프〉에 출연하면서 '에이즈 작가'로 대중에게 알려졌다. 그의 열세 번째 책 《내 삶을 구하지 못한 친구에게》를 소개하는 방송이었다. 진행자는 작가 에르베 기베르를 짧게 소개한 후, 곧바로 에이즈에 대한 질문을 던졌다. 에이즈가 '동성애자들의 암'이라 불리던 시절을 막 지나온 시점이었다. 기베르는 그가 목격했던 친구들의 죽음과 그가 가졌던 그 병에 대한 두려움 그리고 죽음의 전조를 이야기했다. 진행자는 그의 작품에 대해 '외설적인', '위험한'이라는 수식어를 붙이며 물었고, 그는 '솔직한', '섬세한' 같은 단어로 답변했다. 그가 설명했던 것은 자신의 글이었지만, 그의 말은 불길한 그림자 같았던 에이즈에 구체적인 얼굴과 육체, 그리고 언어를 내어 주었다.

방송 말미에 진행자는 다음 작품에 대해 물었고, 기베르는 '쓰지 않는다'고 대답했다. 그는 더는 쓸 말이 없으며, 에이즈에 대해서도 더는 쓸 수 없을 것 같다고 말했다. '글을 쓸 수 없다'고 말하던 그의 표정은 분명 생의 끝을 예고하고 있었다. 에이즈 판정을 받은 이후로 글쓰기로 생을 이어가던 그에게 글이 없다면, 너무도 당연한 결말이 아니겠는가. 그렇게 방송이 끝났다. 그리고 모두, 기베르조차도 '구할 수 없을 것'이라 예견했던 그 삶으로부터 이야기는 다시 시작됐다.

에르베 기베르가 절필을 선언하고 1년 반 후,《연민의 기록》이 세상에 나왔다. 쓰지 않는 시간 동안 그는 삶과 죽음의 경계에 있었고, 마지막으로 새로운 약물 치료를 시도했다. 약물을 얻은 경로는 불법이었다. 또다시 외설적이고 위험할 수 있는 이야기가 기베르에게 찾아왔다. 그는 새로운 치료를 시작하면서 삶과 죽음의 실험실에서 벌어지는 일들을 다시 기록했다. 여전히 솔직하고 섬세하게, 더 정확하게. 이제 전작의 의심과 배신 같은 최소한의 소설적 요소조차 배제됐다. 작가 역시 자신의 글을 '의학 에세이'라 불렀다. 물론 기베르 특유의 블랙유머였을 것이다. 아니다, 유머를 가장한 진실이었을 것이다. 에르베 기베르는 자신의 글을 두고 오직 진실뿐이라고 말했으니까.

그는 증언하듯 에이즈를 기록했다. 기능을 상실한 몸과 절망과 희망을 고문하듯 오가는 치료 과정을 적나라하게 드러냈다. 그의 솔직함은 때때로 나를 당황시켰다. 그 발가벗은 문장들은 어릴 적 과학 실험실에서 본 인체 해부 모형을 떠올리게 했다. 혈액의 선명한 색깔과 장기를 드러내던 그것. 그 붉은 속내를 똑바로 바라보거나 만지지 못했었는데…. 발가벗은 것들은 불편했다. 내 안에도 그런 것이 있음을 알면서도 마주하고 싶지 않았다. 언젠가 얼굴을 찌푸리며 그 해부 모형을 슬쩍 밀어내던 내게 누군가 말했다.

"이건 네 안에 있는 악마나 괴물이 아니야."

나는 껍질을 벗은 기베르의 글 앞에서 눈을 질끈 감고 싶을 때마다 자문했다. 무엇이 불편한가? 실험용 해부 모형처럼 열어놓은 이 기록이, 몸과 병과 죽음을 관찰한 이 탐구서가 위험하다고 여기는가? 지나치게 외설적이라 느끼는가? 발가벗은 것을 심판하고 싶은가? 그렇다면 악하다고 하겠는가? 선하다고 하겠는가?

그럴 수 없다. 몸과 병과 죽음에는 선과 악이 없으니까.

그러나 우리는 오랫동안 어떤 몸과 병 그리고 죽음에 선과 악의 심판을 내려왔다. 특히 에이즈라는 질병만큼 사회적 추방과 파문을 야기했던 병이 또 있었을까? 그리 멀지 않은 과거에는 에이즈를 일으키는 집단이 있고, 심지어 그 집단의 타락과 방종이 그 병의 원인이라고 믿기도 했다. 아니다, 이 문장의 시제는 여전히 의심스럽다. 과연 과거형이 맞을까?

지난 2년 동안 팬데믹 시대를 살아내며 우리가 직면했던 일련의 사건들을 떠올려보자. 코로나-19 바이러스가 확산되기 시작했을 때, 감염보다 '확진자'라는 낙인이 더 두려워 증상을 숨겼던 사람들을 기억하는가? 유흥시설에서 감염자가 발생했고, 그곳의 방역과 불법 영업 행위, 불법 유흥 행위에 책임을 묻는 손가락이 어느새 동성애자 전체를 가리키던 사건도 있었다. 유럽에서는 바이러스에 대한 두려움이 특정 집단, 인종을 향한 혐오로 옮겨가기도 했다. 나 역시 동양인을 바이러스라고 부르며 분노하거나, 벌레를 피하듯 몸을 움찔하는 사람들을 본 적이 있다.

수전 손택의 말처럼 우리가 질병에 낙인을 찍는 순간, 어떤 의도로 해석하는 순간, 우리는 병든 '그들'과 '우리'를 분리하고, 경계하며, 결국은 고독과 혐오로 밀어내고 만다. 물론 거기가 끝은 아닐 것이다. '내'가 질병에 걸려 '우리'가 아닌 '그들'에 속하는 날도 있지 않겠는가. 분리되고, 경계당하며, 고독과 혐오에 갇히는 순간도 찾아오지 않겠는가.

다시 《연민의 기록》으로 돌아가보자. 그의 기록을 따라가다 보면 어느새 우리는 망가진 육체를 지나 삶과 죽음을 조망하는 경계의 자리에 서게 된다. 그의 글에서 고통의 자리에서 볼 수 있는 것들과 삶을 향한 간절한 무언가를 만날 때, 우리는 에이즈를 하나의 질병으로 받아들이고, 질병의 개인적, 사회적 차원의 의미를 다시 생각해보게 된다. 결국 에르베 기베르는 지극히 내밀한 이야기를 통해 '에이즈'란 병을 대중의 자리에 가져다 놓은 것이다.

혹자는 그의 오토픽션이 나르시시즘적이라고 말하지만, 우리는 이 오토픽션에서 주어로 사용되는 '나'를 조금 더 세심하게 바라볼 필요가 있다. 작가 카미유 로랑스Camille Laurence는 오토픽션을 '나'에 대해 쓰는 글이 아니라 '자아'에 대해 쓰는 글이라고 정의했다. 그녀에게 '자아'는 '나'를 초월한 개념이며, '자아'의 말이 향하는 곳은 자신의 경험을 나눌 타인, 즉 독자라고 설명했다. 그러니 기베르가 자신의 삶을, 이야기를 던지는 쪽을 바라보자. 그곳에 거울이 있는가, 창이 있는가.

에르베 기베르의 《연민의 기록》을 옮기는 동안, 내가 마주한 상은 거울에 비친 기베르의 얼굴이 아니라, 성소수자이자 에이즈 환자, 그리고 그 모든 것을 글로 남기고자 했던 작가의 눈에 비친 질병이라는 풍경이었다. 나는 그의 파란 눈이 창이 되어 '에르베기베르 길'만큼이나 황량하고, 쓸쓸한 풍경을 우리에게 열어줬다고 생각한다.

창을 여는 사람의 마음을 헤아려본다. 그것은 분리가 아니라 마주하기가 아닐까. 경계를 짓는 게 아니라 경계를 넘기 위한 몸짓이 아닐까.

에르베 기베르의 서른여섯 보. 너무도 짧은 걸음으로 끝난 길이지만, 그곳은 막다른 골목이 아니다. 짧든 길든, 작든 크든 길은 반드시 또 다른 길로, 또 하나의 세계로 이어진다. 나는 그가 우리에게 남긴 이 작은 길이 고독과 혐오로부터 탈출하는 길목이 되어주리라 믿는다.

이제 에르베 기베르의 길을 빠져나온 당신,

어디를 향해 가겠는가.

다시 시작되는 길에서,
신유진

연민의 기록

1판 1쇄 찍음 2022년 3월 10일
1판 1쇄 펴냄 2022년 3월 25일

지은이 에르베 기베르
옮긴이 신유진
펴낸이 안지미

펴낸곳 (주)알마
출판등록 2006년 6월 22일 제2013-000266호
주소 04056 서울시 마포구 신촌로4길 5-13, 3층
전화 02.324.3800 판매 02.324.7863 편집
전송 02.324.1144

전자우편 alma@almabook.com
페이스북 /almabooks
트위터 @alma_books
인스타그램 @alma_books

ISBN 979-11-5992-357-9 03860

알마는 아이쿱생협과 더불어 협동조합의 가치를 실천하는 출판사입니다.